《三国演义》诗词文全注及研究论稿

李 新 孙维芳 韩松言 著

河北大学出版社·保定

《三国演义》诗词文全注及研究论稿

SANGUO YANYI SHICIWEN QUANZHU JI YANJIU LUNGAO

出 版 人：朱文富
选题策划：杨显硕
责任编辑：王红梅
装帧设计：杨艳霞
责任校对：刘梦茜
责任印制：闻　利

图书在版编目（CIP）数据

《三国演义》诗词文全注及研究论稿 / 李新，孙维芳，韩松言著. -- 保定：河北大学出版社，2020.12
ISBN 978-7-5666-1757-6

Ⅰ. ①三… Ⅱ. ①李… ②孙… ③韩… Ⅲ. ①《三国演义》研究 Ⅳ. ①I207.413

中国版本图书馆 CIP 数据核字 (2020) 第 263371 号

出版发行：河北大学出版社
地址：河北省保定市七一东路 2666 号　邮编：071000
电话：0312-5073019　0312-5073029
邮箱：hbdxcbs818@163.com　网址：www.hbdxcbs.com
经　　销：全国新华书店
印　　刷：保定市北方胶印有限公司
幅面尺寸：170 mm × 240 mm
印　　张：19
字　　数：280 千字
版　　次：2020 年 12 月第 1 版
印　　次：2020 年 12 月第 1 次
书　　号：ISBN 978-7-5666-1757-6
定　　价：58.00 元

如发现印装质量问题，影响阅读，请与本社联系。
电话：0312-5073023

序

李新博士多日前告诉我，他主持编写了一本书，将《三国演义》中的诗词文赋辑编出来，加以注释、评点、研究，我觉得这是一本值得读者阅读的好书。应该说这个工作早就应该有人做，也是非常有意义的事。现在书已经编成，他很客气地邀请我写个序，我即刻答应了。因为我们也是多年的朋友，七年前，我们成立了一个社团组织——保定刘关张三义文化研究会，我们两人在里面做一点负责的工作，因此理所当然地我应该支持李博士的工作。

“保定刘关张三义文化研究会”已经成立七年了，搞过许多文化活动，经过艰苦的努力，排除干扰，改革创新，研究会生机勃发。特别是从 2019 年开始，我们开办了一个公益讲堂——三义桃园大讲堂，每隔一周举办一次讲座活动。讲座以“三义文化”为中心，以弘扬中国传统文化积极向上的文化精神为基础，得到了中翔集团董事长孙维芳女士（本会会长）的全力支持，也得到了有关方面领导的肯定。为了扩大影响，我曾经提议，要编著一套三义文化丛书，将我们的研究成果发表出来，交给社会。李新博士捷足先登。

长期以来，人们因钟爱《红楼梦》诗词，编过很多书，这是必要的，但是《红楼梦》的写法，不是话本小说，而《三国演义》在讲历史的话本小说中是最具影响力的作品。虽然俗称“七分事实”“三分虚构”，但其实，我们总是将它当作曾经有过的历史来读的，因为这样会更有趣。鲁迅对小说中的人物描写虽有微词，但是在《中国小说史略》中还是肯定了这部书的艺术价值：“盖当时多英雄，武勇智术，瑰伟动人。”

既然写序，我就要仔细阅读。我的序，就是我的阅读笔记。

李博士的书是对《三国演义》中的诗词文赋的研究，这让我想到，在历来研究诗词的人中，极少有人独立地研究中国古典小说中的评点诗、代言诗。我不是说他们一点研究也没有，比如有很多人重视《红楼梦》诗词，出了不少专著。但是没有人拿小说中的评点诗词当作诗歌创作的一个类型加以重视，似乎认为：你是写小说的，不是诗人，你那些诗没有什么独立价值。

比较起来，历来的文学批评家要好一点，就是重视中国叙事文学中评点的理论价值。因为认真研究文学批评，是不必计较批评形式的。从文学批评的研究角度说，形式并不重要，观点与内容才是重点。好比淘金的人，不必在乎金是含在砂子里，还是结于岩石中，它是真正的金子才是重要的。同理，文学批评可以是理论文章，也可以是评点，甚至可以是文学作品，说文学作品中包含有文学批评，这话说起来要花点功夫，我们先不必细说。

我无非是说，无论是中国古代、现代的诗，还是外国古典的诗、现代派的诗，都是诗；也无论以怎样的形式体现，也应该是诗。中国古代小说，往往嵌入很多诗，为什么不可以设专类收集研究？从一本本的小说中收集诗歌，再单独拿出来，进行横向的比较研究，为研究诗而研究诗，不是仅仅为了研究小说而评价诗。这样就有了特别意义。我发现研究鲁迅诗歌的人，会将鲁迅散文里的《我的失恋》、小说《铸剑》中黑色人头唱的《哈哈爱兮》血腥而酷烈的歌也收入鲁迅的诗中。许许多多的代言诗，从作品中宣告独立，是诗的形式解放。所以我非常支持李新博士的《三国演义》诗词文赋研究，更希望这项研究能够深入下去，继而开发“古典小说诗词艺术研究”的新课题。为了这个序言，我再次认真读了《三国演义》，感慨良多，有几点自己的看法，算作同李新的一个讨论。

我想，古典小说中加入诗词文赋作品，其实是说话人（说书人）的习惯。研究这个问题，先得把《红楼梦》和《金瓶梅》除掉，它们是另类的创作。鲁迅在《中国小说史略》中说：“至于说到《红楼梦》的价值，可是在中国底小说中实在是不可多得的。其要点在敢于如实描写，并无讳饰，和从前的小说叙好人完全是好，坏人完全是坏的，大不相同，所以其中所叙的人物，都是真的人物。总之自有《红楼梦》出来以后，传统的思想和写法都打破了。”这不仅说的是内容，也包括形式。他论《金瓶梅》说：“作者之于世情，盖诚极洞达，凡所形容，或条畅，或曲折，或刻露而尽相，或幽伏而含讥，或一时并写两面，使之相形，变幻之情，随在显见，同时说部，无以为上。”鲁迅对这两书的评价，无论称“传统的思想和写法都打破了”，还是“同时说部，无以为上”，都是很高的。

现在来说《三国演义》诗词赋的作用，我看大多是为情节设置的间隔和过渡。说话人讲一段故事，先来个定场诗，这个部分，在场人听得见当然好，听不见也没关系，让听书的人休息一下，然后就是“上回书说到”，接着说下去。说到一段的最后有个“这正是”，说两句诗结束。中间的情节，只要人物出来、场面开始，大多有一段诗嵌入。这种情况，不能批评为套路，应该说是口头文学适应大众的一种模式。

加入小说中的诗词赋还有一个重要的“论评作用”。因为有的小说是先有口头段子，流行多年，然后才有人整理出文字，成为书面文学。这样就难免出现许多异文。不必说是一个长故事，即使是一个小故事、小笑话、小寓言，你说你的，我说我的，说法也有若干种。而有了说话的底本，以后的说书人就有了依傍，故事情节也会相对定型。但是这种从口头到书面、又从书面到口头的反复过程，是十分自由的活态文学形式。在讲唱形式中，讲述人是跳进跳出地讲述，出入故事，且说且评。自己的身份不断地变化，一会儿是说话人，一会儿是书中的人物，自己也绘声绘色地代人物说话。于是，他既然讲故事，就会对书里的人物、事件加以评说。我相信《三国演义》里的诗词，不一定全是罗贯中所作。这种“论评作用”，可以算解释故事，帮助听者理解，加深印象。由于来路复杂，小说里嵌入的诗词水平不一，有的诗词形式上是诗词，实际上清汤寡水，索然无味。这些所谓的诗词，只是为了讲起来顺口好玩，顶多算个章节间的休息。

以《三国演义》来说，全书的第一首词即是杨慎的《临江仙》，既是小说家之幸，更是词家之幸。这首词与苏轼的《念奴娇·赤壁怀古》的格调大体是一致的，主要是道家旁观、历史虚无思想的体现。一切历史纷争皆是个过程，“古今多少事，都付笑谈中”。这是一种达观的态度。在第一百二十回，以一首长篇古风作结，与开头的《临江仙》遥遥相对。“高祖提剑入咸阳，炎炎红日升扶桑；光武龙兴成大统，金乌飞上天中央；哀哉献帝绍海宇，红轮西坠咸池傍！……纷纷世事无穷尽，天数茫茫不可逃；鼎足三分已成梦，后人凭吊空牢骚。”其中心无非“梦”与“空”二字。毛宗岗批道：“一部大书以词起，以诗收，绝妙笔法。”与首章之思想是一致的。

但是，就三国历史而言，我们应该承认，一切历史都不是“梦”和“空”。那时三国鼎立，势均力敌，是中国大一统思想下的三强争霸，并非一场云烟闹剧，是有意义的。

就实力而言，魏的力量是比较强大的，蜀、魏如果联合，灭吴是完全可能的。苏轼在《前赤壁赋》中承认魏的强大：“‘月明星稀，乌鹊南飞。’此非曹孟德之诗乎？西望夏口，东望武昌。山川相缪，郁乎苍苍。此非孟德之困于周郎者乎？方其破荆州，下江陵，顺流而东也，舳舻千里，旌旗蔽空，酾酒临江，横槊赋诗，固一世之雄也，而今安在哉？”他当然是欣赏曹魏，为之慨叹的。但是，历史上的多国对峙，当事者往往不是选择强强联合，而是采取强弱联合以吃掉另一个强者。蜀、吴联合的赤壁之战，重创了曹魏，是蜀的一个错误策略。第八十四回引用了杜甫的《八阵图》：“功盖三分国，名成八阵图。江流石不转，遗恨失吞吴。”杜甫称赞诸葛亮，但是他也认为蜀东入吴的策略为下策，而不能折回中原，地势使然，故有“遗恨失吞吴”之说。《三国演义》第五十回《诸葛亮智算华容，关云长义释曹操》中，虽然写了周瑜火烧赤壁，却赋诗评曰：“山高月小水茫茫，追叹前朝割据忙。南士无心迎魏武，东风有意便周郎。”是说胜利出于偶然，东风给了周瑜机运，万一刮的是西风怎么办？第四十八回引用唐人杜牧的诗《赤壁》：“折戟沉沙铁未销，自将磨洗认前朝。东风不与周郎便，铜雀春深锁二乔。”也是说周瑜的运气比较好。战略上是蜀吴联合，战术上有诸葛亮运筹帷幄，方得大胜。战略上不错，但战术上却是有问题的。这个结果导致了三方都成了失败者，谁也不可能成为霸主，三分归晋成了必然。这里起关键作用的是蜀一定会以魏为敌，因为刘备要复兴汉室，这是其永远不会变的核心意识。

诗词文赋加入小说，更多的是“诗证作用”，就是加强小说的可信度、说服力。这样的“有诗为证”，是讲史者的不自信，好像说，我跟你们讲历史，你们别不信，“有诗为证”。引来的诗，有的是从三国之后诗人的作品中直接合来的，有的其实是假想出来的，虽然不是实证，但听者大多不会追究，其实也搞不清楚真伪，勉强通过，骗过不认真的人拉倒。比如引用杜牧诗《赤壁》、杜甫诗《八阵图》《咏怀古迹五首》。特别是第八十五回，刘备因关羽被杀，复仇心切，带兵攻打东吴，结果败走白帝城，自觉将不久于人世，于是托孤于孔明。这里的有诗为证，其实是引用杜甫的《咏怀古迹五首》：“蜀主窥吴向三峡，崩年亦在永安宫。翠华想象空山外，玉殿虚无野寺中。”小说第五回曹操作《讨董卓檄文》曰：“操等谨以大义布告天下：董卓欺天罔地，灭国弑君；秽乱宫禁，残害生灵；狼戾不仁，罪恶充积！今奉天子密诏，大集义兵，誓欲扫清华夏，剿戮群凶。望兴义师，共泄公愤；扶持王室，拯救黎民。檄文到日，可速奉行！”真是大义凛然。檄文历数董卓乱国害民的罪行，将这个罪人钉在了耻辱柱上。

当然，最可以叫“以诗为证”的应该是脍炙人口的“七步诗事件”。见于第七十九回《兄逼弟曹植赋诗，侄陷叔刘封伏法》，曹丕想逼诗害弟，是有史料的。只是小说为了通俗和生动，对《煮豆诗》有所改动：“煮豆燃豆萁，豆在釜中泣。本是同根生，相煎何太急！”词句也差不多，仍然可以充分显示曹植的文才和机智。但是小说中，大概是说话人来了兴致，一首诗，还不罢手，又自作聪明地强加入另一个七步诗，这就明显是一首滥诗。曹丕从殿墙上一水墨画取材：有二牛斗于土墙下，一牛坠井而亡，命曹植据画作诗，诗中不许犯着“二牛斗墙下，一牛坠井死”字样。曹植行七步成诗：“两肉齐道行，头上带凹骨。相遇块山下，欻起相搪突。二敌不俱刚，一肉卧土窟。非是力不如，盛气不泄毕。”令人不忍卒读。可见，天下有几人的诗才能够胜过曹子建呢？罗贯中肯定不行。

《三国演义》中引用的原始历史资料是最为直接的史证，如诸葛亮的前、后《出师表》是全文引入的。不但证史，也使全书更加精彩。孔明称“臣本布衣，躬耕南阳，苟全性命于乱世，不求闻达于诸侯”，因此感谢刘备的礼贤下士，“先帝不以臣卑鄙，猥自枉屈，三顾臣于草庐之中，谘臣以当世之事，由是感激，遂许先帝以驱驰。后值倾覆，受任于败军之际，奉命于危难之间：尔来二十有一年矣”。自己出师，胜负难料，留下自己的全部谏议，不厌其详，“今当远离，临表涕泣，不知所云”。

无论是文章的情感、内容，还是文采，都让人惊叹。自古以来臣对君的表白，就其忠诚和周到，以及语言的精练和用词的恰到好处，没有第二个人能超过孔明。这样真实的材料加入小说，其感人力量，不言自明。再有，孔明挥泪斩马谡并自作表文也是感动后人的情节。孔明不得不斩马谡，是个败落的征兆。马谡失街亭，亡年三十九岁，时建兴六年夏五月也。有诗为证：“失守街亭罪不轻，堪嗟马谡枉谈兵。辕门斩首严军法，拭泪犹思先帝明。”“孔明斩了马谡，将首级遍示各营已毕，用线缝在尸上，具棺葬之，自修祭文享祀；将谡家小加以抚恤，按月给与禄米。”先尽法，后尽情。于是孔明自作表文，令蒋琬申奏后主，请自贬丞相之职。光明正大，无一毫掩饰之意。琬回成都，入见后主，进上孔明表章。后主拆视之。表曰：“臣本庸才，叨窃非据，亲秉旄钺，以励三军。不能训章明法，临事而惧，至有街亭违命之阙，箕谷不戒之失。咎皆在臣，授任无方。臣不明不知人，恤事多闇。《春秋》责帅，臣职是当。请自贬三等，以督厥咎。臣不胜惭愧，俯伏待命!”战败而杀将，是无可奈何的做法，是孔明的自责。仅仅杀了马谡，是不够的，因为孔明负有责任，因此有“自作表文”。毛评本对此说得也很明白：“观孔明之自贬，而愈知马谡之斩难宽也。丞相且以用参军之误而引罪，参军得不以负丞相之故而坐法乎？又观孔明之斩谡，而愈知自贬之情非伪也。参军且以误丞相之故而受诛，丞相得不以辱天子之命而自责乎?”这方面李新老师的书中有许多引用和分析，这里不再多说。

在《三国演义》的诗词文赋中，最与小说情节密不可分的是即兴的点评诗，有点像批评家的评点，可以“锦上添花”。其实是说书人的多嘴多言，不能自休。也就是说，小说家相信，诗词的精彩和经典性总是胜过讲说的。

观各回里赞颂人物的诗词，多是盖棺论定的。第七十一回赞黄忠曰：“苍头临大敌，皓首逞神威。力趁雕弓发，风迎雪刃挥。雄声如虎吼，骏马似龙飞。献馘功勋重，开疆展帝畿。”又赞赵云曰：“昔日战长阪，威风犹未减。突阵显英雄，被围施勇敢。鬼哭与神号，天惊并地惨：常山赵子龙，一身都是胆!”第七十七回为关公亡而赋诗曰：“汉末才无敌，云长独出群：神威能奋武，儒雅更知文。天日心如镜，《春秋》义薄云。昭然垂万古，不止冠三分。”“人杰惟追古解良，士民争拜汉云长。桃园一日兄和弟，俎豆千秋帝与王。气挟风雷无匹敌，志垂日月有光芒。至今庙貌盈天下，古木寒鸦几夕阳。”“赤面秉赤心、骑赤兔追风，驰驱时无忘赤帝；青灯观青史、仗青龙偃月，隐微处不愧青天。”第八十一回写到张飞阵亡，也有诗曰：“安喜曾闻鞭督邮，黄巾扫尽佐炎刘。虎牢关上声先震，长阪桥边水逆流。义释严颜安蜀境，智欺张郃定中州。伐吴未克身先死，秋草长遗阆地愁。”第九十七回，赵云死后，被追赠大将军，谥顺平侯，敕葬于成都锦屏山之东；建立庙堂，四时享祭。后人有诗曰：“常山有虎将，智勇匹关张。汉水功勋在，当阳姓字彰。两番扶幼主，一念答先皇。青史书忠烈，应流百世芳。”七十五岁的老将黄忠因伤病而死，也有诗曰：“老将说黄忠，收川立大功。重披金锁甲，双挽铁胎弓。胆气惊河北，威名镇蜀中。临亡头似雪，犹自显英雄。”

小说第一百四回写到了诸葛亮之死，历来诗人为此作诗很多。杜甫有诗叹曰：“长星昨夜坠前营，讣报先生此日倾。虎帐不闻施号令，麟台惟显著勋名。空余门下三千客，辜负胸中十万兵。好看绿阴清昼里，于今无复雅歌声!”白乐天亦有诗曰：“先生晦迹卧山林，三顾那逢圣主寻。鱼到南阳方得水，龙飞天汉便为霖。托孤既尽殷勤礼，报国还倾忠义心。前后出师遗表在，令人一览泪沾襟。”元微之赞孔明：“拨乱扶危主，殷勤受托孤。英才过管乐，妙策胜孙吴。凛凛《出师表》，堂堂《八阵图》。如公全盛德，应叹古今无!”这些引入小说的诗，有力地证明了孔明的人格。

至于刘备，第八十五回有杜甫的诗叹曰：“蜀主窥吴向三峡，崩年亦在永安宫。翠华想象空山外，玉殿虚无野寺中。古庙杉松巢水鹤，岁时伏腊走村翁。武侯祠屋长邻近，一体君臣祭祀同。”空山野寺，不免苍凉，但是书中对刘备的雄才大略是评价最高的。毛评本有总评：“高祖斩白帝子而创业，光武起白水村而中兴，先主入白帝城而托孤，二帝始于白，一帝终于白，正合李意白字之义。自桃园至此，可谓一大结局矣。然先主之事自此终，孔明之事又将自此始也。前之取西川、定汉中，从草庐三顾中来。后之七擒孟获、六出祁山，从白帝托孤中来。故此一篇，在前幅则为煞尾，在后幅则又为引头耳。”这是对刘备的一个总结。白帝城托孤，是他高尚人格的最高表现。他不但在逝世前留下了遗诏，而且对孔明说：“朕今死矣，有心腹之言相告。……君才十倍曹丕，必能安邦定国，终定大事。独以曹丕比较，是以伐魏为重也。若嗣子可辅则辅之；如其不才，君可自为成都之主。”这些话，也许是前无古人，后无来者的。读此，我们可以领会主公请孔明出山的真诚，也理解了孔明辅佐主公，“知其不可而为之”的忠诚，相得益彰。

小说是以说话人的口气叙事的，所以，即使是以复兴汉室为正统，但是也尽可能不偏袒一方，对各路英雄有个交代。《邺中歌》给曹操的评价是很高的：“邺则邺城水漳水，定有异人从此起。雄谋韵事与文心：君臣兄弟而父子；英雄未有俗胸中，出没岂随人眼底？功首罪魁非两人，遗臭流芳本一身；文章有神霸有气，岂能苟尔化为群？横流筑台距太行，气与理势相低昂；安有斯人不作逆，小不为霸大不王？霸王降作儿女鸣，无可奈何中不平；向帐明知非有益，分香未可谓无情。呜呼！古人作事无巨细，寂寞豪华皆有意；书生轻议冢中人，冢中笑尔书生气!”

吴国孙权在位二十四年，寿七十一岁，紫髯白矣。他杀了关羽父子，又接受张昭的建议，把关公的头送给曹操以嫁祸，此事做得够损。书中有赞孙权的诗：“紫髯碧眼号英雄，能使臣僚肯尽忠。二十四年兴大业，龙盘虎踞在江东。”虽也赞其为一代英雄，但是故意写他生的样子有匪气。

李博士的书对诗的内容及诗律都做了认真而科学的分析，是我们学习《三国演义》与古典诗词的好书。感谢他的工作。就全书而言，下编收入的若干专题论文，也是他多年研究成果的展示，很有学术价值。

同时，本书也是我会在2020年推出的年度学术成果，所谓文化研究会，终究要落实到具体成果上来。是为序。

刘玉凯

2020年6月22日

前　言

公元2020年，是历史进入“三国时代”（公元220年，曹丕代汉，建魏；221年，刘备称帝，建立蜀汉；229年，孙权称帝，建吴）1800周年，笔者特创作《〈三国演义〉诗词文全注及研究论稿》一书，以为纪念。

《三国演义》作为我国第一部长篇章回小说和历史演义小说，在中国古代文学史乃至中国文化史上，都有着重要的艺术价值。如章学诚先生所言，此书“七分实事，三分虚构”（《丙辰札记》），故在普及汉末三国之历史方面，有着不可替代的作用。《三国演义》源于宋元以来之“讲史”类“说话”，如鲁迅先生《中国小说史略》所云：“宋之说话人，于小说及讲史皆多高手……说《三国志》者，在宋已甚盛……其在小说，乃因有罗贯中本而名益显。”（《中国小说史略·元明传来之讲史（上）》）据笔者统计，《三国演义》小说文本中，共有诗词204首，其中诗202首、词2首（据罗贯中著《三国演义》，北京：人民文学出版社1973年版，下同）。这些诗词作品之前，多有“后人有诗叹曰……”“后人有诗赞曰……”之语句，显然是演义小说脱胎于“讲史”类“说话”的痕迹，故诗词作品自此演义小说问世之初，即“与之俱来”，这对于《三国演义》文本研究而言，自不可或缺。

《三国演义》全书一百二十回小说文本中，以第三十七回《司马徽再荐名士，刘玄德三顾茅庐》所含诗词作品最多（共八首），第八十四回《陆逊营烧七百里，孔明巧布八阵图》（七首）、第一百十八回《哭祖庙一王死孝，入西川二士争功》（三首）相继次之。如这三回，分别以“三顾茅庐”刘备请诸葛亮事业初兴（第三十七回）、“夷陵之战”刘备伐吴蜀军溃败（第八十四回）、刘禅降魏蜀国灭亡（第一百十八回）为主要内容。而有的回目，如第十五回《太史慈酣斗小霸王，孙伯符大战严白虎》、第十八回《贾文和料敌决胜，夏侯惇拔矢啖睛》，则全回无诗词，足以佐证《三国演义》小说以刘备“蜀汉”集团为正统、“扬刘抑曹”的创作倾向。《三国演义》小说中所含诗词作品，创作类型多样，然受该小说之创作题材类型——“历史演义小说”所限，叙事诗、怀古诗、“代言体”小说人物赋诗是其诗词题材类型的主体，然此外，仍有咏物诗、即景诗、题壁诗、观舞诗等多样化的题材类型呈现。

据笔者统计，《三国演义》小说文本里，所出现的全部204首诗词作品（诗202首，词2首）中，就其作品体裁而言，近体格律诗共有177首（含“邻韵通押”者32首，占全部《三国演义》近体格律诗总数的18.08%），占全部《三国演义》诗词总数的86.76%，是《三国演义》诗词作品的主要体裁形式。这些近体格律诗中，七言律绝共118首（含“邻韵通押”者26首），七言律诗23首（含“邻韵通押”者2首），五言律绝9首（含“邻韵通押”者2首），五言律诗27首（含“邻韵通押”者2首）。由此可见，七言律绝，占全部《三国演义》近体格律诗总数的66.67%，并占全部《三国演义》诗词总数的57.84%，比重超过一半，是《三国演义》诗词作品的主要体裁形式。近体格律诗，定型于初唐后期，在声律上，要求符合“粘对”之声律规则；在韵律上，要求一韵到底。

罗贯中《三国演义》成书于元明之际，毛纶、毛宗岗父子修订《三国演义》在清朝初年，就文坛时代角度而言，依照“平水韵”创作格律诗，早已“有章可循”，但毕竟《三国演义》的创作积累，系从宋元“说话”而来，难免承袭前代“说话”人的底本内容（含诗词作品），故自不免有诗词作品在声韵上做不到“一韵到底”（即韵脚为“平水韵”同一个韵部之韵字）。而使用“邻韵通押”者，只要在声律上符合“粘对”之声律规则要求，亦将之视为近体格律诗。并且，《三国演义》177首近体格律诗作品中，“邻韵通押”者只有32首，仅占全部《三国演义》近体格律诗总数的18.08%，故绝大多数（80%以上）的《三国演义》近体格律诗是能够达到“一韵到底”之声韵要求的。

《三国演义》诗词作品体裁，除了近体格律诗之外，还有词、四言古诗、五言古诗、七言古风、杂言古风、“楚歌”、歌行、乐府等，具有多样化的艺术形式。

《三国演义》小说文本中所出现的诗词作品，有相当数量直接引用前代或近代文人诗词作品的创作现象，比如前文所述第一回《宴桃园豪杰三结义，斩黄巾英雄首立功》回前，化用明代文人杨慎的《临江仙（滚滚长江东逝水）》词；又如前文所述第四十八回《宴长江曹操赋诗，锁战船北军用武》中，曹操横槊赋诗，其后便出现了曹操的《短歌行》全篇（其中有个别字句出入，当为小说创作中引诗及流传过程中发生之讹误）。罗积勇先生在其书中指出：“为了一定的修辞目的，在自己的言语作品中明引或暗引古代故事或有来历的现成话，这种修辞手法就是用典。”（《用典研究》）罗先生定义中所说的“引古代故事”，就是用事典；而引用“有来历的现成话”，则为用语典。因此，《三国演义》中引用历史上真实存在的诗人之作品，也是一种特殊的“用语典”现象。

《三国演义》小说文本中，引用作品最多的诗人，当为唐代“诗圣”杜甫，共计五处。如第八十四回《陆逊营烧七百里，孔明巧布八阵图》中，出现了杜甫五绝《八阵图》全文；第八十五回《刘先主遗诏托孤儿，诸葛亮安居平五路》中，出现了杜甫七律《咏怀古迹五首》其四；第一百五回《武侯预伏锦囊计，魏主拆取承露盘》中，则接连出现了杜甫七律《蜀相》和《咏怀古迹五首》其五；第一百四回《陨大星汉丞相归天，见木橡魏都督丧胆》中，写到五丈原诸葛亮命终：“后杜工部有诗叹曰：‘长星昨夜坠前营，讣报先生此日倾。虎帐不闻施号令，麟台惟显著勋名。空余门下三千客，辜负胸中十万兵。好看绿阴清昼里，于今无复雅歌声！’”此诗不见于杜甫诗集中，应是后人附会、托名杜甫之作，一如第三十四回《蔡夫人隔屏听密语，刘皇叔跃马过檀溪》篇末“后来苏学士有古风一篇，单咏跃马檀溪事……”那首后人附会、托名苏轼之作。这些援引（甚至包括附会）古人的咏怀、咏史、怀古之作，佐证“历史演义”之故事情节，将“历史真实”与“艺术真实”合二为一，堪称“历史演义”小说之妙笔。

综上，《三国演义》全部一百二十回小说文本中，随故事情节发展，相继出现二百余首诗词作品。这些诗词作品题材和体裁形式多样，且大量引用前代文人咏三国时代人物之诗作，已经成为该历史演义小说不可分割的“有机组成部分”。其“以小说存诗”的版本价值和“以诗词论史”的艺术价值都是不可忽视的。故本书拟对《三国演义》诗词之题材类型、体裁艺术等做系统、整体的评析，以期填补相关研究领域之空白。

本书中编，将《三国演义》全部一百二十回小说文本中的文（如曹操讨董卓檄文、陈琳讨曹操檄文）、赋（如《铜雀台赋》《大雾垂江赋》）、表（如刘备进位汉中王所上表、诸葛亮前后《出师表》）、诏（如汉献帝衣带诏、刘备遗诏）、册（如汉献帝禅位曹丕册）、榜（如曹操伐吕布榜文、伪司马懿告示天下榜文）、疏（如陆凯上孙皓疏、王濬上伐吴疏）、书（如刘备致关公书、关公辞曹操书）、论（如谯周《仇国论》）等，进行了整理和注释。

本书下编，收入笔者论《三国演义》及三国文化研究方向之学术论文16篇。

另，取拙作《三义英雄赋》一篇，增诸文末，以怀先贤：

赵北燕南之地，冀中平原沃土，古城巍然，雄起其间；西倚太行群峰，东临白洋大淀，地灵人杰，为天下先！

夫昭烈先主，英明神武，中山靖王传后，炎汉帝室之胄。心雄万夫，目楼桑以华盖；志存高远，申大义于天下。织席贩履，不掩其贵，师从大儒，不掩其雄。髀肉复生，叹英雄无用武之地；求田问舍，笑腐儒有苟安之心；三顾茅庐，得可安天下之卧龙；以人为本，树能济大事之英名！

亚圣有云：天时不如地利，地利不如人和。舍生取义，感龙凤以影从；得道多助，引关张以同盟。解州关公，绝伦逸群，文辨《春秋》大意，武与圣贤齐名。赤面秉赤心，跨追风赤兔；青灯读青史，仗偃月青龙。刺颜良，救曹兵于白马；淹七军，厥功威震华夏！过五关，千里走单骑；汉寿侯，百代照汗青。益德神勇，营忠义店，异禀豹头环眼，兼擅书画之功。当阳断喝，傲对雄兵百万；决斗张郃，纵横东西两川。

兄弟同心，其利断金；三人成众，八拜为盟。方今盛世，尚义崇文，塑刘关张金身；步武前贤，恢宏传统，扬忠义之清风。

赞曰：往事千年，汉末三分，昭烈先主，居楼桑村；

益德桓侯，关圣帝君，桃园三义，世所同尊！

目　　录

上编《三国演义》诗词全注 …………………………………………………（1）
第一回《宴桃园豪杰三结义，斩黄巾英雄首立功》（二首） …………（3）
第三回《议温明董卓叱丁原，馈金珠李肃说吕布》（二首） …………（4）
第四回《废汉帝陈留践位，谋董贼孟德献刀》（五首） ………………（5）
第五回《发矫诏诸镇应曹公，破关兵三英战吕布》（二首） …………（6）
第八回《王司徒巧使连环计，董太师大闹凤仪亭》（三首） …………（7）
第九回《除暴凶吕布助司徒，犯长安李傕听贾诩》（四首） …………（9）
第十回《勤王室马腾举义，报父仇曹操兴师》（一首） ………………（10）
第十三回《李傕郭汜大交兵，杨奉董承双救驾》（一首） ……………（11）
第十四回《曹孟德移驾幸许都，吕奉先乘夜袭徐郡》（一首） ………（12）
第十六回《吕奉先射戟辕门，曹孟德败师淯水》（一首） ……………（12）
第十七回《袁公路大起七军，曹孟德会合三将》（一首） ……………（13）
第十九回《下邳城曹操鏖兵，白门楼吕布殒命》（三首） ……………（13）
第二十一回《曹操煮酒论英雄，关公赚城斩车胄》（三首） …………（15）
第二十三回《祢正平裸衣骂曹，吉太医下毒遭刑》（二首） …………（16）
第二十四回《国贼行凶杀贵妃，皇叔败走投袁绍》（四首） …………（17）
第二十五回《屯土山关公约三事，救白马曹操解重围》（一首） ……（18）
第二十七回《美髯公千里走单骑，汉寿侯五关斩六将》（一首） ……（19）
第二十八回《斩蔡阳兄弟释疑，会古城主臣聚义》（一首） …………（19）

第二十九回《小霸王怒斩于吉，碧眼儿坐领江东》（二首） …………（20）
第三十回《战官渡本初败绩，劫乌巢孟德烧粮》（三首） ……………（21）
第三十一回《曹操仓亭破本初，玄德荆州依刘表》（一首） …………（22）
第三十二回《夺冀州袁尚争锋，决漳河许攸献计》（二首） …………（22）
第三十三回《曹丕乘乱纳甄氏，郭嘉遗计定辽东》（一首） …………（23）
第三十四回《蔡夫人隔屏听密语，刘皇叔跃马过檀溪》（三首） ……（23）
第三十五回《玄德南漳逢隐沦，单福新野遇英主》（一首） …………（25）
第三十六回《玄德用计袭樊城，元直走马荐诸葛》（一首） …………（25）
第三十七回《司马徽再荐名士，刘玄德三顾茅庐》（八首） …………（26）
第三十八回《定三分隆中决策，战长江孙氏报仇》（五首） …………（29）
第三十九回《荆州城公子三求计，博望坡军师初用兵》（一首） ……（31）
第四十回《蔡夫人议献荆州，诸葛亮火烧新野》（三首） ……………（31）
第四十一回《刘玄德携民渡江，赵子龙单骑救主》（四首） …………（32）
第四十二回《张翼德大闹长坂桥，刘豫州败走汉津口》（二首） ……（34）
第四十五回《三江口曹操折兵，群英会蒋干中计》（二首） …………（35）
第四十六回《用奇谋孔明借箭，献密计黄盖受刑》（一首） …………（35）
第四十七回《阚泽密献诈降书，庞统巧授连环计》（一首） …………（36）
第四十八回《宴长江曹操赋诗，锁战船北军用武》（三首） …………（36）
第四十九回《七星坛诸葛祭风，三江口周瑜纵火》（一首） …………（38）
第五十回《诸葛亮智算华容，关云长义释曹操》（三首） ……………（39）
第五十三回《关云长义释黄汉升，孙仲谋大战张文远》（二首） ……（40）
第五十四回《吴国太佛寺看新郎，刘皇叔洞房续佳偶》（三首） ……（41）
第五十五回《玄德智激孙夫人，孔明二气周公瑾》（一首） …………（42）
第五十六回《曹操大宴铜雀台，孔明三气周公瑾》（二首） …………（42）
第五十七回《柴桑口卧龙吊丧，耒阳县凤雏理事》（四首） …………（43）
第五十八回《马孟起兴兵雪恨，曹阿瞒割须弃袍》（一首） …………（45）
第六十回《张永年反难杨修，庞士元议取西蜀》（二首） ……………（45）
第六十一回《赵云截江夺阿斗，孙权遗书退老瞒》（三首） …………（46）

第六十二回《取涪关杨高授首，攻雒城黄魏争功》（一首）…………（47）
第六十三回《诸葛亮痛哭庞统，张翼德义释严颜》（三首）…………（48）
第六十四回《孔明定计捉张任，杨阜借兵破马超》（一首）…………（49）
第六十六回《关云长单刀赴会，伏皇后为国捐生》（四首）…………（49）
第六十七回《曹操平定汉中地，张辽威震逍遥津》（二首）…………（51）
第六十八回《甘宁百骑劫魏营，左慈掷杯戏曹操》（二首）…………（52）
第六十九回《卜周易管辂知机，讨汉贼五臣死节》（三首）…………（53）
第七十一回《占对山黄忠逸待劳，据汉水赵云寡胜众》（二首）……（54）
第七十二回《诸葛亮智取汉中，曹阿瞒兵退斜谷》（一首）…………（55）
第七十四回《庞令明抬榇决死战，关云长放水淹七军》（一首）……（55）
第七十五回《关云长刮骨疗毒，吕子明白衣渡江》（一首）…………（56）
第七十七回《玉泉山关公显圣，洛阳城曹操感神》（二首）…………（56）
第七十八回《治风疾神医身死，传遗命奸雄数终》（三首）…………（57）
第七十九回《兄逼弟曹植赋诗，侄陷叔刘封伏法》（三首）…………（58）
第八十回《曹丕废帝篡炎刘，汉王正位续大统》（二首）……………（59）
第八十一回《急兄仇张飞遇害，雪弟恨先主兴兵》（一首）…………（60）
第八十三回《战猇亭先主得仇人，守江口书生拜大将》（二首）……（61）
第八十四回《陆逊营烧七百里，孔明巧布八阵图》（七首）…………（62）
第八十五回《刘先主遗诏托孤儿，诸葛亮安居平五路》（二首）……（64）
第八十八回《渡泸水再缚番王，识诈降三擒孟获》（一首）…………（65）
第八十九回《武乡侯四番用计，南蛮王五次遭擒》（四首）…………（66）
第九十回《驱巨兽六破蛮兵，烧藤甲七擒孟获》（一首）……………（67）
第九十二回《赵子龙力斩五将，诸葛亮智取三城》（一首）…………（68）
第九十三回《姜伯约归降孔明，武乡侯骂死王朗》（一首）…………（68）
第九十五回《马谡拒谏失街亭，武侯弹琴退仲达》（一首）…………（69）
第九十六回《诸葛亮挥泪斩马谡，周鲂断发赚曹休》（一首）………（69）
第九十七回《讨魏国武侯再上表，破曹兵姜维诈献书》（一首）……（70）
第九十八回《追汉军王双受诛，袭陈仓武侯取胜》（一首）…………（70）

第九十九回《诸葛亮大破魏兵，司马懿入寇西蜀》（一首） …………（71）
第一百一回《出陇上诸葛妆神，奔剑阁张郃中计》（一首） …………（71）
第一百二回《司马懿占北原渭桥，诸葛亮造木牛流马》（二首） ……（72）
第一百三回《上方谷司马受困，五丈原诸葛禳星》（一首） …………（73）
第一百四回《陨大星汉丞相归天，见木像魏都督丧胆》（四首） ……（73）
第一百五回《武侯预伏锦囊计，魏主拆取承露盘》（三首） …………（75）
第一百七回《魏主政归司马氏，姜维兵败牛头山》（三首） …………（76）
第一百八回《丁奉雪中奋短兵，孙峻席间施密计》（一首） …………（77）
第一百九回《困司马汉将奇谋，废曹芳魏家果报》（三首） …………（78）
第一百十回《文鸯单骑退雄兵，姜维背水破大敌》（一首） …………（79）
第一百十二回《救寿春于诠死节，取长城伯约鏖兵》（二首） ………（79）
第一百十三回《丁奉定计斩孙綝，姜维斗阵破邓艾》（一首） ………（80）
第一百十四回《曹髦驱车死南阙，姜维弃粮胜魏兵》（三首） ………（81）
第一百十五回《诏班师后主信谗，托屯田姜维避祸》（一首） ………（82）
第一百十六回《钟会分兵汉中道，武侯显圣定军山》（二首） ………（82）
第一百十七回《邓士载偷度阴平，诸葛瞻战死绵竹》（三首） ………（83）
第一百十八回《哭祖庙一王死孝，入西川二士争功》（三首） ………（84）
第一百十九回《假投降巧计成虚话，再受禅依样画葫芦》（六首）……（85）
第一百二十回《荐杜预老将献新谋，降孙皓三分归一统》（四首）……（87）

中编《三国演义》文赋章表全注 ……………………………………（91）
第三回《议温明董卓叱丁原，馈金珠李肃说吕布》（一篇） …………（93）
第四回《废汉帝陈留践位，谋董贼孟德献刀》（二篇） ………………（93）
第五回《发矫诏诸镇应曹公，破关兵三英战吕布》（二篇） …………（94）
第七回《袁绍磐河战公孙，孙坚跨江击刘表》（一篇） ………………（95）
第十一回《刘皇叔北海救孔融，吕温侯濮阳破曹操》（一篇） ………（96）
第十六回《吕奉先射戟辕门，曹孟德败师淯水》（一篇） ……………（96）
第十八回《贾文和料敌决胜，夏侯惇拔矢啖睛》（一篇） ……………（97）

第十九回《下邳城曹操鏖兵，白门楼吕布殒命》（一篇） ……………… (97)
第二十回《曹阿瞒许田打围，董国舅内阁受诏》（二篇） ……………… (98)
第二十二回《袁曹各起马步三军，关张共擒王刘二将》（一篇） …… (99)
第二十三回《祢正平裸衣骂曹，吉太医下毒遭刑》（一篇） ………… (102)
第二十六回《袁本初败兵折将，关云长挂印封金》（三篇） ………… (103)
第二十九回《小霸王怒斩于吉，碧眼儿坐领江东》（一篇） ………… (104)
第三十回《战官渡本初败绩，劫乌巢孟德烧粮》（一篇） ……………… (105)
第三十三回《曹丕乘乱纳甄氏，郭嘉遗计定辽东》（三篇） ………… (105)
第三十六回《玄德用计袭樊城，元直走马荐诸葛》（一篇） ………… (106)
第三十七回《司马徽再荐名士，刘玄德三顾茅庐》（一篇） ………… (107)
第四十三回《诸葛亮舌战群儒，鲁子敬力排众议》（一篇） ………… (108)
第四十四回《孔明用智激周瑜，孙权决计破曹操》（一篇） ………… (108)
第四十五回《三江口曹操折兵，群英会蒋干中计》（一篇） ………… (109)
第四十六回《用奇谋孔明借箭，献密计黄盖受刑》（一篇） ………… (110)
第四十七回《阚泽密献诈降书，庞统巧授连环计》（一篇） ………… (111)
第五十五回《玄德智激孙夫人，孔明二气周公瑾》（一篇） ………… (111)
第五十七回《柴桑口卧龙吊丧，耒阳县凤雏理事》（三篇） ………… (112)
第五十八回《马孟起兴兵雪恨，曹阿瞒割须弃袍》（一篇） ………… (114)
第六十回《张永年反难杨修，庞士元议取西蜀》（二篇） ……………… (114)
第六十一回《赵云截江夺阿斗，孙权遗书退老瞒》（一篇） ………… (115)
第六十二回《取涪关杨高授首，攻雒城黄魏争功》（一篇） ………… (116)
第六十三回《诸葛亮痛哭庞统，张翼德义释严颜》（一篇） ………… (116)
第六十四回《孔明定计捉张任，杨阜借兵破马超》（一篇） ………… (117)
第六十五回《马超大战葭萌关，刘备自领益州牧》（一篇） ………… (117)
第六十六回《关云长单刀赴会，伏皇后为国捐生》（一篇） ………… (118)
第七十一回《占对山黄忠逸待劳，据汉水赵云寡胜众》（一篇） …… (118)
第七十三回《玄德进位汉中王，云长攻拔襄阳郡》（一篇） ………… (119)
第七十八回《治风疾神医身死，传遗命奸雄数终》（一篇） ………… (120)

第七十九回《兄逼弟曹植赋诗，侄陷叔刘封伏法》（一篇） …………（120）
第八十回《曹丕废帝篡炎刘，汉王正位续大统》（四首） ……………（121）
第八十一回《急兄仇张飞遇害，雪弟恨先主兴兵》（一篇） …………（123）
第八十五回《刘先主遗诏托孤儿，诸葛亮安居平五路》（一篇） ……（124）
第九十一回《祭泸水汉相班师，伐中原武侯上表》（三篇） …………（124）
第九十四回《诸葛亮乘雪破羌兵，司马懿克日擒孟达》（二篇） ……（127）
第九十六回《孔明挥泪斩马谡，周鲂断发赚曹休》（一篇） …………（128）
第九十七回《讨魏国武侯再上表，破曹兵姜维诈献书》（二篇） ……（128）
第九十九回《诸葛亮大破魏兵，司马懿入寇西蜀》（二篇） …………（130）
第一百回《汉兵劫寨破曹真，武侯斗阵辱仲达》（一篇） ……………（131）
第一百一回《出陇上诸葛妆神，奔剑阁张郃中计》（一篇） …………（132）
第一百二回《司马懿占北原渭桥，诸葛亮造木牛流马》（二篇） ……（132）
第一百三回《上方谷司马受困，五丈原诸葛禳星》（二篇） …………（133）
第一百四回《陨大星汉丞相归天，见木像魏都督丧胆》（一篇） ……（134）
第一百五回《武侯预伏锦囊计，魏主拆取承露盘》（四篇） …………（135）
第一百七回《魏主政归司马氏，姜维兵败牛头山》（一篇） …………（136）
第一百十二回《救寿春于诠死节，取长城伯约鏖兵》（一篇） ………（137）
第一百十七回《邓士载偷度阴平，诸葛瞻战死绵竹》（一篇） ………（138）
第一百十八回《哭祖庙一王死孝，入西川二士争功》（四篇） ………（139）
第一百二十回《荐杜预老将献新谋，降孙皓三分归一统》（四篇） ……（140）

下编《三国演义》及三国文化研究论文 ……………………………………（143）
《三国演义》诗词综论 ……………………………………………………（145）
论《三国演义》中的非武力脱险情节 ……………………………………（166）
《三国志通俗演义》与毛本《三国演义》版本差异举隅 ………………（173）
论杜诗中的“崇诸葛亮”情结 ……………………………………………（179）
宋诗话中有关杜诗对两汉建安文学继承之批评论略 ……………………（185）
关汉卿杂剧之“关公剧”探微 ……………………………………………（194）

论"新题乐府"并非首创自杜甫
——兼论杜甫对曹植新题乐府诗的接受 …………………………… (201)
论杜甫的"登楼"诗
——兼论杜诗对建安文人王粲《登楼赋》的接受 ………………… (206)
同题共赋，文如其人
——由曹丕"文气"说兼及唐诗名家创作风格差异论 …………… (211)
论《三国演义》对苏轼的接受 …………………………………………… (221)
《三国演义》中杖责军棍情节及对后世小说的影响探微 …………… (227)
试论《水浒传》中的"三国"文化因素 ………………………………… (246)
试论《说岳全传》对《三国演义》的接受 ……………………………… (251)
试论《聊斋志异》中的"三国"文化因素 ……………………………… (255)
论保定关帝庙群落布局及历史文化渊源 ……………………………… (261)
论《三国演义》中的"五行"学说文化因素 …………………………… (267)

参考文献 ……………………………………………………………………… (273)
后记 …………………………………………………………………………… (275)
附录　保定刘关张三义文化研究会简介 ……………………………… (277)

上编

《三国演义》诗词全注

第一回
《宴桃园豪杰三结义，斩黄巾英雄首立功》（二首）

回前词[1]

词曰：滚滚长江东逝水，浪花淘尽英雄[2]。是非成败转头空，青山依旧在，几度夕阳红。白发渔樵江渚[3]上，惯看秋月春风。一壶浊酒喜相逢，古今多少事，都付笑谈中。

【注释】

［1］本词体裁为双调词，所用词牌为《临江仙》，作者为明代文人杨慎。罗贯中《明弘治本三国志通俗演义》原书中并无此词，毛本《三国演义》（清初毛纶、毛宗岗父子修订本）始将此词置于第一回前。又称"《三国演义》开篇词"。中央电视台 1994 版电视连续剧《三国演义》曾将此词谱曲，作为该剧主题曲。［2］"滚滚长江东逝水，浪花淘尽英雄"，典出北宋苏轼《念奴娇·赤壁怀古》："大江东去，浪淘尽、千古风流人物。"［3］渚，水中的小洲。

关张斩黄巾[1]　赞诗

英雄露颖[2]在今朝，一试矛兮一试刀。初出便将威力展，三分[3]好把姓名标。

【注释】

［1］本诗体裁为七言律绝（首句平起平收式），韵部为"平水韵"下平声"二萧"韵，二句末字"刀"，为"平水韵"下平声"四豪"韵，当为邻韵通押。［2］露颖，此用毛遂"脱颖而出"典，见《史记·平原君虞卿列传》："使遂蚤得处囊中，乃脱颖而出，非特其末见而已。"［3］三分，指魏蜀吴三分天下。

第三回
《议温明董卓叱丁原，馈金珠李肃说吕布》(二首)

何进被杀[1] 叹诗

汉室倾危天数终，无谋何进作三公[2]。几番不听忠臣谏，难免宫中受剑锋。

【注释】

[1] 本诗体裁为七言律绝（首句仄起平收式），韵部为“平水韵”上平声“一东”韵，四句末字“锋”，为“平水韵”上平声“二冬”韵，当为邻韵通押。三句“听”，为平仄两读字，此处为仄声。 [2] 三公，汉代官职名，辅佐皇帝的大臣之最高官阶，原为丞相、太尉、御史大夫。何进在小说中为“大将军”，位比三公。

赤兔马[1]

奔腾千里荡尘埃，渡水登山紫雾开。掣断丝缰摇玉辔[2]，火龙飞下九天来。

【注释】

[1] 本诗体裁为七言律绝（首句平起平收式），韵部为“平水韵”上平声“十灰”韵。中央电视台 1994 版电视连续剧《三国演义》曾据此诗创作该剧插曲《赤兔歌》。
[2] 辔，辔头，驾驭坐骑之缰绳。

第四回
《废汉帝陈留践位，谋董贼孟德献刀》（五首）

丁管刺董卓[1]　叹诗

董贼潜怀废立图，汉家宗社委丘墟。满朝臣宰皆囊括[2]，惟有丁公是丈夫。

【注释】

［1］本诗体裁为七言律绝（首句仄起平收式），韵部为“平水韵”下平声“七虞”韵。二句末字“墟”，为“平水韵”下平声“六鱼”韵，当为邻韵通押。　［2］囊括，全部包罗在内。

汉少帝即景诗[1]

嫩草绿凝烟，袅袅双飞燕。洛水一条青，陌上人称羡。远望碧云深，是吾旧宫殿。何人仗忠义，泄我心中怨！

【注释】

［1］本诗为即景诗，体裁为五言古诗，押仄声韵。

汉少帝绝命诗[1]

天地易兮日月翻，弃万乘兮退守藩[2]。为臣逼兮命不久，大势去兮空泪潸！

【注释】

［1］本诗体裁为七言古诗，与项羽《垓下歌》、刘邦《大风歌》之体相类，为“楚声”诗体。　［2］藩，宗藩，指此前汉少帝被董卓废为弘农王。

唐妃绝命诗[1]

皇天将崩兮后土颓，身为帝姬兮命不随。生死异路兮从此毕，奈何茕[2]速兮心中悲！

【注释】

[1] 本诗体裁为杂言古诗，为“楚声”诗体。 [2] 茕：孤独貌。

伍孚刺董卓[1] 赞诗

汉末忠臣说伍孚，冲天豪气世间无。朝堂杀贼名犹在，万古堪称大丈夫！

【注释】

[1] 本诗体裁为七言律绝（首句仄起平收式），韵部为“平水韵”上平声“七虞”韵。

第五回
《发矫诏诸镇应曹公，破关兵三英战吕布》（二首）

关公斩华雄[1] 赞诗

威镇乾坤[2]第一功，辕门画鼓响冬冬。云长停盏施英勇，酒尚温时斩华雄。

【注释】

[1] 本诗体裁为七言律绝（首句仄起平收式），韵部为“平水韵”上平声“一东”韵。二句末字“冬”，为“平水韵”上平声“二冬”韵，当为邻韵通押。 [2] 威震乾坤，典出《三国志・蜀书・关张马黄赵传第六》：“羽威震华夏。”

刘关张三战吕布[1]　赞诗

汉朝天数当桓灵，炎炎红日将西倾。奸臣董卓废少帝，刘协懦弱魂梦惊。曹操传檄[2]告天下，诸侯奋怒皆兴兵。议立袁绍作盟主，誓扶王室定太平。温侯吕布世无比，雄才四海夸英伟。护躯银铠砌龙鳞，束发金冠簪雉尾。参差宝带兽平吞，错落锦袍飞凤起。龙驹跳踏起天风，画戟荧煌射秋水。出关搦战[3]谁敢当？诸侯胆裂心惶惶。踊出燕人张翼德，手持蛇矛丈八枪。虎须倒竖翻金线，环眼圆睁起电光。酣战未能分胜败，阵前恼起关云长。青龙宝刀灿霜雪，鹦鹉战袍飞蛱蝶。马蹄到处鬼神嚎，目前一怒应流血。枭雄玄德掣双锋，抖擞天威施勇烈。三人围绕战多时，遮拦架隔无休歇。喊声震动天地翻，杀气迷漫牛斗寒。吕布力穷寻走路，遥望家山拍马还。倒拖画杆方天戟，乱散销金五彩幡。顿断绒绦[4]走赤兔，翻身飞上虎牢关。

【注释】

[1] 本诗体裁为七言歌行体诗，共四十句，八句平仄一转韵，篇中多有排偶之句。

[2] 檄，檄文，古时征兵的军书。　[3] 搦（nuò）战，挑战（多见于早期白话）。

[4] 绦，绦子，丝带。

第八回
《王司徒巧使连环计，董太师大闹凤仪亭》（三首）

貂蝉舞[1]　赞词

原是昭阳宫里人，惊鸿宛转掌中身[2]，只疑飞过洞庭春。按彻梁州莲步稳，好花风袅一枝新，画堂香暖不胜春。

【注释】

[1] 本词体裁为双调词，所用词牌为《浣溪沙》。 [2] “惊鸿宛转掌中身”，用赵飞燕典，传说其可在力士掌中起舞。

貂蝉舞[1] 赞诗

红牙[2]催拍燕飞忙，一片行云到画堂。眉黛促成游子恨，脸容初断故人肠。榆钱不买千金笑，柳带何须百宝妆。舞罢隔帘偷目送，不知谁是楚襄王[3]。

【注释】

[1] 本诗体裁为七言律诗（首句平起平收式），韵部为“平水韵”下平声“七阳”韵。 [2] 红牙，红牙檀板。 [3] 楚襄王，用宋玉《神女赋》典。

貂蝉曲[1] 赞诗

一点樱桃启绛唇[2]，两行碎玉[3]喷阳春[4]。丁香舌吐衠钢[5]剑，要斩奸邪乱国臣。

【注释】

[1] 本诗体裁为七言律绝（首句仄起平收式），韵部为“平水韵”上平声“十一真”韵。 [2] 绛唇，红唇。 [3] 碎玉，指银牙。 [4] 阳春，古代曲名。 [5] 衠(zhūn) 钢，纯钢。

第九回
《除暴凶吕布助司徒，犯长安李傕听贾诩》(四首)

董卓斥退李儒[1]　叹诗

司徒妙算托红裙[2]，不用干戈不用兵。三战虎牢[3]徒费力，凯歌却奏凤仪亭。

【注释】

[1] 本诗体裁为七言绝句（首句平起平收式），韵脚字“裙”“兵”“亭”，分属“平水韵”上平声“十二文”韵、下平声“八庚”韵、下平声“九青”韵。　[2] 托红裙，代指借美女貂蝉行“连环计”。　[3] 三战虎牢，指第五回中虎牢关刘关张三英战吕布之情节。

吕布奉诏讨董卓[1]　叹诗

霸业成时为帝王，不成且作富家郎。谁知天意无私曲，郿坞[2]方成已灭亡。

【注释】

[1] 本诗体裁为七言律绝（首句仄起平收式），韵部为“平水韵”下平声“七阳”韵。　[2] 郿坞，董卓于长安城外所筑城堡。

蔡邕哭董卓[1]　叹诗

董卓专权肆不仁，侍中[2]何自竟亡身？当时诸葛隆中卧，安肯轻身事乱臣。

【注释】

[1] 本诗体裁为七言律绝（首句仄起平收式），韵部为“平水韵”上平声“十一真”

韵。 [2] 侍中，汉代官职名，此处指蔡邕。

王允骂贼就义[1] 赞诗

王允运机筹，奸臣董卓休。心怀家国恨，眉锁庙堂忧。英气连霄汉，忠诚贯斗牛。至今魂与魄，犹绕凤凰楼[2]。

【注释】

[1] 本诗体裁为五言律诗（首句仄起平收式），韵部为“平水韵”下平声“十一尤”韵。 [2] 凤凰楼，京城城楼，此处指王允所跳之长安城宣平门楼。

第十回
《勤王室马腾举义，报父仇曹操兴师》（一首）

张闿杀尽曹嵩全家[1] 叹诗

曹操奸雄世所夸，曾将吕氏[2]杀全家。如今阖户逢人杀，天理循环报不差。

【注释】

[1] 本诗体裁为七言律绝（首句仄起平收式），韵部为“平水韵”下平声“六麻”韵。[2] 吕氏，指第四回中被曹操所杀的吕伯奢一家。

第十三回
《李傕郭汜大交兵，杨奉董承双救驾》（一首）

李郭相杀[1] 叹诗

光武中兴兴汉室，上下相承十二帝。桓灵无道宗社堕，阉臣擅权为叔季[2]。无谋何进作三公[3]，欲除社鼠招奸雄[4]。豺獭虽驱虎狼入，西州逆竖生淫凶。王允赤心托红粉，致令董吕成矛盾。渠魁殄灭天下宁，谁知李郭心怀愤。神州荆棘争奈何，六宫饥馑[5]愁干戈。人心既离天命去，英雄割据分山河。后王规此存兢业，莫把金瓯等闲缺[6]。生灵糜烂肝脑涂，剩水残山多怨血。我观遗史不胜悲，今古茫茫叹黍离[7]。人君当守苞桑[8]戒，太阿谁执[9]全纲维。

【注释】

[1] 本诗体裁为七言歌行体诗，四句平仄一转韵。 [2] 叔季，指鲁国卿大夫、权臣——叔孙氏、季孙氏。 [3] 三公，汉代官职名，辅佐皇帝的大臣之最高官阶，原为丞相、太尉、御史大夫，何进在小说中为“大将军”，位比三公。 [4] 奸雄，指董卓。[5] 饥馑，饥荒。 [6] 金瓯等闲缺，反用成语“金瓯无缺”意。 [7] 黍离，用《诗经·王风·黍离》典。 [8] 苞桑，用《周易·否》“其亡其亡，系于苞桑”典。[9] 太阿谁执，用成语“太阿倒持”意。

第十四回

《曹孟德移驾幸许都，吕奉先乘夜袭徐郡》（一首）

汉末气运之衰[1] 叹诗

血流芒砀白蛇亡[2]，赤帜纵横游四方。秦鹿逐翻兴社稷，楚骓推倒立封疆[3]。天子懦弱奸邪起，气色凋零盗贼狂。看到两京遭难处，铁人无泪也凄惶[4]！

【注释】

[1] 本诗体裁为七言律诗（首句平起平收式），韵部为“平水韵”下平声“七阳”韵。唯五句“子”字处失粘。 [2]“血流芒砀白蛇亡”，指汉高祖刘邦芒砀山斩白蛇起义。 [3]“楚骓推倒立封疆”，指楚汉相争，刘邦灭项羽而建立汉朝。楚骓，典出项羽《垓下歌》“时不利兮骓不逝”。 [4] 凄惶，匆忙不安貌。

第十六回

《吕奉先射戟辕门，曹孟德败师淯水》（一首）

吕布辕门射戟[1] 赞诗

温侯神射世间稀，曾向辕门独解危。落日果然欺后羿，号猿直欲胜由基[2]。虎筋弦响弓开处，雕羽翎飞箭到时。豹子尾摇穿画戟，雄兵十万脱征衣。

【注释】

[1] 本诗体裁为七言律诗（首句平起平收式），韵部为“平水韵”上平声“四支”韵，首句末字“稀”、八句末字“衣”，为“平水韵”上平声“五微”韵，当为邻韵通押。 [2] 由基，指楚国神射手养由基，能够“百步穿杨”，典出《战国策·西周策》。

第十七回
《袁公路大起七军，曹孟德会合三将》（一首）

曹操割爱代首论诗[1]

十万貔貅[2]十万心，一人号令众难禁。拔刀割发权为首，方见曹瞒[3]诈术深。

【注释】

[1] 本诗体裁为七言律绝（首句仄起平收式），韵部为“平水韵”下平声“十二侵”韵。 [2] 貔貅，古书上说的一种神兽，此指勇猛的军队。 [3] 曹瞒，指曹操，小字阿瞒。

第十九回
《下邳城曹操鏖兵，白门楼吕布殒命》（三首）

陈宫引颈就刑[1] 叹诗

生死无二志，丈夫何壮哉！不从金石[2]论，空负栋梁材。辅主真堪敬，辞亲实可哀。白门身死日，谁肯似公台[3]。

【注释】

[1] 本诗体裁为五言律诗（首句仄起仄收式），韵部为“平水韵”上平声“十灰”韵。[2] 金石，古代金石器物上多有文字记事。此指古书文献。 [3] 公台，指陈宫，字公台。

吕布被缢死枭首[1] 叹诗

洪水滔滔淹下邳，当年吕布受擒时：空余赤兔千里马，漫有方天戟一枝。缚虎望宽今太懦，养鹰休饱昔无疑。恋妻不纳陈宫谏，枉骂无恩“大耳儿”[2]。

【注释】

[1] 本诗体裁为七言律诗（首句仄起平收式），韵部为“平水韵”上平声“四支”韵。唯三句“里”字处失粘。 [2]“大耳儿”，此指小说中吕布临刑前所骂刘备之语。

刘备答曹操杀吕布论诗[1]

伤人饿虎缚休宽，董卓丁原血未干。玄德既知能啖父[2]，争如留取害曹瞒？

【注释】

[1] 本诗体裁为七言律绝（首句平起平收式），韵部为“平水韵”上平声“十四寒”韵。 [2] 啖父，指吕布先后害死两位义父丁原、董卓事。啖，吃。

第二十一回
《曹操煮酒论英雄，关公赚城斩车胄》（三首）

刘备闻雷掩饰[1]　赞诗

勉从虎穴暂趋身，说破英雄惊杀人。巧借闻雷来掩饰，随机应变信如神。

【注释】

[1] 本诗体裁为七言律绝（首句平起平收式），韵部为“平水韵”上平声“十一真”韵。

刘备讨袁术脱身[1]　叹诗

束兵秣马[2]去匆匆，心念天言衣带中。撞破铁笼逃虎豹，顿开金锁走蛟龙。

【注释】

[1] 本诗体裁为七言律绝（首句平起平收式），韵部为“平水韵”上平声“一东”韵。四句末字“龙”，为“平水韵”上平声“二冬”韵，当为邻韵通押。　[2] 秣马，喂饱马。

袁术吐血而亡[1]　叹诗

汉末刀兵起四方，无端袁术太猖狂。不思累世[2]为公相，便欲孤身作帝王。强暴枉夸传国玺，骄奢妄说应天祥。渴思蜜水无由得，独卧空床呕血亡。

【注释】

[1] 本诗体裁为七言律诗（首句仄起平收式），韵部为“平水韵”下平声“七阳”韵。[2] 累世，数代，接连几代。

第二十三回
《祢正平裸衣骂曹，吉太医下毒遭刑》（二首）

黄祖杀祢衡[1] 叹诗

黄祖才非长者俦[2]，祢衡珠碎此江头。今来鹦鹉洲边过，惟有无情碧水流。

【注释】

[1] 本诗体裁为七言律绝（首句仄起平收式），韵部为“平水韵”下平声“十一尤”韵。 [2] 俦，伴侣。

史官赞吉平诗[1]

汉朝无起色，医国有称平：立誓除奸党，捐躯报圣明[2]。极刑词愈烈，惨死气如生。十指淋漓处[3]，千秋仰异名。

【注释】

[1] 本诗体裁为五言律诗（首句仄起仄收式），韵部为“平水韵”下平声“八庚”韵。 [2] 圣明，指天子。 [3]“十指淋漓处”，指吉平遭受曹操截指之刑。

第二十四回
《国贼行凶杀贵妃，皇叔败走投袁绍》(四首)

董承满门被杀[1] 叹诗

密诏传衣带，天言出禁门。当年曾救驾[2]，此日更承恩。忧国成心疾，除奸入梦魂。忠贞千古在，成败复谁论。

【注释】

[1] 本诗体裁为五言律诗（首句仄起仄收式），韵部为“平水韵”上平声“十三元”韵。八句末字“论”，为平仄两读字，此处为平声。 [2] “当年曾救驾”，指第十三回“杨奉董承双救驾”之事。

王子服等四人被杀[1] 叹诗

书名尺素矢忠谋[2]，慷慨思将君父酬。赤胆可怜捐百口，丹心自是足千秋。

【注释】

[1] 本诗体裁为七言律绝（首句平起平收式），韵部为“平水韵”下平声“十一尤”韵。 [2] “书名尺素矢忠谋”，指第二十回王子服等受衣带诏，在白绢上书名画字立义状之事。

董妃被杀[1] 叹诗

春殿承恩亦枉然，伤哉龙种并时捐[2]。堂堂帝主难相救，掩面徒看泪涌泉。

【注释】

[1] 本诗体裁为七言律绝（首句仄起平收式），韵部为“平水韵”下平声“一先”韵。[2]“伤哉龙种并时捐”，指董妃已怀有汉献帝“龙种”，未及分娩即被曹操勒死于宫门外之事。

毛玠观旗折谏曹操[1] 叹诗

吁嗟帝胄[2]势孤穷，全仗分兵劫寨功。争奈牙旗折有兆，老天何故纵奸雄？

【注释】

[1] 本诗体裁为七言律绝（首句平起平收式），韵部为“平水韵”上平声“一东”韵。[2] 帝胄，帝室之胄，指刘备。

第二十五回

《屯土山关公约三事，救白马曹操解重围》（一首）

关公谢曹操赠赤兔[1] 叹诗

威倾三国著英豪，一宅分居[2]义气高。奸相枉将虚礼待，岂知关羽不降曹。

【注释】

[1] 本诗体裁为七言律绝（首句平起平收式），韵部为“平水韵”下平声“四豪”韵。[2] 一宅分居，指曹操在许昌拨一府给关公居住，关公分一宅为两院，自居外宅之事。

第二十七回
《美髯公千里走单骑，汉寿侯五关斩六将》（一首）

关公五关斩六将[1]　叹诗

挂印封金[2]辞汉相，寻兄遥望远途还。马骑赤兔行千里，刀偃青龙出五关。忠义慨然冲宇宙，英雄从此震江山。独行斩将应无敌，今古留题翰墨间。

【注释】

[1] 本诗体裁为七言律诗（首句仄起仄收式），韵部为“平水韵”上平声“十五删”韵。　[2] 挂印封金，指关公将曹操所赠金银封置库中，将汉寿亭侯印悬于堂上辞别之事。

第二十八回
《斩蔡阳兄弟释疑，会古城主臣聚义》（一首）

刘关张等君臣古城聚义[1]　赞诗

当时手足似瓜分，信断音稀杳不闻。今日君臣重聚义，正如龙虎会风云[2]。

【注释】

[1] 本诗体裁为七言律绝（首句仄起仄收式），韵部为“平水韵”上平声“十二文”韵。　[2] 龙虎会风云，典出《周易·乾》：“云从龙，风从虎。”

第二十九回
《小霸王怒斩于吉，碧眼儿坐领江东》（二首）

许贡三家客刺孙策[1] 赞诗

孙郎智勇冠江湄[2]，射猎山中受困危。许客三人能死义，杀身豫让[3]未为奇。

【注释】

[1] 本诗体裁为七言律绝（首句平起平收式），韵部为“平水韵”上平声“四支”韵。
[2] 湄，水边，岸旁。 [3] 杀身豫让，指豫让刺赵襄子事，典出《史记·刺客列传》。

孙策临终决策[1] 赞诗

独战东南地，人称“小霸王”。运筹如虎踞，决策似鹰扬[2]。威震三江靖[3]，名闻四海香。临终遗大事，专意属周郎。

【注释】

[1] 本诗体裁为五言律诗（首句仄起仄收式），韵部为“平水韵”下平声“七阳”韵。
[2] 鹰扬，威武奋扬如鹰，典出《诗经·大雅·大明》：“维师尚父，时维鹰扬。”
[3] 靖，平定。

第三十回
《战官渡本初败绩，劫乌巢孟德烧粮》(三首)

许攸投曹营[1]　叹诗

本初豪气盖中华，官渡相持枉叹嗟。若使许攸谋见用[2]，山河争得属曹家？

【注释】

[1] 本诗体裁为七言律绝（首句平起平收式），韵部为“平水韵”下平声“六麻”韵。
[2] 见用，被采用。

沮授被袁绍监押[1]　叹诗

逆耳忠言反见仇，独夫袁绍少机谋。乌巢粮尽根基拔，犹欲区区守冀州。

【注释】

[1] 本诗体裁为七言律绝（首句仄起平收式），韵部为“平水韵”下平声“十一尤”韵。

沮授被曹操误杀[1]　叹诗

河北多名士，忠贞推沮君：凝眸知阵法，仰面识天文；至死心如铁，临危气似云。曹公钦[2]义烈，特与建孤坟。

【注释】

[1] 本诗体裁为五言律诗（首句仄起仄收式），韵部为“平水韵”上平声“十二文”韵。　[2] 钦，钦佩。

第三十一回
《曹操仓亭破本初，玄德荆州依刘表》（一首）

田丰自刎[1] 叹诗

昨朝沮授军中失，今日田丰狱内亡。河北栋梁皆折断，本初焉不丧家邦！

【注释】

[1] 本诗体裁为七言律绝（首句平起仄收式），韵部为“平水韵”下平声“七阳”韵。末字“邦”，为“平水韵”上平声“三江”韵，当为邻韵通押。

第三十二回
《夺冀州袁尚争锋，决漳河许攸献计》（二首）

袁绍吐血身死[1] 叹诗

累世公卿立大名，少年意气自纵横。空招俊杰三千客，漫有英雄百万兵。羊质虎皮功不就，凤毛鸡胆事难成。更怜一种伤心处，家难徒延两弟兄[2]。

【注释】

[1] 本诗体裁为七言律诗（首句仄起平收式），韵部为“平水韵”下平声“八庚”韵。
[2]“家难徒延两弟兄”，指袁绍二子袁尚、袁谭兄弟内斗。

审配引颈就刃[1] 叹诗

河北多名士，谁如审正南：命因昏主丧，心与古人参。忠直言无隐，廉能志不贪。临亡犹北面[2]，降者尽羞惭。

【注释】

［1］本诗体裁为五言律诗（首句仄起仄收式），韵部为“平水韵”下平声“十三覃”韵。 ［2］“临亡犹北面”，指审配临刑前面向北方。

第三十三回
《曹丕乘乱纳甄氏，郭嘉遗计定辽东》(一首)

曹操引众官设祭于郭嘉灵前[1] 赞诗

天生郭奉孝，豪杰冠群英：腹内藏经史，胸中隐甲兵；运谋如范蠡，决策似陈平。可惜身先丧，中原梁栋倾。

【注释】

［1］本诗体裁为五言律诗（首句平起仄收式），韵部为“平水韵”下平声“八庚”韵。

第三十四回
《蔡夫人隔屏听密语，刘皇叔跃马过檀溪》(三首)

刘备叹髀肉复生[1] 赞诗

曹公屈指从头数，“天下英雄独使君”。髀肉复生[2]犹感叹，争教寰宇不三分？

【注释】

[1] 本诗体裁为七言律绝（首句平起仄收式），韵部为“平水韵”上平声“十二文”韵。 [2] 髀肉复生，久不骑马奔驰，习于安逸，腿根侧部长了肥肉。髀，大腿，也指大腿骨。

蔡瑁拟刘备题壁反诗[1]

数年徒守困，空对旧山川。龙岂池中物，乘雷欲上天[2]！

【注释】

[1] 本诗题材为题壁诗，体裁为五言律绝（首句平起仄收式），韵部为“平水韵”下平声“一先”韵。 [2]“龙岂池中物，乘雷欲上天”，典出《周易·乾卦》“九五，飞龙在天”。

苏学士咏刘备跃马檀溪诗[1]

老去花残春日暮，宦游偶至檀溪路；停骖[2]遥望独徘徊，眼前零落飘红絮。暗想咸阳火德[3]衰，龙争虎斗交相持；襄阳会上王孙饮，坐中玄德身将危。逃生独出西门道，背后追兵复将到；一川烟水涨檀溪，急叱征骑往前跳。马蹄踏碎青玻璃，天风响处金鞭挥；耳畔但闻千骑走，波中忽见双龙[4]飞：西川独霸真英主，坐下龙驹两相遇。——檀溪溪水自东流，龙驹英主今何处！临流三叹心欲酸，斜阳寂寂照空山；三分鼎足浑如梦，踪迹空留在世间。

【注释】

[1] 本诗题材为怀古诗，体裁为七言歌行体诗，四句平仄一转韵。此诗不见于苏轼诗集中，应是后人附会、托名苏轼之作。 [2] 骖，古代指驾在车两旁的马。 [3] 火德，依“五德终始”说，汉为火德。这是用五行生克来讲朝代兴亡替代的一种宿命论说法。 [4] 双龙，指“真龙天子”刘备和“龙驹”的卢马。

第三十五回
《玄德南漳逢隐沦，单福新野遇英主》(一首)

单福歌[1]

天地反覆兮，火欲殂[2]；大厦将崩兮，一木难扶。山谷有贤兮，欲投明主；明主求贤兮，却不知吾。

【注释】

[1] 本诗体裁为杂言古风，使用了“顶针”修辞格。 [2] 火欲殂，指汉朝将要灭亡。殂，死亡。

第三十六回
《玄德用计袭樊城，元直走马荐诸葛》(一首)

徐庶走马荐诸葛[1] 赞诗

痛恨高贤不再逢，临歧[2]泣别两情浓。片言却似春雷震，能使南阳起卧龙。

【注释】

[1] 本诗体裁为七言律绝（首句仄起平收式），韵部为“平水韵”上平声“二冬”韵。[2] 歧，岔道。

第三十七回
《司马徽再荐名士，刘玄德三顾茅庐》（八首）

徐母赞[1]

贤哉徐母，流芳千古：守节无亏，于家有补；教子多方，处身自苦；气若丘山，义出肺腑；赞美“豫州”，毁触魏武；不畏鼎镬[2]，不惧刀斧；唯恐后嗣，玷辱先祖。伏剑同流，断机[3]堪伍；生得其名，死得其所：贤哉徐母，流芳千古！

【注释】

[1] 本诗体裁为四言古诗，押上声韵，一韵到底，且篇首二句与篇末二句同。[2] 鼎镬，指用鼎镬烹煮的酷刑。 [3] 断机，用孟母断机教子典，见西汉刘向《古列女传·母仪·邹孟轲母》。

隆中农夫歌[1]

苍天如圆盖，陆地似棋局[2]；世人黑白分，往来争荣辱：荣者自安安，辱者定碌碌。——南阳有隐居，高眠卧不足！

【注释】

[1] 本诗体裁为五言古诗，押仄声韵。 [2] 棋局，指围棋对局。围棋有黑白子，故有下句“世人黑白分”之语。

卧龙居处[1] 赞诗

襄阳城西二十里，一带高冈枕流水：高冈屈曲压云根[2]，流水潺湲飞石髓；势若困龙石上蟠，形如单凤松阴里；柴门半掩闭茅庐，中有高人卧不起。修竹交加列翠屏，四时篱落野花馨；床头堆积皆黄卷，座上往来无白丁[3]；叩户苍猿时献果，守门老鹤夜听经；囊里名琴藏古锦，壁间宝剑挂七星。庐中先生独幽雅，闲来亲自勤耕稼：专待春雷惊梦回，一声长啸安天下。

【注释】

［1］本诗体裁为七言古风，中央电视台 1994 版电视连续剧《三国演义》创作者曾借此诗意境创作该剧插曲《有为歌》（又名《卧龙吟》）。［2］云根，山石。［3］“座上往来无白丁”，化用刘禹锡《陋室铭》“谈笑有鸿儒，往来无白丁”语典。

茅庐近旁酒店石广元、孟公威歌二首

其　一[1]

壮士功名尚未成，呜呼久不遇阳春！君不见：东海老叟辞荆榛[2]，后车遂与文王亲；八百诸侯不期会，白鱼入舟[3]涉孟津；牧野一战血流杵[4]，鹰扬[5]伟烈冠武臣。又不见：高阳酒徒[6]起草中，长揖芒砀“隆准公”[7]；高谈王霸惊人耳，辍洗延坐钦英风；东下齐城七十二，天下无人能继踪。二人功迹尚如此，至今谁肯论英雄？

【注释】

［1］本诗体裁为歌行体，七言为主，间有杂言。［2］“东海老叟辞荆榛”，用姜尚典。［3］白鱼入舟，为用兵必胜的征兆，典出《史记·周本纪》：“武王渡河，中流，白鱼跃入王舟中，武王俯取以祭……诸侯皆曰：‘纣可伐矣。’”［4］血流杵，即成语“血流漂杵”，典出《尚书·武成》：“会于牧野……血流漂杵。”［5］鹰扬，威武奋扬如鹰，典出《诗经·大雅·大明》：“维师尚父，时维鹰扬。”［6］高阳酒徒，指郦食其，语出《史记·郦生陆贾列传》。［7］隆准公，指汉高祖刘邦。隆，高大；准，鼻子。据说刘邦的鼻子生得很高大，故有此称。

其　二[1]

吾皇[2]提剑清寰海[3]，创业垂基四百载；桓灵季业火德衰，奸臣贼子调鼎鼐。青蛇飞下御座傍，又见妖虹降玉堂；群盗四方如蚁聚，奸雄百辈皆鹰扬，吾侪[4]长啸空拍手，闷来村店饮村酒；独善其身尽日安，何须千古名不朽！

【注释】

[1] 本诗体裁为七言歌行体，押仄声韵。 [2] 吾皇，指汉高祖刘邦。 [3] 寰海，寰宇四海。 [4] 吾侪，吾辈。

诸葛均草堂歌[1]

凤翱翔于千仞兮，非梧不栖[2]；士伏处于一方兮，非主不依。乐躬耕于陇亩兮，吾爱吾庐；聊寄傲于琴书兮，以待天时。

【注释】

[1] 本诗体裁为杂言古诗。 [2] 非梧不栖，典出《庄子·秋水》："夫鹓雏……非梧桐不止。"

黄承彦诗[1]

一夜北风寒，万里彤云厚；长空雪乱飘，改尽江山旧。仰面观太虚[2]，疑是玉龙斗：纷纷鳞甲飞，顷刻遍宇宙。——骑驴过小桥，独叹梅花瘦！

【注释】

[1] 本诗体裁为五言古诗，押仄声韵。 [2] 太虚，指天空。

玄德风雪访孔明[1] 赞诗

一天风雪访贤良，不遇空回意感伤。冻合溪桥山石滑，寒侵鞍马路途长。当头片片梨花落，扑面纷纷柳絮狂。回首停鞭遥望处，烂银[2]堆满卧龙冈。

【注释】

[1] 本诗体裁为七言律诗（首句平起平收式），韵部为"平水韵"下平声"七阳"韵。

［2］烂银，比喻地上积雪。

第三十八回
《定三分隆中决策，战长江孙氏报仇》（五首）

诸葛亮草堂吟诗[1]

大梦谁先觉？平生我自知。草堂春睡足，窗外日迟迟。

【注释】

［1］本诗体裁为五言律绝（首句仄起仄收式），韵部为“平水韵”上平声“四支”韵。诗中“觉”“足”二字，为混入普通话平声的中古入声字。

隆中对[1]　赞诗

“豫州”当日叹孤穷，何幸南阳有卧龙[2]！欲识他年分鼎处，先生笑指画图中。

【注释】

［1］本诗体裁为七言律绝（首句平起平收式），韵部为“平水韵”上平声“一东”韵，二句末字“龙”，为“平水韵”上平声“二冬”韵，当为邻韵通押。　［2］卧龙，是小说中诸葛亮隐居隆中时的号。

诸葛亮离隆中嘱诸葛均[1]　赞诗

身未升腾思退步，功成应忆去时言。只因先主丁宁后，星落秋风五丈原[2]。

【注释】

[1] 本诗体裁为七言律绝（首句仄起仄收式），韵部为“平水韵”上平声“十三元”韵。 [2]“星落秋风五丈原”，指第一百四回《陨大星汉丞相归天》中诸葛亮六出祁山时殁于五丈原军中之事。

诸葛亮出隆中[1] 赞诗

高皇手提三尺雪，芒砀白蛇夜流血[2]；平秦灭楚入咸阳，二百年前几断绝。大哉光武兴洛阳，传至桓灵又崩裂；献帝迁都幸许昌，纷纷四海生豪杰：曹操专权得天时，江东孙氏开鸿业；孤穷玄德走天下，独居新野愁民厄。南阳卧龙有大志，腹内雄兵分正奇；只因徐庶临行语，茅庐三顾心相知。先生尔时年三九[3]，收拾琴书离陇亩；先取荆州后取川，大展经纶补天手；纵横舌上鼓风雷，谈笑胸中换星斗；龙骧[4]虎视安乾坤，万古千秋名不朽！

【注释】

[1] 本诗体裁为体裁为七言古风诗，隔数句平仄一转韵。 [2]“高皇手提三尺雪，芒砀白蛇夜流血”，指汉高祖刘邦芒砀山提剑斩白蛇起义事。三尺雪，喻三尺剑。[3]“先生尔时年三九”，指诸葛亮离隆中时，二十七岁。 [4] 骧，指头仰起，高举。

孙翊妻徐氏杀妫览、戴员[1] 赞诗

才节双全世所无，奸回一旦受摧锄。庸臣从贼忠臣死，不及东吴女丈夫。

【注释】

[1] 本诗体裁为七言律绝（首句仄起平收式），韵部为“平水韵”上平声“七虞”韵。

第三十九回
《荆州城公子三求计，博望坡军师初用兵》（一首）

诸葛亮博望坡初用兵[1]　赞诗

博望相持用火攻，指挥如意笑谈中。直须惊破曹公胆，初出茅庐第一功！

【注释】

［1］本诗体裁为七言律绝（首句仄起平收式），韵部为“平水韵”上平声“一东”韵。

第四十回
《蔡夫人议献荆州，诸葛亮火烧新野》（三首）

后人赞孔融诗[1]

孔融居北海[2]，豪气贯长虹：坐上客常满，樽中酒不空；文章惊世俗，谈笑侮王公。史笔褒忠直，存官纪“太中”[3]。

【注释】

［1］本诗体裁为五言律诗（首句平起仄收式），韵部为“平水韵”上平声“一东”韵。［2］北海，郡、国名。西汉景帝二年（前155）分胶西国地置郡。东汉改为国，移治剧县（今昌乐西）。汉末孔融任北海相，人称“孔北海”。　［3］存官纪“太中”，孔融曾任太中大夫官职。

刘表病亡[1] 叹诗

昔闻袁氏居河朔，又见刘君霸汉阳。总为牝晨[2]致家累，可怜不久尽销亡！

【注释】

[1] 本诗体裁为七言律绝（首句平起仄收式），韵部为“平水韵”下平声“七阳”韵。[2] 牝晨，即成语“牝鸡司晨”。母鸡报晓，旧时比喻女子窃权乱政。典出《尚书·牧誓》：“牝鸡无晨。牝鸡之晨，惟家之索。”此指袁绍所宠之刘夫人与刘表所宠之蔡夫人乱政之事。

火烧新野[1] 叹诗

奸雄曹操守中原，九月南征到汉川。风伯怒临新野县，祝融[2]飞下焰摩天。

【注释】

[1] 本诗体裁为七言律绝（首句平起平收式），韵部为“平水韵”下平声“一先”韵，首句末字“原”，为“平水韵”上平声“十三元”韵，当为邻韵通押。 [2] 祝融，火神。

第四十一回
《刘玄德携民渡江，赵子龙单骑救主》(四首)

刘备携民渡江[1] 赞诗

临难仁心存百姓，登舟挥泪动三军。至今凭吊襄江口，父老犹然忆使君。

【注释】

［1］本诗体裁为七言律绝（首句仄起仄收式），韵部为“平水韵”上平声“十二文”韵。

糜夫人投井[1] 赞诗

战将全凭马力多，步行怎把幼君扶？拼将一死存刘嗣[2]，勇决还亏女丈夫。

【注释】

［1］本诗体裁为七言律绝（首句仄起平收式），韵部为“平水韵”上平声“七虞”韵，首句末字“多”，为“平水韵”下平声“五歌”韵，出韵。［2］刘嗣，刘氏子孙，此指刘禅（阿斗）。

赵云长坂坡跃马逃离土坑[1] 赞诗

红光罩体困龙飞，征马冲开长坂围。四十二年[2]真命主，将军因得显神威。

【注释】

［1］本诗体裁为七言律绝（首句平起平收式），韵部为“平水韵”上平声“五微”韵。［2］四十二年，指三国中的蜀汉政权（221—263）前后存在四十二年。

赵云长坂坡杀透重围[1] 赞诗

血染征袍透甲红，当阳谁敢与争锋！古来冲阵扶危主，只有常山[2]赵子龙。

【注释】

［1］本诗体裁为七言律绝（首句仄起平收式），韵部为“平水韵”上平声“二冬”韵，首句末字“红”，为“平水韵”上平声“一东”韵，当为邻韵通押。中央电视台 1994 版电

视连续剧《三国演义》曾据此诗意境创作该剧插曲《当阳常志此心丹》，其歌词有云“一袭征袍鲜血染……” ［2］常山，郡、国名，汉高帝三年（前 204）置郡，治所在元氏（今元氏县西北），东汉初改为国。

第四十二回
《张翼德大闹长坂桥，刘豫州败走汉津口》（二首）

刘备掷儿[1] 叹诗

曹操军中飞虎出，赵云怀内小龙眠。无由抚慰忠臣意，故把亲儿掷马前。

【注释】

［1］本诗体裁为七言律绝（首句仄起仄收式），韵部为“平水韵”下平声“一先”韵。

张飞大闹长坂桥[1] 赞诗

长坂桥头杀气生，横枪立马眼圆睁。一声好似轰雷震，独退曹家百万兵。

【注释】

［1］本诗体裁为七言律绝（首句仄起平收式），韵部为“平水韵”下平声“八庚”韵。

第四十五回
《三江口曹操折兵，群英会蒋干中计》（二首）

周瑜舞剑歌[1]

丈夫处世兮立功名，立功名兮慰平生。慰平生兮吾将醉，吾将醉兮发狂吟。

【注释】

[1] 本诗体裁为杂言古风，采用“顶针”修辞格。

曹操中计斩蔡瑁张允[1] 叹诗

曹操奸雄不可当，一时诡计中周郎。蔡张卖主求生计，谁料今朝剑下亡！

【注释】

[1] 本诗体裁为七言律绝（首句仄起平收式），韵部为“平水韵”下平声“七阳”韵。

第四十六回
《用奇谋孔明借箭，献密计黄盖受刑》（一首）

诸葛亮草船借箭[1] 赞诗

一天浓雾满长江，远近难分水渺茫。骤雨飞蝗[2]来战舰，孔明今日伏周郎。

【注释】

[1] 本诗体裁为七言律绝（首句平起平收式），韵部为“平水韵”下平声“七阳”韵，首句末字“江”，为“平水韵”上平声“三江”韵，当为邻韵通押。 [2] 骤雨飞蝗，形容曹营射来的弓箭密集。

第四十七回
《阚泽密献诈降书，庞统巧授连环计》(一首)

庞统献连环计[1] 赞诗

赤壁鏖兵用火攻，运筹决策尽皆同。若非庞统连环计，公瑾安能立大功？

【注释】

[1] 本诗体裁为七言律绝（首句仄起平收式），韵部为“平水韵”上平声“一东”韵。

第四十八回
《宴长江曹操赋诗，锁战船北军用武》(三首)

庞统救徐庶脱身[1] 赞诗

曹操征南日日忧，马腾韩遂起戈矛。凤雏[2]一语教徐庶，正似游鱼脱钓钩。

【注释】

［1］本诗体裁为七言律绝（首句仄起平收式），韵部为“平水韵”下平声“十一尤”韵。 ［2］凤雏，指庞统，号凤雏先生。

赤　壁[1]

杜　牧

折戟[2]沉沙铁未消，自将[3]磨洗认前朝。东风不与[4]周郎便，铜雀春深锁二乔[5]。

【注释】

［1］本诗为怀古诗，体裁为七言律绝（首句仄起平收式），韵部为“平水韵”下平声“二萧”韵。 ［2］折戟，折断的戟。 ［3］将，拿起。 ［4］不与，“若不与”之意。 ［5］二乔，即大桥、小桥姐妹，分别嫁于孙策、周瑜。

短歌行[1]

曹　操

对酒当歌，人生几何[2]：譬如朝露，去日[3]苦[4]多。慨当以慷[5]，忧思难忘；何以解忧，惟有杜康[6]。青青子衿，悠悠我心[7]；但为君故，沉吟[8]至今。呦呦鹿鸣，食野之苹；我有嘉宾，鼓瑟吹笙[9]。皎皎如月，何时可辍？忧从中来，不可断绝！越陌度阡，枉用相存；契阔谈宴，心念旧恩[10]。月明星稀，乌鹊南飞；绕树三匝，无枝可依？山不厌高，水不厌深；周公吐哺[11]，天下归心。

【注释】

［1］本诗为咏怀诗，体裁为乐府。小说中曹操所赋诗为“皎皎如月”“无枝可依”，一般通行之曹操诗《短歌行》则为“明明如月”“何枝可依”（参见余冠英选注《三曹诗选》，北京：作家出版社1956年版，第5页）。 ［2］几何，有多少。 ［3］去日，已逝去的岁月。 ［4］苦，患的意思。 ［5］“慨当以慷”，是“慷慨”的间隔用法，形容歌声激

昂。［6］杜康，人名，这里是借代，以人代酒。［7］“青青子衿，悠悠我心”，典出《诗经·郑风·子衿》。青衿，为周代学子的服装，这里表示对贤才的思慕。［8］沉吟，沉思吟咏。［9］“呦呦鹿鸣，食野之苹；我有嘉宾，鼓瑟吹笙”，典出《诗经·小雅·鹿鸣》，原意为鹿看到了艾蒿相呼而食。我有好友，也设宴奏乐，盛情接待。这里是指渴望得到贤才。［10］“越陌度阡，枉用相存；契阔谈宴，心念旧恩”，大意是说劳贤人枉驾前来问候，久别重逢，思念着旧日的情谊，必当推心置腹，欢宴款待。陌和阡，都指道路。存，问候。契阔，聚散，这里指久别重逢。［11］“周公吐哺”，用周公“一饭三吐哺”礼贤下士典。

第四十九回
《七星坛诸葛祭风，三江口周瑜纵火》（一首）

诸葛亮借东风[1] 赞诗

七星坛上卧龙登，一夜东风江水腾。不是孔明施妙计，周郎安得逞才能？

【注释】

［1］本诗体裁为七言律绝（首句平起平收式），韵部为“平水韵”下平声“十蒸”韵。

第五十回
《诸葛亮智算华容，关云长义释曹操》(三首)

周瑜火烧赤壁[1]　赞诗

魏吴争斗决雌雄，赤壁楼船一扫空[2]。烈火初张照云海，周郎曾此破曹公。

【注释】

［1］本诗体裁为七言律绝（首句平起平收式），韵部为“平水韵”上平声“一东”韵。［2］“赤壁楼船一扫空”，形容赤壁之战中曹营水军战船被烧毁殆尽。

周瑜火烧赤壁[1]　赞诗又一绝

山高月小[2]水茫茫，追叹前朝割据忙。南士无心迎魏武，东风有意便周郎[3]。

【注释】

［1］本诗体裁为七言律绝（首句平起平收式），韵部为“平水韵”下平声“七阳”韵。［2］山高月小，语出北宋苏轼《后赤壁赋》。　［3］“东风有意便周郎”，反用杜牧《赤壁》“东风不与周郎便”语典。

关公华容道义释曹操[1]　叹诗

曹瞒兵败走[2]华容，正与关公狭路逢。只为当初恩义重，放开金锁走[3]蛟龙。

【注释】

［1］本诗体裁为七言律绝（首句平起平收式），韵部为“平水韵”上平声“二冬”韵。

[2] [3] 走，逃走，逃跑。

第五十三回

《关云长义释黄汉升，孙仲谋大战张文远》(二首)

黄　忠[1]　赞诗

将军气概与天参，白发犹然困汉南。至死甘心无怨望，临降低首尚怀惭。宝刀灿雪彰神勇，铁骑临风忆战酣。千古高名应不泯[2]，长随孤月照湘潭。

【注释】

[1] 本诗体裁为七言律诗（首句平起平收式），韵部为“平水韵”下平声“十三覃”韵。　[2] 泯，泯灭。

太史慈[1]　赞诗

矢志全忠孝，东莱太史慈：姓名昭远塞，弓马震雄师；北海酬恩日[2]，神亭酣战时。临终言壮志，千古共嗟咨！

【注释】

[1] 本诗体裁为五言律诗（首句仄起仄收式），韵部为“平水韵”上平声“四支”韵。[2]“北海酬恩日”，指太史慈单骑突围报恩北海相孔融事。

第五十四回
《吴国太佛寺看新郎，刘皇叔洞房续佳偶》(三首)

刘备孙权斩“恨石”[1] 赞诗

宝剑落时山石断，金环响处火光生。两朝[2]旺气皆天数，从此乾坤鼎足成。

【注释】

[1] 本诗体裁为七言律绝（首句仄起仄收式），韵部为“平水韵”下平声“八庚”韵。
[2] 两朝，指后来刘备建立的“蜀汉”政权和孙权建立的“吴”政权。

甘露寺“天下第一江山”[1] 赞诗

江山雨霁[2]拥青螺，境界无忧乐最多。昔日英雄凝目处，岩壁依旧抵风波。

【注释】

[1] 本诗体裁为七言律绝（首句平起平收式），韵部为“平水韵”下平声“五歌”韵。
[2] 雨霁，雨过天晴。

驻马坡[1] 赞诗

驰骤龙驹气概多，二人并辔[2]望山河。东吴西蜀成王霸，千古犹存驻马坡。

【注释】

[1] 本诗体裁为七言律绝（首句仄起平收式），韵部为“平水韵”下平声“五歌”韵。
[2] 辔，辔头，驾驭坐骑之缰绳。

第五十五回
《玄德智激孙夫人，孔明二气周公瑾》（一首）

刘备离柴桑至刘郎浦[1] 叹诗

吴蜀成婚此水浔[2]，明珠步障屋黄金。谁知一女轻天下，欲易刘郎鼎峙心。

【注释】

[1] 本诗体裁为七言律绝（首句仄起平收式），韵部为“平水韵”下平声“十二侵”韵。 [2] 浔（xún），水边。

第五十六回
《曹操大宴铜雀台，孔明三气周公瑾》（二首）

众臣称誉曹操[1] 叹诗

周公恐惧流言日，王莽谦恭下士[2]时：假使当年身便死，一生真伪有谁知！

【注释】

[1] 本诗体裁为七言律绝（首句平起仄收式），韵部为“平水韵”上平声“四支”韵。 [2] 下士，礼贤下士。

诸葛亮识破周瑜“假途灭虢”计[1] 叹诗

周瑜决策取荆州，诸葛先知第一筹。指望长江香饵稳，不知暗里钓鱼钩。

【注释】

[1] 本诗体裁为七言律绝（首句平起平收式），韵部为“平水韵”下平声“十一尤”韵。

第五十七回
《柴桑口卧龙吊丧，耒阳县凤雏理事》（四首）

周瑜身亡[1] 叹诗

赤壁遗雄烈，青年有俊声。弦歌知雅意，杯酒谢良朋。曾谒三千斛[2]，常驱十万兵。巴丘终命处，凭吊欲伤情。

【注释】

[1] 本诗体裁为五言律诗（首句仄起仄收式），韵部为“平水韵”下平声“八庚”韵。四句末字“朋”，为“平水韵”下平声“十蒸”韵，当为邻韵通押。 [2] “曾谒三千斛”，指周瑜拜谒鲁肃借粮三千斛事。

卧龙吊孝[1] 叹诗

卧龙南阳睡未醒，又添列曜[2]下舒城。苍天既已生公瑾，尘世何须出孔明！

【注释】

［1］本诗体裁为七言绝句，韵部为“平水韵”下平声“八庚”韵。首句“龙”字处，应为仄，失对。 ［2］曜，日、月、星的总称。

马腾遇害[1] 叹诗

父子齐芳烈，忠贞著一门。捐生图国难，誓死答君恩。嚼血盟言在，诛奸义状存[2]。西凉推世胄，不愧伏波[3]孙！

【注释】

［1］本诗体裁为五言律诗（首句仄起仄收式），韵部为“平水韵”上平声“十三元”韵。 ［2］“嚼血盟言在，诛奸义状存”，指第二十回《董阿瞒许田打围，董国舅内阁受诏》中马腾与王子服等受衣带诏，在白绢上书名画字立义状之事。 ［3］伏波，指东汉伏波将军马援。

苗泽、李春香等被斩[1] 叹诗

苗泽因私害荩[2]臣，春香未得反伤身。奸雄亦不相容恕，枉自图谋作小人。

【注释】

［1］本诗体裁为七言律绝（首句仄起平收式），韵部为“平水韵”上平声“十一真”韵。首句“龙”字处，失对。 ［2］荩（jìn），忠诚。

第五十八回
《马孟起兴兵雪恨，曹阿瞒割须弃袍》（一首）

曹操割须弃袍[1] 叹诗

潼关战败望风逃，孟德怆[2]惶脱锦袍。剑割髭[3]髯应丧胆，马超声价盖天高。

【注释】

[1] 本诗体裁为七言律绝（首句平起平收式），韵部为“平水韵”下平声“四豪”韵。第二句“犯孤平”。 [2] 怆，悲伤。 [3] 髭，嘴上边的胡子。

第六十回
《张永年反难杨修，庞士元议取西蜀》（二首）

张 松[1] 赞诗

古怪形容异，清高体貌疏。语倾三峡水，目视十行书[2]。胆量魁西蜀，文章贯太虚。百家并诸子，一览更无余。

【注释】

[1] 本诗体裁为五言律诗（首句仄起仄收式），韵部为“平水韵”上平声“六鱼”韵。[2]“目视十行书”，即观书一目十行意。

王累自割绳索撞死于地[1] 叹诗

倒挂城门捧谏章，拼将一死报刘璋。黄权折齿终降备[2]，矢节何如王累刚!

【注释】

[1] 本诗体裁为七言律绝（首句仄起平收式），韵部为“平水韵”下平声“七阳”韵。[2]“黄权折齿终降备”，指此前黄权口衔刘璋衣谏阻其迎刘备，被打落门牙事。

第六十一回
《赵云截江夺阿斗，孙权遗书退老瞒》(三首)

赵云截江夺阿斗[1] 赞诗

昔年救主在当阳[2]，今日飞身向大江。船上吴兵皆胆裂，子龙英勇世无双!

【注释】

[1] 本诗体裁为七言律绝（首句平起平收式），韵部为“平水韵”上平声“三江”韵，首句末字“阳”，为“平水韵”下平声“七阳”韵，当为邻韵通押。中央电视台1994版电视连续剧《三国演义》曾取此诗意境创作该剧插曲《当阳常志此心丹》，其歌词有云“子龙子龙世无双，五虎上将威名传”。 [2]“昔年救主在当阳”，指赵云长坂坡救阿斗脱险之事。

张飞助赵云截江夺阿斗[1] 赞诗

长坂桥边怒气腾，一声虎啸退曹兵[2]。今朝江上扶危主，青史应传万载名。

【注释】

[1] 本诗体裁为七言律绝（首句仄起平收式），韵部为“平水韵”下平声“八庚”韵。首句末字“腾”，为“平水韵”下平声“十蒸”韵，当为邻韵通押。 [2]“长坂桥边怒气腾，一声虎啸退曹兵”，指张飞在长坂桥头喝退曹兵之事。

荀彧服毒而亡[1] 叹诗

文若才华天下闻，可怜失足在权门。后人休把留侯[2]比，临没无颜见汉君。

【注释】

[1] 本诗体裁为七言律绝（首句仄起平收式），韵部为“平水韵”上平声“十二文”韵。二句末字“门”，为“平水韵”上平声“十三元”韵，当为邻韵通押。 [2] 留侯，指张良，其被汉高祖刘邦封为留侯。

第六十二回
《取涪关杨高授首，攻雒城黄魏争功》(一首)

张松全家被斩[1] 叹诗

一览无遗世所稀[2]，谁知书信泄天机。未观玄德兴王业，先向成都血染衣。

【注释】

[1] 本诗体裁为七言律绝（首句仄起平收式），韵部为“平水韵”上平声“五微”韵。

[2]“一览无遗世所稀”，指张松观书一目十行事。

第六十三回

《诸葛亮痛哭庞统，张翼德义释严颜》(三首)

庞统死于落凤坡[1] 叹诗

古岘[2]相连紫翠堆，士元有宅傍山隈。儿童惯识呼鸠曲，闾巷[3]曾闻展骥才。预计三分平刻削，长驱万里独徘徊。谁知天狗流星坠[4]，不使将军衣锦回。

【注释】

[1] 本诗体裁为七言律诗（首句仄起平收式），韵部为“平水韵”上平声“十灰”韵。 [2] 岘（xiàn），山名，在湖北。 [3] 闾巷，书面语，小的街道。 [4]“谁知天狗流星坠”，指本回诸葛亮观天，所见“天狗犯于吾军”之天象。

严 颜[1] 赞诗

白发居西蜀，清名震大邦。忠心如皎月，浩气卷长江。宁可断头死，安能屈膝降？巴州年老将，天下更无双。

【注释】

[1] 本诗体裁为五言律诗（首句仄起仄收式），韵部为“平水韵”上平声“三江”韵。

张飞义释严颜[1] 赞诗

生获严颜勇绝伦，惟凭义气服军民。至今庙貌留巴蜀，社酒鸡豚[2]日日春。

【注释】

[1] 本诗体裁为七言律绝（首句仄起平收式），韵部为“平水韵”上平声“十一真”韵。 [2] 豚，小猪，泛指猪。

第六十四回
《孔明定计捉张任，杨阜借兵破马超》（一首）

张　任[1]　赞诗

烈士岂甘从二主，张君忠勇死犹生。高明正似天边月，夜夜流光照雒城。

【注释】

[1] 本诗体裁为七言律绝（首句仄起仄收式），韵部为“平水韵”下平声“八庚”韵。

第六十六回
《关云长单刀赴会，伏皇后为国捐生》（四首）

关公单刀赴会[1]　赞诗

藐视吴臣若小儿，单刀赴会敢平欺。当年一段英雄气，尤胜相如在渑池[2]。

【注释】

[1] 本诗体裁为七言律绝（首句仄起平收式），韵部为“平水韵”上平声“四支”韵。

[2] 相如在渑池，指赵国大臣蔺相如在秦、赵渑池之会中为赵国争国格之事。参见《史记·廉颇蔺相如列传》。

华歆收伏皇后[1]　叹诗

华歆当日逞凶谋，破壁生将母后收。助虐一朝添虎翼，骂名千载笑“龙头”[2]！

【注释】

[1] 本诗体裁为七言律绝（首句平起平收式），韵部为“平水韵”下平声“十一尤”韵。 [2]“龙头”，指华歆与邴原、管宁被时人并称为“一龙”——华歆为龙头，邴原为龙腹，管宁为龙尾。

管　宁[1]　赞诗

辽东传有管宁楼，人去楼空名独留。笑杀子鱼[2]贪富贵，岂如白帽[3]自风流。

【注释】

[1] 本诗体裁为七言律绝（首句平起平收式），韵部为“平水韵”下平声“十一尤”韵。 [2] 子鱼，指华歆，字子鱼。 [3] 白帽，指管宁避居辽东，常戴白帽，坐卧一楼，终身不肯仕魏之事。

伏完、伏后等被杀[1]　叹诗

曹瞒凶残世所无，伏完忠义欲何如。可怜帝后[2]分离处，不及民间妇与夫！

【注释】

[1] 本诗体裁为七言律绝（首句仄起平收式），韵部为“平水韵”上平声“七虞”韵，二句末字“如”，为“平水韵”上平声“六鱼”韵，当为邻韵通押。首句“瞒”字处应为

仄，失对。　［2］帝后，指汉献帝与伏皇后。

第六十七回
《曹操平定汉中地，张辽威震逍遥津》（二首）

杨松卖主求荣被斩[1]　叹诗

妨贤卖主逞奇功，积得金银总是空。家未荣华身受戮，令人千载笑杨松！

【注释】

［1］本诗体裁为七言律绝（首句平起平收式），韵部为“平水韵”上平声“一东”韵，四句末字“松”，为“平水韵”上平声“二冬”韵，当为邻韵通押。

孙权马跃小师桥[1]　赞诗

“的卢”当日跳檀溪[2]，又见吴侯败合淝。退后着鞭驰骏骑，逍遥津上玉龙飞。

【注释】

［1］本诗体裁为七言律绝（首句平起平收式），韵部为“平水韵”上平声“五微”韵。首句末字“溪”，为“平水韵”上平声“八齐”韵，当为邻韵通押。　［2］“‘的卢’当日跳檀溪”，指第三十四回刘备乘“的卢”马越过檀溪之情节。

第六十八回
《甘宁百骑劫魏营，左慈掷杯戏曹操》(二首)

甘宁百骑劫曹营[1] 赞诗

鼙鼓[2]声喧震地来，吴师到处鬼神哀！百翎[3]直贯曹家寨，尽说甘宁虎将才。

【注释】

[1] 本诗体裁为七言律绝（首句仄起平收式），韵部为“平水韵”上平声“十灰”韵。 [2] 鼙（pí）鼓，古代军队中用的小鼓。 [3] 百翎，指甘宁所率百名头插白鹅翎的骑兵。

崔 琰[1] 赞诗

清河崔琰，天性坚刚；虬髯[2]虎目，铁石心肠；奸邪辟易，声节显昂；忠于汉主，千古名扬！

【注释】

[1] 本诗体裁为四言古诗，押平声韵，一韵到底。 [2] 虬髯，拳曲的胡子，特指两腮上的。

第六十九回
《卜周易管辂知机，讨汉贼五臣死节》(三首)

左　慈[1]　赞诗

飞步凌云遍九州，独凭遁甲[2]自遨游。等闲施设神仙术，点悟曹瞒不转头。

【注释】

[1] 本诗体裁为七言律绝（首句仄起平收式），韵部为“平水韵”下平声“十一尤”韵。　[2] 遁甲，即“奇门遁甲”之术。

管　辂[1]　赞诗

平原神卜管公明，能算南辰[2]北斗星。八卦幽微通鬼窍，六爻[3]玄奥究天庭。预知相法应无寿，自觉心源极有灵。可惜当年奇异术，后人无复授遗经。

【注释】

[1] 本诗体裁为七言律诗（首句平起平收式），韵部为“平水韵”下平声“九青”韵。首句末字“明”，为“平水韵”下平声“八庚”韵，当为邻韵通押。　[2] 南辰，此指南斗星。　[3] 爻，组成《周易》中卦的基本符号。每卦都由阴爻和阳爻配合组成。

耿纪韦晃[1]　赞诗

耿纪精忠韦晃贤，各持空手欲扶天。谁知汉祚[2]相将尽，恨满心胸丧九泉。

【注释】

[1] 本诗体裁为七言律绝（首句仄起平收式），韵部为“平水韵”下平声“一先”韵。[2] 汉祚（zuò），汉朝的皇位。

第七十一回
《占对山黄忠逸待劳，据汉水赵云寡胜众》（二首）

黄忠斩夏侯渊[1] 赞诗

苍头临大敌，皓首[2]逞神威。力趁雕弓发，风迎雪刃挥。雄声如虎吼，骏马似龙飞。献馘[3]功勋重，开疆展帝畿。

【注释】

[1] 本诗体裁为五言律诗（首句平起仄收式），韵部为“平水韵”上平声“五微”韵。[2] 皓首，白头。 [3] 献馘（guó），献首级。

赵云救黄忠、据汉水[1] 赞诗

昔日战长坂，威风犹未减。突阵显英雄，被围施勇敢。鬼哭与神号，天惊并地惨：常山赵子龙，一身都是胆[2]！

【注释】

[1] 本诗体裁为五言古诗，押上声韵。 [2] “一身都是胆”，指本回刘备对诸葛亮所言“子龙一身都是胆也”之语。

第七十二回
《诸葛亮智取汉中，曹阿瞒兵退斜谷》(一首)

曹操杀杨修[1] 叹诗

聪明杨德祖，世代继簪缨[2]。笔下龙蛇走，胸中锦绣成。开谈惊四座，捷对冠群英。身死因才误，非关欲退兵。

【注释】

[1] 本诗体裁为五言律诗（首句平起仄收式），韵部为“平水韵”下平声“八庚”韵。
[2]“世代继簪缨”，指世代为官。

第七十四回
《庞令明抬榇决死战，关云长放水淹七军》(一首)

关公水淹七军[1] 赞诗

夜半征鼙响震天，襄樊平地作深渊。关公神算谁能及，华夏威名万古传。

【注释】

[1] 本诗体裁为七言律绝（首句仄起平收式），韵部为“平水韵”下平声“一先”韵。

第七十五回
《关云长刮骨疗毒，吕子明白衣渡江》(一首)

华佗为关公刮骨疗毒[1]　赞诗

治病须分内外科，世间妙艺苦无多。神威罕及惟关将，圣手能医说华佗。

【注释】

[1] 本诗体裁为七言律绝（首句仄起平收式），韵部为“平水韵”下平声“五歌”韵。

第七十七回
《玉泉山关公显圣，洛阳城曹操感神》(二首)

关公父子遇害[1]　叹诗

汉末才无敌，云长独出群：神威能奋武，儒雅更知文。天日心如镜，春秋义薄云。昭然垂万古，不止冠三分。

【注释】

[1] 本诗体裁为五言律诗（首句仄起仄收式），韵部为“平水韵”上平声“十二文”韵。

关公父子遇害[1]　叹诗又一首

人杰惟追古解良，士民争拜汉云长。桃园一日兄和弟，俎豆[2]千秋帝与王。气挟风雷无匹敌，志垂日月有光芒。至今庙貌盈[3]天下。古木寒鸦几夕阳。

【注释】

[1] 本诗体裁为七言律诗（首句仄起平收式），韵部为“平水韵”下平声“七阳”韵。[2] 俎豆，古代祭祀、设宴用的器具。 [3] 盈，满。

第七十八回
《治风疾神医身死，传遗命奸雄数终》(三首)

华佗死于牢中[1] 叹诗

华佗仙术比长桑[2]，神识如窥垣一方。惆怅人亡书亦绝，后人无复见青囊！

【注释】

[1] 本诗体裁为七言律绝（首句平起平收式），韵部为“平水韵”下平声“七阳”韵。[2] 长桑，长桑君的省称，见《史记·扁鹊仓公列传》，后借指良医。

曹操梦三马同槽而食[1] 叹诗

三马同槽[2]事可疑，不知已植晋根基。曹瞒空有奸雄略，岂识朝中司马师？

【注释】

[1] 本诗体裁为七言律绝（首句仄起平收式），韵部为“平水韵”上平声“四支”韵。[2] 三马同槽，曹操所梦之情境，暗喻后来司马懿、司马师、司马昭父子三人篡夺曹魏政权，建立晋朝。

邺中歌[1]

邺则邺城水漳水，定有异人从此起：雄谋韵事与文心，君臣兄弟而父子[2]；英雄未有俗胸中，出没岂随人眼底？功首罪魁非两人，遗臭流芳本一身；文章有神霸有气，岂能苟尔化为群？横流筑台[3]距太行，气与理势相低昂；安有斯人不作逆，小不为霸大不王？霸王降作儿女鸣，无可奈何中不平；向帐明知非无益，分香[4]未可谓无情。呜呼！古人作事无巨细，寂寞豪华皆有意；书生轻议冢中人，冢中笑尔书生气！

【注释】

[1] 本诗体裁为歌行体，间有杂言。 [2] “君臣兄弟而父子”，指曹操、曹丕、曹植父子三人。 [3] 筑台，此指筑铜雀台。 [4] 分香，指曹操临终前，将平日所藏名香分赐给诸侍妾。后有成语“分香卖履”。

第七十九回

《兄逼弟曹植赋诗，侄陷叔刘封伏法》（三首）

于禁羞愤而死于高陵[1] 叹诗

三十年来说旧交，可怜临难不忠曹[2]。知人未向心中识，画虎今从骨里描。

【注释】

[1] 本诗体裁为七言律绝（首句仄起平收式），首句、二句、四句末字“交”“曹”“描”分属于“平水韵”下平声“三肴”“四豪”“二萧”韵，当为邻韵通押。 [2] “可怜临难不忠曹”，指此前关公水淹七军，于禁被俘乞降事。

曹丕令曹植以画为题七步所吟诗[1]

两肉齐道行，头上带凹骨。相遇块山下，欻[2]起相搪突。二敌不惧刚，一肉卧土窟。非是力不如，盛气不泄毕。

【注释】

[1] 本诗体裁为五言古诗。 [2] 欻（xū），忽然。

曹丕令曹植应声口占所作诗[1]

煮豆燃豆萁，豆在釜中泣。本是同根生，相煎何太急！

【注释】

[1] 本诗体裁为五言古诗。后世流传甚广，二、四句末字“泣”“急”，皆属入声“缉”韵。本诗初见《世说新语》，为六句，“煮豆持作羹，漉豉以为汁。萁向釜下然，豆在釜中泣。本自同根生，相煎何太急！”（参见余冠英选注《三曹诗选》，北京：作家出版社1956年版，第50页）诗的真伪难以判定。因用喻浅显，故能普遍流传。

第八十回
《曹丕废帝篡炎刘，汉王正位续大统》（二首）

符宝郎祖弼护玉玺被斩[1] 叹诗

奸宄[2]专权汉室亡，诈称禅位效虞唐[3]。满朝百辟皆尊魏，仅见忠臣符宝郎[4]。

【注释】

[1] 本诗体裁为七言律绝（首句仄起平收式），韵部为“平水韵”下平声“七阳”韵。[2] 奸宄，指违法作乱的人或事。 [3] 虞唐，指虞舜和唐尧。 [4] 符宝郎，司掌玉玺之职官。

受禅坛[1] 叹诗

两汉经营事颇难，一朝失却旧江山。黄初[2]欲学唐虞[3]事，司马将来作样看[4]。

【注释】

[1] 本诗体裁为七言律绝（首句仄起平收式），韵部为“平水韵”上平声“十四寒”韵。二句末字“山”，为“平水韵”上平声“十五删”韵，当为邻韵通押。 [2] 黄初，指曹丕篡汉那一年的年号，即建安二十五年（220）。按照历史教科书，从此年开始，正式进入三国时代（220—280）。 [3] 唐虞，指唐尧和虞舜。 [4] “司马将来作样看”，指公元 265 年，司马炎仿照曹丕篡汉之例，接受曹魏禅让，建立晋朝。

第八十一回
《急兄仇张飞遇害，雪弟恨先主兴兵》（一首）

张飞被刺[1] 叹诗

安喜曾闻鞭督邮，黄巾扫尽佐炎刘。虎牢关上声先震，长坂桥边水逆流。义释严颜安蜀境，智欺张郃定中州。伐吴未克身先死，秋草长遗阆地愁。

【注释】

[1] 本诗体裁为七言律诗（首句仄起平收式），韵部为“平水韵”下平声“十一

尤”韵。

第八十三回
《战猇亭先主得仇人，守江口书生拜大将》(二首)

黄忠中箭殒命[1] 叹诗

老将说黄忠，收川立大功。重披金锁甲，双挽铁胎弓。胆气惊河北，威名镇蜀中。临亡头似雪，犹自显英雄。

【注释】

[1] 本诗体裁为五言律诗（首句仄起平收式），韵部为“平水韵”上平声“一东”韵。

甘宁战死[1] 叹诗

吴郡甘兴霸，长江锦幔舟。酬君重知己，报友化仇雠[2]。劫寨将轻骑[3]，驱兵饮巨瓯[4]。神鸦能显圣，香火永千秋。

【注释】

[1] 本诗体裁为五言律诗（首句仄起仄收式），韵部为“平水韵”下平声“十一尤”韵。 [2]“报友化仇雠”，指第六十八回《甘宁百骑劫魏营》甘宁箭射乐进，救凌统之事。凌统原与甘宁有杀父之仇。仇雠，仇敌。 [3]“劫寨将轻骑”，指第六十八回甘宁劫曹营事。 [4] 瓯，瓯子，盛酒的器具。

第八十四回
《陆逊营烧七百里，孔明巧布八阵图》（七首）

陆逊阻止吴将出战刘备[1] 赞诗

虎帐谈兵按六韬[2]，安排香饵钓鲸鳌。三分自是多英俊，又显江南陆逊高。

【注释】

［1］本诗体裁为七言律绝（首句仄起平收式），韵部为“平水韵”下平声“四豪”韵。

［2］六韬，即《六韬》，又称《太公六韬》，此处泛指兵法。

陆逊火烧连营破刘备[1] 赞诗

持矛举火破连营，刘备穷奔白帝城。一旦威名惊蜀魏，吴王宁不敬书生。

【注释】

［1］本诗体裁为七言律绝（首句平起平收式），韵部为“平水韵”下平声“八庚”韵。

傅彤战死[1] 赞诗

彝陵吴蜀大交兵，陆逊施谋用火焚。至死犹然骂“吴狗”，傅彤不愧汉将军。

【注释】

［1］本诗体裁为七言律绝（首句平起平收式），韵部为“平水韵”上平声“十二文”韵。首句末字“兵”，为“平水韵”下平声“八庚”韵，出韵。

程畿祭酒自刎[1] 赞诗

慷慨蜀中程祭酒，身留一剑答君王。临危不改平生志，博得声名万古香。

【注释】

[1] 本诗体裁为七言律绝（首句仄起仄收式），韵部为“平水韵”下平声“七阳”韵。

张南冯习死于乱军之中[1] 赞诗

冯习忠无二，张南义少双：沙场甘战死，史册共流芳。

【注释】

[1] 本诗体裁为五言律绝（首句仄起仄收式），四句末字“芳”为“平水韵”下平声“七阳”韵，二句末字“双”为“平水韵”上平声“三江”韵，出韵。

孙夫人投江而死[1] 叹诗

先主兵归白帝城，夫人闻难独捐生。至今江畔遗碑在，犹著千秋烈女名。

【注释】

[1] 本诗体裁为七言律绝（首句仄起仄收式），韵部为“平水韵”下平声“八庚”韵。

八阵图[1]

杜 甫

功盖三分国，名成八阵图[2]。江流石不转，遗恨失吞吴。

【注释】

[1] 本诗体裁为五言律绝（首句仄起仄收式），韵部为“平水韵”上平声“七虞”韵。此为杜甫大历元年（766）初到夔州时作。 [2] 八阵图，相传为诸葛亮布设的作战石垒。八阵，指天、地、风、云、龙、虎、鸟、蛇八种阵势。诸葛亮所布八阵图相传有多

处，此指夔州八阵图，遗址在今重庆奉节县长江北岸鱼复浦。

第八十五回
《刘先主遗诏托孤儿，诸葛亮安居平五路》(二首)

黄权降曹丕责诗[1]

降吴不可却降曹，忠义安能事两朝？堪叹黄权惜一死，紫阳[2]书法不轻饶。

【注释】

[1] 本诗体裁为七言律绝（首句平起平收式），韵部为“平水韵”下平声“二萧”韵。首句末字“曹”为“平水韵”下平声“四豪”韵，当为邻韵通押。 [2] 紫阳，指南宋理学家朱熹，其又称“紫阳先生”。

咏怀古迹五首（其四）[1]

杜 甫

蜀主窥吴向三峡，崩年亦在永安宫[2]。翠华[3]想像空山里，玉殿[4]虚无野寺中。古庙杉松巢[5]水鹤，岁时伏腊[6]走村翁。武侯祠屋长邻近，一体君臣祭祀同[7]。

【注释】

[1] 本诗体裁为七言律诗（首句仄起仄收式），韵部为“平水韵”上平声“一东”韵。小说中所引杜甫诗为“蜀主窥吴向三峡”，一般通行之杜甫此诗则为“蜀主窥吴幸三峡”（参见山东大学中文系古典文学教研室选注《杜甫诗选》，北京：人民文学出版社 1980 年版，第 267 页）。《咏怀古迹五首》，乃大历元年（766）杜甫寓居夔州时作，是杜甫著名的

七律组诗。诗借咏古迹以抒己怀，故题曰《咏怀古迹》，并非专咏古迹。五诗各自成篇，每篇各咏一人，第四首咏刘备，而兼及诸葛亮，意在表彰其君臣相契，如鱼得水。《杜诗言志》卷十曰："此一首是咏蜀主，而己怀之所系，则在于'一体君臣'四字中。盖少陵生平，只是君臣义重，所恨不能如先主武侯之明良相际耳。" [2] 永安宫，白帝城的行宫。 [3] 翠华，皇帝出行的仪仗。 [4] 玉殿，杜甫原诗此处有自注：山有卧龙寺，先主祠在焉。 [5] 巢，巢居。 [6] 伏腊，古代祭祀名称。 [7] "武侯祠屋长邻近，一体君臣祭祀同"，杜甫原诗此二句下有注：殿今为寺，庙在宫东。

第八十八回
《渡泸水再缚番王，识诈降三擒孟获》(一首)

诸葛亮三擒孟获[1] 赞诗

五月驱兵入不毛，月明泸水瘴烟高[2]。誓将雄略酬三顾，岂惮[3]征蛮七纵劳。

【注释】

[1] 本诗体裁为七言律绝（首句仄起平收式），韵部为"平水韵"下平声"四豪"韵。首句末字"曹"，为"平水韵"下平声"四豪"韵，当为邻韵通押。 [2] "五月驱兵入不毛，月明泸水瘴烟高"，典出诸葛亮《出师表》"故五月渡泸，深入不毛"。
[3] 惮，怕。

第八十九回
《武乡侯四番用计，南蛮王五次遭擒》（四首）

咏南方苦热诗[1]

山泽欲焦枯，火光覆太虚。不知天地外，暑气更何如！

【注释】

[1] 本诗体裁为五言律绝（首句仄起平收式），韵部为“平水韵”上平声“六鱼”韵。首句末字“枯”，为“平水韵”上平声“七虞”韵，当为邻韵通押。

咏南方苦热诗又一首[1]

赤帝[2]施权柄，阴云不敢生。云蒸孤鹤喘，海热巨鳌惊。忍舍溪边坐？慵抛竹里行。如何沙塞客，擐[3]甲复长征！

【注释】

[1] 本诗体裁为五言律诗（首句仄起仄收式），韵部为“平水韵”下平声“八庚”韵。[2] 赤帝，南方之神。 [3] 擐（huàn），穿，贯。

诸葛亮访孟节[1] 叹诗

高士幽栖独闭关，武侯[2]曾此破诸蛮。至今古木无人境，犹有寒烟锁旧山。

【注释】

[1] 本诗体裁为七言律绝（首句仄起平收式），韵部为“平水韵”上平声“十五删”韵。 [2] 武侯，指诸葛亮，曾受封武乡侯。

诸葛亮拜井得泉[1]　赞诗

为国平蛮统大兵，心存正道合神明。耿恭拜井甘泉出，诸葛虔诚水夜生。

【注释】

[1] 本诗体裁为七言律绝（首句仄起平收式），韵部为“平水韵”下平声“八庚”韵。

第九十回
《驱巨兽六破蛮兵，烧藤甲七擒孟获》(一首)

诸葛亮七擒孟获[1]　赞诗

羽扇纶巾[2]拥碧幢[3]，七擒妙策制蛮王。至今溪洞传威德，为选高原立庙堂。

【注释】

[1] 本诗体裁为七言律绝（首句仄起平收式），韵部为“平水韵”下平声“七阳”韵。首句末字“幢”，为“平水韵”上平声“三江”韵，当为邻韵通押。　[2] 羽扇纶巾，典出苏轼《念奴娇·赤壁怀古》，儒将装扮。此指诸葛亮之服饰。　[3] 幢，古代的旗子。

第九十二回
《赵子龙力斩五将，诸葛亮智取三城》(一首)

赵子龙战胜韩德父子[1] 赞诗

忆昔常山赵子龙，年登七十建奇功。独诛四将来冲阵，犹似当阳救主雄。

【注释】

[1] 本诗体裁为七言律绝（首句仄起平收式），韵部为“平水韵”上平声“一东”韵。首句末字“龙”，为“平水韵”上平声“二冬”韵，当为邻韵通押。

第九十三回
《姜伯约归降孔明，武乡侯骂死王朗》(一首)

诸葛亮骂死王朗[1] 赞诗

兵马出西秦，雄才敌万人。轻摇三寸舌，骂死老奸臣。

【注释】

[1] 本诗体裁为五言律绝（首句仄起平收式），韵部为“平水韵”上平声“十一真”韵。

第九十五回
《马谡拒谏失街亭，武侯弹琴退仲达》(一首)

诸葛亮摆空城计[1] 赞诗

瑶琴三尺胜雄师，诸葛西城退敌时。十五万人回马处，士人指点到今疑。

【注释】

［1］本诗体裁为七言律绝（首句平起平收式），韵部为“平水韵”上平声“四支”韵。

第九十六回
《诸葛亮挥泪斩马谡，周鲂断发赚曹休》(一首)

诸葛亮斩马谡[1] 叹诗

失守街亭罪不轻，堪嗟马谡枉谈兵。辕门斩首严军法，拭泪犹思先帝明。

【注释】

［1］本诗体裁为七言律绝（首句仄起平收式），韵部为“平水韵”下平声“八庚”韵。

第九十七回
《讨魏国武侯再上表，破曹兵姜维诈献书》（一首）

赵云病亡[1] 叹诗

常山有虎将，智勇匹关张：汉水功勋在，当阳姓字彰[2]。两番扶幼主[3]，一念答先皇。青史书忠烈，应流百世芳。

【注释】

[1] 本诗体裁为五言律诗（首句平起仄收式），韵部为“平水韵”下平声“七阳”韵。

[2]“汉水功勋在，当阳姓字彰”，指赵云据守汉水（第七十一回《据汉水赵云寡胜众》）与当阳长坂坡救阿斗（第四十一回《赵子龙单骑救主》）两次名扬天下之功勋。

[3]“两番扶幼主”，指赵云长坂坡救阿斗（第四十一回《赵子龙单骑救主》）与截江夺斗（第六十一回《赵云截江夺阿斗》）两次功劳。

第九十八回
《追汉军王双受诛，袭陈仓武侯取胜》（一首）

诸葛亮授密计斩王双[1] 赞诗

孔明妙算胜孙庞[2]，耿若长星照一方。进退行兵神莫测，陈仓道口斩王双。

【注释】

[1] 本诗体裁为七言律绝（首句平起平收式），韵部为“平水韵”上平声“三江”韵。

二句末字“方”，为下平声“七阳”韵，当为邻韵通押。 [2] 孙庞，指战国时期军事家孙膑与庞涓。

第九十九回
《诸葛亮大破魏兵，司马懿入寇西蜀》(一首)

张苞身死[1] 叹诗

悍勇张苞欲建功，可怜天不助英雄！武侯泪向西风[2]洒，为念无人佐鞠躬[3]。

【注释】

[1] 本诗体裁为七言律绝（首句仄起平收式），韵部为“平水韵”上平声“一东”韵。 [2] 西风，指秋风。 [3] 鞠躬，指第九十七回《讨魏国武侯再上表》中，诸葛亮《后出师表》“鞠躬尽瘁，死而后已”之意。

第一百一回
《出陇上诸葛妆神，奔剑阁张郃中计》(一首)

诸葛亮木门道射死张郃[1] 赞诗

伏弩齐飞万点星，木门道上射雄兵。至今剑阁行人过，犹说军师旧日名。

【注释】

[1] 本诗体裁为七言律绝（首句仄起平收式），韵部为“平水韵”下平声“八庚”韵，首句末字“星”，为下平声“九青”韵，当为邻韵通押。

第一百二回
《司马懿占北原渭桥，诸葛亮造木牛流马》（二首）

关兴病亡[1]　叹诗

生死人常理，蜉蝣[2]一样空。但存忠孝节，何必寿乔松。

【注释】

[1] 本诗体裁为五言律绝（首句仄起仄收式），二句末字“空”，为上平声“一东”韵，四句末字“松”，为上平声“二冬”韵，当为邻韵通押。　[2] 蜉蝣，昆虫，寿命很短，只有数小时至一星期左右。

诸葛亮造木牛流马[1]　赞诗

剑关[2]险峻驱流马，斜谷崎岖驾木牛。后世若能行此法，输将安得使人愁？

【注释】

[1] 本诗体裁为七言律绝（首句平起仄收式），韵部为“平水韵”下平声“十一尤”韵。　[2] 剑关，指剑门关。

第一百三回
《上方谷司马受困，五丈原诸葛禳星》（一首）

火熄上方谷[1]　叹诗

谷口风狂烈焰飘，何期骤雨降青霄。武侯妙计如能就，安得山河属晋朝[2]！

【注释】

［1］本诗体裁为七言律绝（首句仄起平收式），韵部为“平水韵”下平声“二萧”韵。［2］“武侯妙计如能就，安得山河属晋朝”，指诸葛亮火烧上方谷计策如能实现，司马懿父子被烧死，那么也就没有司马懿之孙、司马昭之子司马炎建立晋朝，一统江山的可能了。

第一百四回
《陨大星汉丞相归天，见木像魏都督丧胆》（四首）

杜工部咏诸葛亮寿终[1]　叹诗

长星昨夜坠前营[2]，讣报先生此日倾。虎帐不闻施号令，麟台惟显著勋名。空余门下三千客，辜负胸中十万兵。好看绿阴清昼里，于今无复雅歌声！

【注释】

［1］本诗体裁为七言律诗（首句平起平收式），韵部为“平水韵”下平声“八庚”韵。此诗不见于杜甫诗集中，应是后人附会、托名杜甫之作。　［2］“长星昨夜坠前营”，指本回大星陨落，坠于蜀营之情节。

白乐天咏诸葛亮寿终[1] 叹诗

先生晦迹卧山林，三顾那逢圣主寻。鱼到南阳方得水[2]，龙飞天汉便为霖。托孤既尽殷勤礼，报国还倾忠义心。前后出师遗表在，令人一览泪沾襟。

【注释】

[1] 本诗体裁为七言律诗（首句平起平收式），韵部为“平水韵”下平声“十二侵”韵。白乐天，指中唐诗人白居易。 [2] “鱼到南阳方得水”，指刘备至南阳隆中请诸葛亮出山后，对关张称“吾得孔明，犹鱼之得水也”之情节。

元微之赞诸葛亮诗[1]

拨乱扶危主，殷勤受托孤。英才过管乐[2]，妙策胜孙吴[3]。凛凛《出师表》，堂堂八阵图。如公全盛德，应叹古今无！

【注释】

[1] 本诗体裁为五言律诗（首句仄起仄收式），韵部为“平水韵”上平声“七虞”韵。元微之，指中唐诗人元稹。 [2] 管乐，指管仲、乐毅。 [3] 孙吴，指孙武、吴起。

“死诸葛能走生仲达”[1] 叹诗

长星半夜落天枢，奔走还疑亮未殂[2]。关外至今人冷笑，头颅犹问有和无！

【注释】

[1] 本诗体裁为七言律诗（首句平起平收式），韵部为“平水韵”上平声“七虞”韵。[2] 殂，书面语，指死亡。

第一百五回
《武侯预伏锦囊计，魏主拆取承露盘》（三首）

马岱奉诸葛亮密计斩魏延[1] 叹诗

诸葛先机识魏延，已知日后反西川。锦囊遗计人难料，却见成功在马前[2]。

【注释】

［1］本诗体裁为七言律绝（首句仄起平收式），韵部为“平水韵”下平声“一先”韵。
［2］“锦囊遗计人难料，却见成功在马前”，指本回马岱奉诸葛亮密计马前杀魏延之情节。

蜀　相[1]

杜　甫

丞相祠堂何处寻，锦官城[2]外柏森森。映阶碧草自春色，隔叶黄鹏空好音。三顾频烦[3]天下计，两朝[4]开济[5]老臣心。出师未捷身先死，长使英雄泪满襟！

【注释】

［1］本诗体裁为七言律诗（首句仄起平收式），韵部为“平水韵”下平声“十二侵”韵。此诗为上元元年（760）春杜甫到成都后，初游诸葛亮庙时作。王嗣奭评曰：“出师未捷，身已先死，所以流千古英雄之泪者也。盖不止为诸葛悲之，而千古英雄有才无命者，皆括于此，言有尽而意无穷也。”　［2］锦官城，成都的别称。［3］频烦，指反复咨询、商议。　［4］两朝，指蜀汉先主刘备和后主刘禅两代。　［5］开济，开指创业，济指成事。

咏怀古迹五首（其五）[1]

杜 甫

诸葛大名垂宇宙，宗臣[2]遗像肃清高。三分割据纡筹策[3]，万古云霄一羽毛[4]。伯仲之间[5]见伊吕[6]，指挥若定失萧曹[7]。运[8]移汉祚终难复，志决身歼[9]军务劳。

【注释】

[1] 本诗体裁为七言律诗（首句仄起仄收式），韵部为“平水韵”下平声“四豪”韵。《咏怀古迹五首》，乃杜甫大历元年（766）寓居夔州时作，是杜甫著名的七律组诗。第五首专咏诸葛亮。王嗣奭曰：“通篇一气呵成，宛转呼应，五十六字，多少曲折，有太史公笔力。薄宋诗者谓其带议论，此诗非议论乎？公自许稷契，而莫为用之，盖自况也。” [2] 宗臣，重臣，为当世所仰望的大臣。 [3] 纡筹策，用尽计谋策略。 [4] 云霄一羽毛，好像鸾凤高翔，独步云霄。 [5] 伯仲之间，指不相上下。 [6] 伊吕，辅佐商汤开国的伊尹和辅佐周文王、周武王的吕尚。 [7] 失萧曹，使萧何、曹参失色。 [8] 运，国运。 [9] 志决身歼，指志向坚定，以身殉职。

第一百七回

《魏主政归司马氏，姜维兵败牛头山》（三首）

曹爽从弟文叔妻夏侯氏[1] 赞诗

弱草微尘尽达观，夏侯有女义如山[2]。丈夫不及裙钗节，自顾须眉亦汗颜。

【注释】

[1] 本诗体裁为七言律绝（首句仄起平收式），韵部为“平水韵”上平声“十五删”韵。首句末字“观”，为上平声“十四寒”韵，当为邻韵通押。 [2] “夏侯有女义如山”，指本回夏侯令女、曹文叔妻，早寡而无子，在曹爽被诛后，仍守节不改嫁之情节。

辛敞姊辛宪英[1] 赞诗

为臣食禄当思报，事主临危合尽忠。辛氏宪英曾劝弟，故令千载颂高风。

【注释】

[1] 本诗体裁为七言律绝（首句平起仄收式），韵部为“平水韵”上平声“一东”韵。

管 辂[1] 赞诗

传得圣贤真妙诀，平原管辂相通神。“鬼幽”“鬼躁”分何邓[2]，未丧先知是死人。

【注释】

[1] 本诗体裁为七言律绝（首句仄起仄收式），韵部为“平水韵”上平声“一东”韵。[2] “‘鬼幽’‘鬼躁’分何邓”，指第一百六回《司马懿诈病赚曹爽》管辂以“鬼幽”“鬼躁”分称何晏、邓飏之情节。

第一百八回
《丁奉雪中奋短兵，孙峻席间施密计》（一首）

孙 权[1] 赞诗

紫髯碧眼号英雄，能使臣僚肯尽忠。二十四年兴大业，龙盘虎踞在江东。

【注释】

[1] 本诗体裁为七言律绝（首句平起平收式），韵部为“平水韵”上平声“一东”韵。

第一百九回
《困司马汉将奇谋，废曹芳魏家果报》(三首)

姜维铁笼山困司马昭[1]　赞诗

妙算姜维不等闲，魏师受困铁笼间：庞涓始入马陵道[2]，项羽初围九里山。

【注释】

[1] 本诗体裁为七言律绝（首句仄起平收式），韵部为“平水韵”上平声“十五删”韵。　[2]“庞涓始入马陵道”，指孙膑、庞涓斗智，庞涓被孙膑引入马陵道射杀之事。

司马师绞死张皇后[1]　叹诗

当年伏后出宫门[2]，跣足[3]哀号别至尊。司马今朝依此例，天教还报在儿孙。

【注释】

[1] 本诗体裁为七言律绝（首句平起平收式），韵部为“平水韵”上平声“十三元”韵。　[2]“当年伏后出宫门”，指第六十六回《伏皇后为国捐生》伏后被杀之事。[3] 跣（xiǎn）足，光着脚。

司马师废曹芳[1]　叹诗

昔日曹瞒相汉时，欺他寡妇与孤儿。谁知四十余年后，寡妇孤儿亦被欺。

【注释】

[1] 本诗体裁为七言律绝（首句仄起平收式），韵部为“平水韵”上平声“四支”韵。

第一百十回
《文鸯单骑退雄兵，姜维背水破大敌》（一首）

文鸯单骑杀退魏将[1] 赞诗

长坂当年独拒曹，子龙从此显英豪。乐嘉城内争锋处，又见文鸯胆气高。

【注释】

[1] 本诗体裁为七言律绝（首句仄起平收式），韵部为“平水韵”下平声“四豪”韵。

第一百十二回
《救寿春于诠死节，取长城伯约鏖兵》（二首）

于诠为乱军所杀[1] 叹诗

司马当年围寿春，降兵无数拜车尘。东吴虽有英雄士，谁及于诠肯杀身！

【注释】

[1] 本诗体裁为七言律绝（首句仄起平收式），韵部为“平水韵”上平声“十一真”韵。

诸葛诞部卒誓死不降[1]　赞诗

忠臣矢志不偷生，诸葛公休[2]帐下兵。薤露[3]歌声应未断，遗踪直欲继田横！

【注释】

[1] 本诗体裁为七言律绝（首句平起平收式），韵部为“平水韵”下平声“八庚”韵。[2] 诸葛公休，指诸葛诞，字公休。　[3] 薤（xiè）露，诗名。

第一百十三回

《丁奉定计斩孙綝，姜维斗阵破邓艾》（一首）

孙綝废吴主孙亮为会稽王[1]　叹诗

乱贼污伊尹，奸臣冒霍光。可怜聪明主[2]，不得莅朝堂。

【注释】

[1] 本诗体裁为五言律绝（首句仄起仄收式），韵部为“平水韵”下平声“七阳”韵。三句第四字“明”处，本应为仄，失粘。　[2] 聪明主，指本回吴国尚书桓彝骂孙綝时所称“今上乃聪明之主……”之语。

第一百十四回
《曹髦驱车死南阙，姜维弃粮胜魏兵》（三首）

潜龙诗[1]

曹　髦

伤哉龙受困，不能跃深渊[2]。上不飞天汉，下不见于田[3]。蟠居于井底，鳅鳝舞其前。藏牙伏爪甲，嗟我亦同然！

【注释】

［1］本诗体裁为五言古诗，押平声韵。　［2］跃深渊，典出《周易·乾》“九四，或跃在渊”。　［3］见于田，典出《周易·乾卦》“九二，见龙在田”。

司马昭贾充弑君诛成济[1]　叹诗

司马当年命贾充，弑君南阙赭[2]袍红。却将成济诛三族，只道军民尽耳聋。

【注释】

［1］本诗体裁为七言律绝（首句仄起平收式），韵部为“平水韵”上平声“一东”韵。［2］赭，红褐色。

王经母子含笑受刑[1]　叹诗

汉初夸伏剑，汉末见王经：真烈心无异，坚刚志更清。节如泰华重，命似鸿毛轻[2]。母子声名在，应同天地倾。

【注释】

［1］本诗体裁为五言律诗（首句仄起仄收式），韵部为“平水韵”下平声“八庚”韵。

二句末字“经”，为“平水韵”下平声“九青”韵，当为邻韵通押。六句第三字“鸿”处，本应为仄，“鸿毛轻”，三平调。 [2]“节如泰华重，命似鸿毛轻”，典出司马迁《报任安书》“人固有一死，或重于泰山，或轻于鸿毛”。

第一百十五回
《诏班师后主信谗，托屯田姜维避祸》（一首）

夏侯霸被射死洮阳城下[1] 叹诗

大胆姜维妙算长，谁知邓艾暗提防。可怜投汉夏侯霸，顷刻城边箭下亡。

【注释】

[1] 本诗体裁为七言律绝（首句仄起平收式），韵部为“平水韵”下平声“七阳”韵。

第一百十六回
《钟会分兵汉中道，武侯显圣定军山》（二首）

傅佥自刎而死[1] 叹诗

一日抒忠愤，千秋仰义名。宁为傅佥死，不作蒋舒生。

【注释】

[1] 本诗体裁为五言律绝（首句仄起仄收式），韵部为“平水韵”下平声“八庚”韵。

诸葛亮定军山显圣[1] 赞诗

数万阴兵绕定军，致令钟会拜灵神。生能决策扶刘氏，死尚遗言保蜀民。

【注释】

[1] 本诗体裁为七言律绝（首句仄起平收式），韵部为“平水韵”上平声“十一真”韵。首句末字“军”，为“平水韵”上平声“十二文”韵，当为邻韵通押。

第一百十七回
《邓士载偷度阴平，诸葛瞻战死绵竹》（三首）

邓艾偷度阴平见诸葛亮所题石碣[1] 叹诗

阴平峻岭与天齐，玄鹤徘徊尚怯飞。邓艾裹毡从此下，谁知诸葛有先几。

【注释】

[1] 本诗体裁为七言律绝（首句平起平收式），韵部为“平水韵”上平声“五微”韵。首句末字“齐”，为“平水韵”上平声“八齐”韵，出韵。

江油守将马邈妻李氏[1] 赞诗

后主昏迷汉祚[2]颠，天差邓艾取西川。可怜巴蜀多名将，不及江油李氏贤。

【注释】

[1] 本诗体裁为七言律绝（首句仄起平收式），韵部为“平水韵”下平声“一先”韵。

[2] 祚，帝位。

诸葛瞻、诸葛尚父子[1] 赞诗

不是忠臣独少谋，苍天有意绝炎刘。当年诸葛留嘉胤[2]，节义真堪继武侯。

【注释】

[1] 本诗体裁为七言律绝（首句仄起平收式），韵部为“平水韵”下平声“十一尤”韵。 [2] 胤，后代，后嗣。

第一百十八回
《哭祖庙一王死孝，入西川二士争功》(三首)

北地王刘谌[1] 赞诗

君臣甘屈膝，一子独悲伤。去矣西川事，雄哉北地王！捐身酬烈祖[2]，搔首泣穹苍。凛凛人如在，谁云汉已亡？

【注释】

[1] 本诗体裁为五言律诗（首句平起仄收式），韵部为“平水韵”下平声“七阳”韵。[2]“捐身酬烈祖”，指本回刘谌在昭烈庙中自尽之情节。

后主出降[1] 叹诗

魏兵数万入川来，后主偷生失自裁。黄皓终存欺国意，姜维空负济时才。全忠义士心何烈，守节王孙[2]志可哀。昭烈[3]经营良不易，一朝功业顿成灰。

【注释】

[1] 本诗体裁为七言律诗（首句平起平收式），韵部为“平水韵”上平声“十灰”韵。[2] 守节王孙，指北地王刘谌。 [3] 昭烈，指蜀汉昭烈皇帝刘备。

后人因汉亡追思武侯诗[1]

鱼鸟犹疑畏简书，风云长为护储胥。徒令上将挥神笔，终见降王走传车。

管乐[2]有才真不忝[3]，关张无命欲何如！他年锦里经祠庙[4]，梁父吟[5]成恨有余！

【注释】

[1] 本诗体裁为七言律诗（首句仄起平收式），韵部为“平水韵”上平声“六鱼”韵。[2] 管乐，指管仲、乐毅。 [3] 忝，有愧。 [4]“他年锦里经祠庙”，指他年在锦官城（成都）经过武侯祠。 [5] 梁父吟，又作梁甫吟，相传为诸葛亮所作。

第一百十九回
《假投降巧计成虚话，再受禅依样画葫芦》（六首）

邓艾被田续所杀[1] 叹诗

自幼能筹画，多谋善用兵。凝眸[2]知地理，仰面识天文。马到山根断，兵来石径分。功成身被害，魂饶汉江云。

【注释】

[1] 本诗体裁为五言律诗（首句仄起仄收式），韵部为“平水韵”上平声“十二文”韵。二句末字“兵”，为“平水韵”下平声“八庚”韵，出韵。 [2] 眸，眸子，泛指眼睛。

钟会被乱箭射倒、枭首[1] 叹诗

髫年[2]称早慧，曾作秘书郎。妙计倾司马，当时号子房[3]。寿春多赞画，剑阁显鹰扬[4]。不学陶朱[5]隐，游魂悲故乡。

【注释】

[1] 本诗体裁为五言律诗（首句平起仄收式），韵部为“平水韵”下平声“七阳”韵。[2] 髫年，童年。 [3] 子房，指“汉初三杰”之一张良，其字子房。 [4] 鹰扬，威武奋扬如鹰，典出《诗经·大雅·大明》“维师尚父，时维鹰扬”。 [5] 陶朱，即陶朱公范蠡，越国大臣，辅佐越王勾践破吴之后，功成身退。

姜维自刎身死[1] 叹诗

天水夸英俊，凉州产异才。系从尚父出，术奉武侯来。大胆[2]应无惧，雄心誓不回。成都身死日，汉将有余哀。

【注释】

[1] 本诗体裁为五言律诗（首句仄起仄收式），韵部为“平水韵”上平声“十灰”韵。[2] 大胆，指本回姜维自尽，魏兵剖姜维腹，见其胆大如鸡卵。

后主乐不思蜀[1] 叹诗

追欢作乐笑颜开，不念危亡半点哀。快乐异乡忘故国，方知后主是庸才。

【注释】

[1] 本诗体裁为七言律绝（首句平起平收式），韵部为“平水韵”上平声“十灰”韵。

曹奂禅让于司马炎[1] 叹诗

魏吞汉室晋吞曹，天运循环不可逃。张节可怜忠国死[2]，一拳怎障泰山高。

【注释】

[1] 本诗体裁为七言律绝（首句平起平收式），韵部为“平水韵”下平声“四豪”韵。[2]“张节可怜忠国死”，指本回司马炎逼曹奂退位，曹魏黄门侍郎张节出言喝阻，被乱瓜击死之情节。

司马炎建国大晋[1] 叹诗

晋国规模如魏王，陈留[2]踪迹似山阳[3]。重行受禅台前事，回首当年止自伤。

【注释】

[1] 本诗体裁为七言律绝（首句仄起平收式），韵部为“平水韵”下平声“七阳”韵。 [2] 陈留，指曹奂，其退位后被晋朝封为陈留王。 [3] 山阳，指汉献帝刘协，其退位后被曹丕封为山阳公。见第八十回《曹丕废帝篡炎刘》。

第一百二十回
《荐杜预老将献新谋，降孙皓三分归一统》(四首)

堕泪碑[1] 叹诗

晓日登临感晋臣，古碑零落岘[2]山春。松间残露频频滴，疑是当年堕泪人。

【注释】

[1] 本诗体裁为七言律绝（首句仄起平收式），韵部为“平水韵”上平声“十一真”韵。 [2] 岘，山名，在湖北。

东吴丞相张悌[1] 赞诗

“杜预”巴山见大旗[2]，江东张悌死忠时。已拚王气南中尽，不忍偷生负所知。

【注释】

[1] 本诗体裁为七言律绝（首句仄起平收式），韵部为“平水韵”上平声“四支”韵。[2]“‘杜预’巴山见大旗”，指本回巴山上飘出大旗，上书“晋镇南大将军杜预”，吴将陆景大惊被斩、各军皆败之情节。

西塞山怀古[1]

刘禹锡

西晋楼船下益州，金陵王气黯然收。千寻铁锁沉江底，一片降旗出石头。人世几回伤往事，山形依旧枕寒流。今逢四海为家[2]日，故垒萧萧芦荻秋。

【注释】

[1] 本诗体裁为七言律诗（首句仄起平收式），韵部为“平水韵”下平声“十一尤”韵。小说中此诗为“西晋楼船下益州”“一片降旗出石头”，一般通行之刘禹锡《西塞山怀古》则为“王濬楼船下益州”“一片降幡出石头”（参见中国社会科学院文学研究所编《唐诗选（下）》，北京：人民文学出版社 1978 年版，第 122 页）。西塞山，在今湖北省黄石市。 [2] 四海为家，言四海归于一家，即天下统一。

篇末古风叙事诗[1]

高祖提剑入咸阳，炎炎红日升扶桑；光武龙兴成大统，金乌飞上天中央；哀哉献帝绍海宇，红轮西坠咸池傍！何进无谋中贵乱，凉州董卓居朝堂；王允定计诛逆党，李傕郭汜兴刀枪；四方盗贼如蚁聚，六合奸雄皆鹰扬：孙坚孙策起江左，袁绍袁术兴河梁；刘焉父子据巴蜀，刘表军旅屯荆襄；张燕张鲁霸南郑，马腾韩遂守西凉；陶谦张绣公孙瓒，各逞雄才占一方。曹操专权居相府，牢笼英俊用文武；威挟天子令诸侯，总领貔貅镇中土。楼桑玄德本皇孙，义结关张愿扶主；东西奔走恨无家，将寡兵微作羁旅；南阳三顾情何深，卧龙一见分寰宇；先取荆州后取川，霸业王图在天府；呜呼三载逝升遐，白帝托孤堪痛楚！孔明六出祁山前，愿以只手将天补；何期历数到此终，长星半夜落山坞！姜维独凭气力高，九伐中原空劬劳[2]；钟会邓艾分兵进，汉室江山尽属曹。丕睿芳髦才及奂，司马又将天下交；受禅台前云雾起，石头城下无波涛；陈留归命与安乐[3]，王侯公爵从根苗：纷纷世事无穷尽，天数茫茫不可逃；鼎足三分已成梦，后人凭吊空牢骚。

【注释】

［1］本诗体裁为七言古风，隔数句平仄一转韵。前二十句押平声韵，中十八句押仄声韵，后十四句押平声韵。［2］劬（qú）劳，劳累。［3］“陈留归命与安乐”，指原三国魏、吴、蜀末帝——曹奂、孙皓与刘禅。曹奂被司马炎废为陈留王，孙皓降晋被司马炎封为归命侯，刘禅降魏被司马昭封为安乐公。

中编

《三国演义》文赋章表全注

第三回
《议温明董卓叱丁原，馈金珠李肃说吕布》（一篇）

董卓上何进表

窃[1]闻天下所以乱逆不止者，皆由黄门常侍张让等侮慢天常[2]之故。臣闻扬汤止沸，不如去薪；溃痈[3]虽痛，胜于养毒。臣敢鸣钟鼓入洛阳，请除让等。社稷幸甚！天下幸甚！

【注释】

[1] 窃，谦辞，用于称自己的行为，表示私自、私下。 [2] 天常，天之常道。此指君臣上下尊卑之道。 [3] 溃痈，溃烂的毒疮。

第四回
《废汉帝陈留践位，谋董贼孟德献刀》（二篇）

董卓废帝为弘农王、立陈留王为帝策

孝灵皇帝[1]，早弃臣民；皇帝承嗣，海内侧望。而帝天资轻佻，威仪不恪，居丧慢惰：否德既彰，有忝[2]大位。皇太后教无母仪，统政荒乱。永乐太后暴崩，众论惑焉。三纲之道，天地之纪，毋乃有阙？陈留王协，圣德伟懋[3]，规矩肃然；居丧哀戚，言不以邪；休声[4]美誉，天下所闻：宜承洪业，为万世统。兹废皇帝为弘农王，皇太后还政。请奉陈留王为皇帝，应天顺人，以慰生灵之望。

【注释】

［1］孝灵皇帝，指汉灵帝刘宏。 ［2］有忝，有愧。 ［3］伟懋，盛大。 ［4］休声，美好的名声。

袁绍致王允书

卓贼欺天废主，人不忍言；而公恣[1]其跋扈，如不听闻，岂报国效忠之臣哉？绍今集兵练卒，欲扫清王室，未敢轻动。公若有心，当乘间[2]图之。如有驱使，即当奉命。

【注释】

［1］恣，放纵。 ［2］乘间，趁机会。

第五回
《发矫诏诸镇应曹公，破关兵三英战吕布》（二篇）

曹操作讨董卓檄文

操等谨以大义布告天下：董卓欺天罔地，灭国弑君；秽乱宫禁，残害生灵；狼戾[1]不仁，罪恶充积！今奉天子密诏，大集义兵，誓欲扫清华夏，剿戮[2]群凶。望兴义师，共泄公愤；扶持王室，拯救黎民。檄文到日，可速奉行！

【注释】

［1］狼戾，凶狠，暴戾。 ［2］剿戮，剿灭杀戮。

讨董卓诸侯盟誓

汉室不幸，皇纲[1]失统。贼臣董卓，乘衅[2]纵害，祸加至尊，虐流百姓。绍等惧社稷沦丧，纠合义兵，并赴国难。凡我同盟，齐心戮力，以致臣节，必无二志。有渝[3]此盟，俾坠其命，无克遗育[4]。皇天后土，祖宗明灵，实皆鉴之！

【注释】

[1] 皇纲，皇朝的法纪。 [2] 衅，缝隙，间隙。 [3] 渝，变更。 [4] 无克遗育，不能留下子孙后代。

第七回
《袁绍磐河战公孙，孙坚跨江击刘表》（一篇）

袁术致孙坚使伐刘表书

前者刘表截路，乃吾兄本初[1]之谋也。今本初又与表私议欲袭江东。公可速兴兵伐刘表，吾为公取本初，二仇可报。公取荆州，吾取冀州，切勿误也！

【注释】

[1] 本初，指袁绍，字本初。

第十一回
《刘皇叔北海救孔融，吕温侯濮阳破曹操》（一篇）

刘备劝曹操退兵徐州书

备自关外得拜君颜，嗣后[1]天各一方，不及趋侍。向者，尊父曹侯，实因张闿不仁，以致被害，非陶恭祖[2]之罪也。目今黄巾遗孽，扰乱于外；董卓余党，盘踞于内。愿明公先朝廷之急，而后私仇；撤徐州之兵，以救国难：则徐州幸甚，天下幸甚！

【注释】

[1] 嗣后，书面语，以后。　[2] 陶恭祖，指陶谦。

第十六回
《吕奉先射戟辕门，曹孟德败师淯水》（一篇）

刘备致吕布求援书

伏自将军垂念，令备于小沛容身，实拜云天[1]之德。今袁术欲报私仇，遣纪灵领兵到县，亡在旦夕，非将军莫能救。望驱[2]一旅之师，以救倒悬之急，不胜幸甚！

【注释】

[1] 云天，形容高厚。　[2] 驱，驱使。

第十八回
《贾文和料敌决胜，夏侯惇拔矢啖睛》(一篇)

刘备答曹操密书

奉明命欲图吕布，敢不夙[1]夜用心。但备兵微将少，不敢轻动。丞相兴大师，备当为前驱。谨严兵整甲，专待钧[2]命。

【注释】

[1] 夙，早。　[2] 钧，敬辞，对尊长或上级使用。

第十九回
《下邳城曹操鏖兵，白门楼吕布殒命》(一篇)

曹操令射入下邳城榜文

大将军曹，特奉明诏，征伐吕布。如有抗拒大军者，破城之日，满门诛[1]戮。上至将校，下至庶民，有能擒吕布来献，或献其首级者，重加官赏。为此榜谕[2]，各宜知悉。

【注释】

[1] 诛，杀有罪曰“诛”。　[2] 谕，告诉，吩咐。

第二十回
《曹阿瞒许田打围，董国舅内阁受诏》（二篇）

汉献帝检看之宗族世谱

孝景皇帝[1]生十四子。第七子乃中山靖王刘胜。胜生陆城亭侯刘贞。贞生沛侯刘昂。昂生漳侯刘禄。禄生沂水侯刘恋。恋生钦阳侯刘英。英生安国侯刘建。建生广陵侯刘哀。哀生胶水侯刘宪。宪生祖邑侯刘舒。舒生祁阳侯刘谊。谊生原泽侯刘必。必生颍川侯刘达。达生丰灵侯刘不疑。不疑生济川侯刘惠。惠生东郡范令刘雄。雄生刘弘。弘不仕[2]。刘备乃刘弘之子也。

【注释】

[1] 孝景皇帝，指汉景帝刘启。　[2] 仕，即出仕，指做官。

汉献帝衣带诏

朕闻人伦之大，父子为先；尊卑之殊，君臣为重。近日操贼弄权，欺压君父；结连党伍，败坏朝纲；敕[1]赏封罚，不由朕主。朕夙[2]夜忧思，恐天下将危。卿乃国之大臣，朕之至戚，当念高帝[3]创业之艰难，纠合忠义两全之烈士，殄[4]灭奸党，复安社稷，祖宗幸甚！破指洒血，书诏付卿，再四慎之，勿负朕意！建安四年[5]春三月诏。

【注释】

[1] 敕，皇帝的诏令。　[2] 夙，早。　[3] 高帝，指汉高帝刘邦。　[4] 殄，灭绝。　[5] 建安四年，指公元 199 年。建安，汉献帝的年号。

第二十二回
《袁曹各起马步三军，关张共擒王刘二将》（一篇）

陈琳作讨曹操檄文

盖闻明主图危以制变，忠臣虑难以立权。是以有非常之人，然后有非常之事；有非常之事，然后立非常之功。夫非常者，固非常人所拟也。

曩者，强秦弱主，赵高执柄，专制朝权，威福由己；时人迫胁，莫敢正言；终有望夷之败[1]，祖宗焚灭，污辱至今，永为世鉴。及臻吕后季年，产禄专政，内兼二军，外统赵梁；擅断万机，决事省禁；下陵上替，海内寒心。于是绛侯朱虚兴兵奋怒，诛夷逆暴，尊立太宗[2]，故能王道兴隆，光明显融：此则大臣立权之明表也。

司空曹操：祖父中常侍腾，与左棺、徐璜[3]并作妖孽，饕餮放横，伤化虐民；父嵩，乞匄携养，因赃假位，舆金辇璧，输货权门，窃盗鼎司，倾覆重器。操赘阉遗丑，本无懿德，獟狡锋协，好乱乐祸。

幕府[4]董统鹰扬[5]，扫除凶逆；续遇董卓，侵官暴国。于是提剑挥鼓，发命东夏，收罗英雄，弃瑕取用；故遂与操同谘合谋，授以裨师，谓其鹰犬之才，爪牙可任。至乃愚佻短略，轻进易退，伤夷折衄，数丧师徒；幕府辄复分兵命锐，修完补辑，表行东郡，领兖州刺史，被以虎文，奖蹙威柄，冀获秦师一克之报[6]。而操遂承资跋扈，恣行凶忒，割剥元元[7]，残贤害善。

故九江太守边让，英才俊伟，天下知名；直言正色，论不阿谄；身首被枭悬之诛，妻孥受灰灭之咎。自是士林愤痛，民怨弥重；一夫奋臂，举州同声。故躬破于徐方，地夺于吕布；彷徨东裔，蹈据无所。幕府惟强干弱枝之义，且不登叛人之党，故复援旌擐甲，席卷起征，金鼓响振，布众奔沮；拯其死亡之患，复其方伯之位：则幕府无德于兖土之民，而有大造于操也。

后会銮驾返旆，群虏寇攻。时冀州方有北鄙之警，匪遑离局；故使从事中郎徐勋，就发遣操，使缮修郊庙，翊卫幼主。操便放志：专行胁迁，当御省禁；卑侮王室，败法乱纪；坐领三台，专制朝政；爵赏由心，刑戮在口；所爱光五宗，所恶灭三族；群谈者受显诛，腹议者蒙隐戮；百僚钳口，道路以目；尚书记朝会，公卿充员品而已。

故太尉杨彪，典历二司[8]，享国极位。操因缘眦睚，被以非罪；榜楚参并，五毒备至；触情任忒，不顾宪纲。又议郎赵彦，忠谏直言，义有可纳，是以圣朝含听，改容加饰。操欲迷夺时明，杜绝言路，擅收立杀，不俟报国。又梁孝王，先帝母昆[9]，坟陵尊显；桑梓松柏，犹宜肃恭。而操帅将吏士，亲临发掘，破棺裸尸，掠取金宝。至令圣朝流涕，士民伤怀！

操又特置“发丘中郎将”，“摸金校尉”，所过隳[10]突，无骸不露。身处三公之位，而行桀虏之态，污国害民，毒施人鬼！加其细致惨苛，科防互设；罾缴充蹊，坑阱塞路；举手挂网罗，动足触机陷：是以兖、豫有无聊之民，帝都有吁嗟之怨。历观载籍，无道之臣，贪残酷烈，于操为甚！

幕府方诘外奸，未及整训；加绪含容，冀可弥缝。而操豺狼野心，潜包祸谋，乃欲摧挠栋梁，孤弱汉室，除灭忠正，专为枭雄。往者伐鼓北征公孙瓒，强寇桀逆，拒围一年。操因其未破，阴交书命，外助王师，内相掩袭。会其行人[11]发露，瓒亦枭夷，故使锋芒挫缩，厥图不果。

今乃屯据敷仓，阻河为固，欲以螳螂之斧，御隆车之隧。幕府奉汉威灵，折冲宇宙；长戟百万，胡骑千群；奋中黄、育、获之士[12]，骋良弓劲弩之势；并州越太行，青州涉济漯；大军泛黄河而角其前，荆州下宛、叶而掎其后：雷震虎步，若举炎火以焫飞蓬，覆沧海以沃熛[13]炭，有何不灭者哉？

又操军吏士，其可战者，皆出自幽冀，或故营部曲[14]，咸怨旷思归，流涕北顾。其余兖豫之民，及吕布张杨之余众，覆亡迫胁，权时苟从；各被创夷，人为仇敌。若回旆方徂，登高冈而击鼓吹，扬素挥以启降路，必土崩瓦解，不俟血刃。

方今汉室陵迟，纲维弛绝；圣朝无一介之辅，股肱无折冲之势。方畿之内，简练之臣，皆垂头拓翼，莫所凭恃；虽有忠义之佐，胁于暴虐之臣，焉能展其节？

又操持部曲精兵七百，围守宫阙，外托宿卫，内实拘执。惧其篡[15]逆之萌，因斯而作。此乃忠臣肝脑涂地之秋，烈士立功之会，可不勖哉！

操又矫命称制，遣使发兵。恐边远州郡，过听给与，违众旅叛，举以丧名，为天下笑，则明哲不取也。

即日幽、并、青、冀四州并进。书到荆州，便勒现兵，与建忠将军[16]协同声势。州郡各整义兵，罗落境界，举武扬威，并匡社稷：则非常之功于是乎著。

其得操首者，封五千户侯，赏钱五千万。部曲偏裨将校诸吏降者，勿有所问。广宜恩信，班扬符赏，布告天下，咸使知圣朝有拘迫之难。如律令！

【注释】

[1] 望夷之败，望夷，秦宫名。秦二世重用宦官赵高，由赵高执掌大权。后来，秦二世被赵高所迫，自杀于望夷宫。 [2] “吕后季年……尊立太宗”，指汉高祖刘邦死后，其妻吕后擅权，由她的侄子吕产、吕禄等领兵、辅政，谋夺皇位。大臣绛侯周勃和朱虚侯刘章联合，用计杀死吕产等，迎立汉高祖之子刘恒继皇帝位，为汉文帝。“太宗”，为汉文帝庙号。 [3] “司空曹操：祖父中常侍腾，与左棺、徐璜”，曹操祖父曹腾与左棺、徐璜为东汉末年三个专权用事的宦官。 [4] 幕府，将帅办公场所，此为袁绍自称之代用词。 [5] 鹰扬，威武奋扬如鹰，典出《诗经·大雅·大明》“维师尚父，时维鹰扬”。[6] “秦师一克之报”，指春秋时期，秦国大夫孟明领兵作战，被晋国打败，但秦君未加惩罚，希望他将来能报仇。后来，他果然战胜了晋国。 [7] “割剥元元”，残害百姓。元元，指老百姓。 [8] “故太尉杨彪，典历二司”，太尉、司徒、司空合称三公，为东汉最高的官位。杨彪在任太尉前，历任司空、司徒，故称“典历二司”。 [9] “梁孝王，先帝母昆”，梁孝王刘武，为汉文帝之子，汉景帝的弟弟。先帝，指汉景帝。母昆，同胞兄弟。 [10] 隳，毁坏。 [11] 行人，官名，指肩负某种使命被派出外联络、交涉的人员。 [12] 中黄、育、获之士，中黄伯、夏育、乌获，都是古代以武勇著称的大力士。 [13] 熛（biāo），火焰。 [14] 部曲，部和曲，是汉代军队编制两级的名称。[15] 篡，用不正当的方式夺取。 [16] 建忠将军，指张绣。张绣官建忠将军，当时驻扎在宛城。

第二十三回
《祢正平裸衣骂曹，吉太医下毒遭刑》（一篇）

孔融上荐祢衡表

臣闻洪水横流，帝思俾乂；旁求四方，以招贤俊。昔世宗[1]继统，将弘基业；畴咨熙载，群士响臻。陛下睿圣，纂承基绪，遭遇厄运，劳谦日昃；维岳降神，异人并出。窃[2]见处士平原祢衡：年二十四，字正平，淑质贞亮，英才卓跞。初涉艺文，升堂睹奥；目所一见，辄诵之口，耳所暂闻，不忘于心；性与道合，思若有神；弘羊潜计，安世默识[3]，以衡准之，诚不足怪。忠果正直，志怀霜雪；见善若惊，嫉恶若仇；任座抗行，史鱼厉节[4]，殆无以过也。鸷鸟[5]累百，不如一鹗[6]；使衡立朝，必有可观。飞辩骋词，溢气坌涌；解疑释结，临敌有余。昔贾谊求试属国，诡系单于；终军欲以长缨，牵制劲越：弱冠慷慨，前世美之。近日路粹、严象，亦用异才，擢拜台郎。衡宜与为比。如得龙跃天衢，振翼云汉，扬声紫微，垂光虹蜺[7]，足以昭近署之多士，增四门之穆穆。钧天广乐，必有奇丽之观；帝室皇居，必蓄非常之宝。若衡等辈，不可多得。激楚、阳阿，至妙之容，掌伎者之所贪；飞兔、騕褭，绝足奔放，良、乐之所急也。臣等区区，敢不以闻？陛下笃慎取士，必须效试，乞令衡以褐衣[8]召见。如无可观采，臣等受面欺之罪。

【注释】

[1] 世宗，指汉武帝刘彻，“世宗”是其庙号。 [2] 窃，谦辞，表示私自、私下。 [3]“弘羊潜计，安世默识”，桑弘羊，西汉时的理财专家，善于在心里计算数目；张安世，西汉时丞相，记忆力超强，皇帝遗失了三箧书，他都记得书里的内容。默识，暗中记住的意思。 [4]“任座抗行，史鱼厉节”，任座，战国时期魏国的臣子，魏君听到别人的批评正在发怒，任座却敢于当场再次肯定批评者是对的。史鱼，名鳝，字子鱼，春秋时期卫国的大夫，他以死谏诤卫君，阻止卫君任用坏人作大臣。 [5] 鸷鸟，凶猛的鸟。

[6] 鹗，一种常在水面飞翔的禽类，吃鱼类，通称鱼鹰。 [7] 蜺，同“霓”。
[8] 褐衣，指布衣。

第二十六回
《袁本初败兵折将，关云长挂印封金》(三篇)

刘备致关公书

备与足下，自桃园缔盟[1]，誓以同死。今何中道[2]相违，割恩断义？君必欲取功名、图富贵，愿献备首级以成全功。书不尽言，死待来命。

【注释】

[1] 桃园缔盟，指刘、关、张桃园三结义。 [2] 中道，中途，半道。

关公答刘备书

窃闻义不负心，忠不顾死。羽自幼读书，粗知礼义，观羊角哀、左伯桃之事[1]，未尝不三叹而流涕也。前守下邳。内无积粟，外听援兵；欲即效死，奈有二嫂之重，未敢断首捐躯，致负所托；故尔暂且羁身，冀[2]图后会。近至汝南，方知兄信；即当面辞曹公，奉二嫂归。羽但怀异心，神人共戮。披肝沥胆，笔楮难穷。瞻拜有期，伏惟照鉴。

【注释】

[1]“羊角哀、左伯桃之事”，羊角哀、左伯桃是战国时期人，二人为好友，同往楚国求官，路上遇雪，衣薄少粮，估计不能俱全，左伯桃就把衣粮全给了羊角哀，自己冻饿而死。后羊角哀在楚国做了大官，寻得左尸礼葬。又因左魂托梦的缘故，自杀以报答死去的友人。 [2] 冀，希望。

关公辞曹操书

羽少事皇叔，誓同生死；皇天后土，实闻斯言。前者下邳失守，所请三事[1]，已蒙恩诺。今探知故主现在袁绍军中，回思昔日之盟，岂容违背？新恩虽厚，旧义难忘。兹特奉书告辞，伏惟照察。其有余恩未报，愿以俟[2]之异日。

【注释】

[1]“下邳失守，所请三事”，参见小说第二十五回《屯土山关公约三事》。
[2] 俟，等待。

第二十九回
《小霸王怒斩于吉，碧眼儿坐领江东》（一篇）

许贡上曹操书

孙策骁勇[1]，与项籍[2]相似。朝廷宜外示荣宠，召在京师；不可使居外镇，以为后患。

【注释】

[1] 骁勇，书面语，勇猛。 [2] 项籍，指项羽。

第三十回
《战官渡本初败绩，劫乌巢孟德烧粮》(一篇)

荀彧报曹操书

承尊命，使决进退之疑。愚以袁绍悉众聚于官渡，欲与明公决胜负，公以至弱当至强，若不能制，必为所乘：是天下之大机也。绍军虽众，而不能用；以公之神武明哲，何向而不济！今军实虽少，未若楚、汉在荥阳、成皋间[1]也。公今画地而守，扼[2]其喉而使不能进，情见势竭，必将有变。此用奇之时，断不可失。惟明公裁察焉。

【注释】

[1]“楚、汉在荥阳、成皋间”，指项羽所率楚军与刘邦所率汉军的荥阳、成皋之战。
[2] 扼，用力掐住。

第三十三回
《曹丕乘乱纳甄氏，郭嘉遗计定辽东》(三篇)

刘表答袁谭书

君子违难，不适仇国。日前闻君屈膝降曹，则是忘先人之仇，弃手足之谊，而遗同盟之耻矣。若冀州[1]不弟，当降心相从。待事定之后，使天下平其曲直，不亦高义耶？

【注释】

[1] 冀州，指冀州牧袁尚。

刘表答袁尚书

青州[1]天性峭急[2]，迷于曲直。君当先除曹操，以卒先公之恨。事定之后，乃计曲直，不亦善乎？若迷而不返，则是韩卢、东郭自困于前，而遗田父之获也。

【注释】

[1] 青州，指青州刺史袁谭。 [2] 峭急，严厉而急躁。

郭嘉与曹操遗书

今闻袁熙、袁尚往投辽东，明公切不可加兵。公孙康久畏袁氏吞并，二袁往投必疑。若以兵击之，必并力迎敌，急不可下；若缓之，公孙康、袁氏必自相图，其势然[1]也。

【注释】

[1] 然，如此，这样。

第三十六回
《玄德用计袭樊城，元直走马荐诸葛》（一篇）

程昱仿徐母字体诈徐庶书

近汝弟康丧，举目无亲。正悲凄间，不期[1]曹丞相使人赚至许昌，言汝背反，下我于缧[2]绁，赖程昱等救免。若得汝降，能免我死。如书到日，可念劬劳之恩，星夜前来，以全孝道；然后徐图归耕故园，免遭大祸。吾今命若悬丝，专望救援！更不多嘱。

【注释】

[1] 不期，不料。 [2] 缧（léi），缧绁，捆绑犯人的绳索。

第三十七回
《司马徽再荐名士，刘玄德三顾茅庐》(一篇)

刘备留赠孔明书

备久慕高名，两次晋谒[1]，不遇空回，惆怅何似！窃念备汉朝苗裔，滥叨名爵，伏睹朝廷陵替[2]，纲纪崩摧，群雄乱国，恶党欺君，备心胆俱裂。虽有匡济之诚，实乏经纶之策。仰望先生仁慈忠义，慨然展吕望[3]之大才，施子房[4]之鸿略，天下幸甚！社稷幸甚！先此布达，再容斋戒薰沐，特拜尊颜，面倾鄙悃。统希鉴原。

【注释】

[1] 晋谒，拜见。 [2] 陵替，衰微低落。 [3] 吕望，指姜尚。 [4] 子房，指“汉初三杰”之一的张良。

第四十三回
《诸葛亮舌战群儒，鲁子敬力排众议》(一篇)

曹操致孙权檄文

孤近承帝命，奉词伐罪。旄麾[1]南指，刘琮束手[2]；荆襄之民，望风归顺。今统雄兵百万，上将千员，欲与将军会猎于江夏，共伐刘备，同分土地，永结盟好。幸勿观望，速赐回音。

【注释】

[1] 旄麾，古代在旗杆头上用牦牛尾做装饰的指挥军队的旗子。 [2] 束手，束手就擒之意。

第四十四回
《孔明用智激周瑜，孙权决计破曹操》(一篇)

诸葛亮诵曹植《铜雀台赋》

从明后以嬉游兮，登层台以娱情。见太府之广开兮，观圣德之所营。建高门之嵯峨[1]兮，浮双阙乎太清。立中天之华观兮，连飞阁乎西城。临漳水之长流兮，望园果之滋荣。立双台于左右兮，有玉龙与金凤。揽二乔[2]于东南兮，乐朝夕之与共。俯皇都之宏丽兮，瞰云霞之浮动。欣群才之来萃兮，协飞熊之吉梦[3]。仰春风之和穆兮，听百鸟之悲鸣。天云垣其既立兮，家愿得乎获逞。扬仁化于宇宙兮，尽肃恭于上京。惟桓文之为盛兮，岂足方乎圣明？休矣！美矣！惠泽远扬。翼佐我皇家兮，宁彼四方。同天地之规量兮，齐日月之辉光。永贵尊而无极兮，等君寿于东皇。御龙旂[4]以遨游兮，回鸾驾而周章。恩化及乎四海兮，嘉物阜而民康。愿斯台之永固兮，乐终古而未央！

【注释】

[1] 嵯峨，山势高峻的样子。　[2] "二乔"，小说第三十四回《蔡夫人隔屏听密语》有曹植进谏"更作两条飞桥，横空而上"之语，赋中"二乔"，当指这两桥。按：小说中所引《铜雀台赋》，真伪杂糅，其中"立双台于左右兮"至"协飞熊之吉梦"八句，及"御龙旂以遨游兮"至"乐终古而未央"六句，为《曹植集》所无，当系后人伪托。[3] 飞熊之吉梦，用文王梦熊典。　[4] 旂，古代的一种旗子。

第四十五回
《三江口曹操折兵，群英会蒋干中计》（一篇）

伪蔡瑁张允致周瑜书

某等降曹，非图仕禄，迫于势耳。今已赚北军困于寨中，但得其便，即将操贼之首，献于麾下[1]。早晚人到，便有关报。幸勿见疑。先此敬覆。

【注释】

[1] 麾下，敬辞，对将帅的尊称。

第四十六回
《用奇谋孔明借箭，献密计黄盖受刑》（一篇）

大雾垂江赋

大哉长江！西接岷、峨，南控三吴，北带九河。汇百川而入海，历万古以扬波。至若龙伯、海若[1]，江妃、水母，长鲸千丈，天蜈九首，鬼怪异类，咸集而有。盖夫鬼神之所凭依，英雄之所战守也。

时也阴阳既乱，昧爽不分。讶长空之一色，忽大雾之四屯。虽舆薪而莫睹，惟金鼓之可闻。初若溟濛，才隐南山之豹；渐而充塞，欲迷北海之鲲[2]。然后上接高天，下垂厚地；渺乎苍茫，浩乎无际。鲸鲵出水而腾波，蛟龙潜渊而吐气。又如梅霖收溽，春阴酿寒；溟溟漠漠，浩浩漫漫。东失柴桑之岸，南无夏口之山。战船千艘，俱沉沦于岩壑；渔舟一叶，惊出没于波澜。甚则穹昊无光，朝阳失色；返白昼为昏黄，变丹山为水碧。虽大禹之智，不能测其浅深；离娄之明，焉能辨乎咫尺？

于是冯夷[3]息浪，屏翳[4]收功；鱼鳖遁迹，鸟兽潜踪。隔断蓬莱之岛，暗围阊阖之宫。恍惚奔腾，如骤雨之将至；纷纭杂沓，若寒云之欲同。乃能中隐毒蛇，因之而为瘴疠；内藏妖魅，凭之而为祸害。降疾厄于人间，起风尘于塞外。小民遇之夭伤，大人观之感慨。盖将返元气于洪荒，混天地为大块。

【注释】

[1] 若，海神的名字，典出《庄子·秋水》。　[2] 北海之鲲，典出《庄子·逍遥游》："北冥有鱼，其名为鲲。"　[3] 冯夷，神话中的水神。　[4] 屏翳，神话中的风神。

第四十七回
《阚泽密献诈降书，庞统巧授连环计》（一篇）

黄盖诈降书

盖受孙氏厚恩，本不当怀二心。然以今日事势论之：用江东六郡之卒，当中国[1]百万之师，众寡不敌，海内所共见也。东吴将吏，无有智愚，皆知其不可。周瑜小子，偏怀浅戆[2]，自负其能，辄欲以卵敌石；兼之擅作威福，无罪受刑，有功不赏。盖系旧臣，无端为所摧辱[3]，心实恨之！伏闻丞相诚心待物，虚怀纳士，盖愿率众归降，以图建功雪耻。粮草军仗，随船献纳。泣血拜白，万勿见疑。

【注释】

［1］中国，此指中原。　［2］偏怀浅戆，偏怀，偏执、片面的胸怀；浅戆，浅薄愚蠢。　［3］“无端为所摧辱”，参见小说第四十六回《献密计黄盖受刑》中周瑜打黄盖之苦肉计。

第五十五回
《玄德智激孙夫人，孔明二气周公瑾》（一篇）

周瑜致孙权密书

瑜所谋之事，不想反覆如此。既已弄假成真，又当就此用计。刘备以枭雄[1]之姿，有关、张、赵云之将，更兼诸葛用谋，必非久屈人下者。愚意莫如软困之于吴中：盛为筑宫室，以丧其心志；多送美色玩好，以娱其耳目；

使分开关、张之情，隔远诸葛之契，各置一方，然后以兵击之，大事可定矣。今若纵之，恐蛟龙得云雨，终非池中物也。愿明公熟思之。

【注释】

[1] 枭雄，强横而有野心的人物。

第五十七回
《柴桑口卧龙吊丧，耒阳县凤雏理事》（三篇）

诸葛亮致周瑜书

汉军师中郎将诸葛亮，致书于东吴大都督公瑾先生麾下：亮自柴桑一别，至今恋恋不忘。闻足下欲取西川，亮窃以为不可。益州民强地险，刘璋虽暗弱，足以自守。今劳师远征，转运万里，欲收全功，虽吴起不能定其规，孙武不能善其后也。曹操失利于赤壁，志岂须臾[1]忘报仇哉？今足下兴兵远征，倘操乘虚而至，江南齑粉[2]矣！亮不忍坐视，特此告知。幸垂照鉴。

【注释】

[1] 须臾，片刻。 [2] 齑粉，细粉，碎屑。

周瑜上孙权遗书

瑜以凡才，荷蒙殊遇，委任腹心，统御兵马，敢不竭股肱[1]之力，以图报效。奈死生不测，修短[2]有命；愚志未展，微躯已殒，遗恨何极！方今曹操在北，疆场未静；刘备寄寓，有似养虎；天下之事，尚未可知。此正朝士旰食[3]之秋，至尊垂虑之日也。鲁肃忠烈，临事不苟，可以代瑜之任。人之将死，其言也善。倘蒙垂鉴，瑜死不朽矣。

【注释】

［1］肱，泛指胳膊。 ［2］修短，长短。 ［3］旰（gàn）食，因为公务繁忙，很晚才能吃饭。旰，晚上。

诸葛亮祭周瑜文

呜呼公瑾，不幸夭亡！修短故天，人岂不伤？我心实痛，酹[1]酒一觞；君其有灵，享我烝尝！吊君幼学，以交伯符；仗义疏财，让舍以民。吊君弱冠，万里鹏抟[2]；定建霸业，割据江南。吊君壮力，远镇巴丘；景升怀虑，讨逆无忧。吊君丰度，佳配小乔；汉臣之婿，不愧当朝，吊君气概，谏阻纳质；始不垂翅，终能奋翼。吊君鄱阳，蒋干来说[3]；挥洒自如，雅量高志。吊君弘才，文武筹略；火攻破敌，挽强为弱。想君当年，雄姿英发[4]；哭君早逝，俯地流血。忠义之心，英灵之气；命终三纪，名垂百世，哀君情切，愁肠千结；惟我肝胆，悲无断绝。昊天昏暗，三军怆然；主为哀泣；友为泪涟。亮也不才，丐计求谋；助吴拒曹，辅汉安刘；掎角之援，首尾相俦[5]，若存若亡，何虑何忧？呜呼公瑾！生死永别！朴守其贞，冥冥灭灭，魂如有灵，以鉴我心：从此天下，更无知音！呜呼痛哉！伏惟尚飨[6]。

【注释】

［1］酹，奠酒。 ［2］抟，盘旋。 ［3］说，游说。 ［4］“想君当年，雄姿英发”，化用苏轼《念奴娇·赤壁怀古》“遥想公瑾当年，小乔初嫁了，雄姿英发”语典。 ［5］俦，伴侣。 ［6］飨，请人享受酒食。

第五十八回
《马孟起兴兵雪恨，曹阿瞒割须弃袍》（一篇）

刘备致马超书

伏念汉室不幸，操贼专权，欺君罔上，黎民凋残。备昔与令先君[1]同受密诏[2]，誓诛此贼。今令先君被操所害，此将军不共天地、不同日月之仇也。若能率西凉之兵，以攻操之右，备当举荆襄之众，以遏操之前：则逆操可擒，奸党可灭，仇辱可报，汉室可兴矣。书不尽言，立待回音。

【注释】

[1] 令先君，指马超之父马腾。 [2] 密诏，指汉献帝衣带诏。

第六十回
《张永年反难杨修，庞士元议取西蜀》（二篇）

刘璋邀刘备入川书

族弟刘璋，再拜致书于玄德宗兄将军麾下[1]：久伏电天，蜀道崎岖，未及赍[2]贡，甚切惶愧。璋闻吉凶相救，患难相扶，朋友尚然，况宗族乎？今张鲁在北，旦夕兴兵，侵犯璋界，甚不自安。专人谨奉尺书，上乞钧[3]听。倘念同宗之情，全手足之义，即日兴师剿灭狂寇，永为唇齿，自有重酬。书不尽言，耑候车骑。

【注释】

[1] 麾下，敬辞，称将帅。 [2] 赍，书面语，将东西送给人。 [3] 钧，敬辞，对尊长或上级使用。

王累死谏刘璋书

益州从事臣王累，泣血恳告：窃闻“良药苦口利于病，忠言逆耳利于行”。昔楚怀王不听屈原之言，会盟于武关，为秦所困。今主公轻离大郡[1]，欲迎刘备于涪城，恐有去路而无回路矣。倘能斩张松于市，绝刘备之约，则蜀中老幼幸甚，主公之基业亦幸甚！

【注释】

[1] 大郡，指成都。

第六十一回
《赵云截江夺阿斗，孙权遗书退老瞒》(一篇)

孙权致曹操书

孤与丞相，彼此皆汉朝臣宰。丞相不思报国安民，乃妄动干戈[1]，残虐生灵，岂仁人之所为哉？即日春水方生，公当速去。如其不然，复有赤壁之祸矣。公宜自思焉。(书背后又批两行云：“足下不死，孤不得安。”)

【注释】

[1] 干戈，指战争。

第六十二回
《取涪关杨高授首，攻雒城黄魏争功》（一篇）

张松致刘备书

松昨进言于皇叔，并无虚谬[1]，何乃迟迟不发？逆取顺守，古人所贵。今大事已在掌握之中，何故欲弃此而回荆州乎？使松闻之，如有所失。书呈到日，疾速进兵。松当为内应，万勿自误！

【注释】

[1] 谬，差错。

第六十三回
《诸葛亮痛哭庞统，张翼德义释严颜》（一篇）

诸葛亮致刘备书

亮夜算太乙数，今年岁次癸巳[1]，罡星在西方；又观乾象[2]，太白[3]临于雒城之分：主将帅身上多凶少吉。切宜谨慎。

【注释】

[1] 癸巳，指刘备入川当年之干支。　[2] 乾象，天象。　[3] 太白，指金星。

第六十四回
《孔明定计捉张任，杨阜借兵破马超》(一篇)

法正致刘璋书

昨蒙遣差结好荆州，不意主公左右不得其人，以致如此。今荆州[1]眷念旧情，不忘族谊。主公若得幡然[2]归顺，量不薄待。望三思裁[3]示。

【注释】

[1] 荆州，指当时的荆州牧刘备。 [2] 幡然，很快而彻底地改变。 [3] 裁，衡量，判断。

第六十五回
《马超大战葭萌关，刘备自领益州牧》(一篇)

诸葛亮致关公书

亮闻将军欲与孟起[1]分别高下。以亮度之：孟起虽雄烈过人，亦乃黥布、彭越[2]之徒耳；当与翼德并驱争先，犹未及美髯公之绝伦超群也。今公受任守荆州，不为不重；倘一入川，若荆州有失。罪莫大焉。惟冀明照。

【注释】

[1] 孟起，指马超，字孟起。 [2] 黥布、彭越，楚汉相争时期名将。

第六十六回
《关云长单刀赴会，伏皇后为国捐生》（一篇）

傅干谏曹操书

干闻用武则先威，用文则先德；威德相济，而后王业成。往者天下大乱，明公用武攘[1]之，十平其九；今未承王命者，吴与蜀耳。吴有长江之险，蜀有崇山之阻，难以威胜。愚以为且宜增修文德，按甲寝兵，息军养士，待时而动。今若举数十万之众，顿长江之滨，倘贼凭险深藏，使我士马不得逞其能，奇变无所用其权，则天威屈矣。惟明公详察焉。

【注释】

[1] 攘，抵御。

第七十一回
《占对山黄忠逸待劳，据汉水赵云寡胜众》（一篇）

曹操致夏侯渊书

凡为将者，当以刚柔相济，不可徒恃[1]其勇。若但任勇，则是一夫之敌耳。吾今屯大军于南郑，欲观卿之妙才，勿辱二字可也。

【注释】

[1] 恃，依赖，倚仗。

第七十三回
《玄德进位汉中王，云长攻拔襄阳郡》（一篇）

刘备进位汉中王上表

备以具臣之才，荷[1]上将之任，总督三军，奉辞于外；不能扫除寇难，靖匡王室，久使陛下圣教陵迟，六合之内，否而未泰：惟忧反侧，疢如疾首。

曩者董卓，伪为乱阶。自是之后，群凶纵横，残剥海内。赖陛下圣德威临，人臣同应，或忠义奋讨，或上天降罚，暴逆并殪[2]，以渐冰消。惟独曹操，久未枭除，侵擅国权，恣心极乱。臣昔与车骑将军董承，图谋讨操，机事不密，承见陷害。臣播越失据，忠义不果，遂得使操穷凶极逆：主后[3]戮杀，皇子鸩害。虽纠合同盟，念在奋力；懦弱不武，历年未效。常恐殒没，辜负国恩；寤寐永叹，夕惕若厉。

今臣群僚以为：在昔虞书敦叙九族，庶明励翼；帝王相传，此道不废；周监二代，并建诸姬，实赖晋、郑夹辅之力；高祖龙兴，尊王子弟，大启九国，卒斩诸吕，以安大宗。今操恶直丑正，实繁有徒，包藏祸心，篡盗已显；既宗室微弱，帝族无位，斟酌古式，依假权宜：上臣为大司马、汉中王。

臣伏自三省：受国厚恩，荷任一方，陈力未效，所获已过，不宜复忝[4]高位，以重罪谤。群僚见逼，迫臣以义。臣退惟寇贼不枭，国难未已；宗庙倾危，社稷将坠：诚臣忧心碎首之日。若应权通变，以宁静圣朝，虽赴水火，所不得辞。辄顺众议，拜受印玺，以崇国威。

仰惟爵号，位高宠厚；俯思报效，忧深责重。惊怖惕息，如临于谷。敢不尽力输诚，奖励六师，率齐群义，应天顺时，以宁社稷。谨拜表以闻。

【注释】

[1] 荷，负担。 [2] 殪（yì），死。 [3] 主后，指汉献帝之伏皇后。 [4] 忝，有愧。

第七十八回
《治风疾神医身死，传遗命奸雄数终》（一篇）

孙权上曹操书

臣孙权久知天命已归王上[1]，伏望早正大位，遣将剿灭刘备，扫平两川，臣即率群下纳土归降矣。

【注释】

[1] 王上，指曹操，时其已受封魏王。

第七十九回
《兄逼弟曹植赋诗，侄陷叔刘封伏法》（一篇）

孟达投魏上刘备表

臣达伏惟殿下将建伊、吕之业[1]，追桓、文之功[2]，大事草创，假势吴、楚，是以有为之士，望风归顺。臣委质以来，愆[3]戾山积；臣犹自知，况于君乎？今王朝英俊鳞集，臣内无辅佐之器，外无将领之才，列次功臣，诚足自愧！

臣闻范蠡识微，浮于五湖；舅犯谢罪，逡巡[4]河上。夫际会之间，请命乞身，何哉？欲洁去就之分也。况臣卑鄙，无元功巨勋，自系于时，窃慕前贤，早思远耻。昔申生至孝，见疑于亲；子胥至忠，见诛于君；蒙恬拓境而被大刑，乐毅破齐而遭谗佞。臣每读其书，未尝不感慨流涕；而亲当其事，益用伤悼！

迩者，荆州覆败，大臣失节，百无一还；惟臣寻事，自致房陵、上庸，而复乞身，自放于外。伏想殿下圣恩感悟，愍[5]臣之心，悼臣之举。臣诚小人，不能始终。知而为之，敢谓非罪？臣每闻交绝无恶声，去臣无怨辞，臣过奉教于君子，愿君王勉之，臣不胜惶恐之至！

【注释】

[1] 伊、吕之业，伊尹、吕尚一样的功业。 [2] 桓、文之功，齐桓公、晋文公的功业。 [3] 愆（qiān），罪过。 [4] 逡巡，有所顾虑而徘徊。 [5] 愍，同“悯”。

第八十回
《曹丕废帝篡炎刘，汉王正位续大统》（四首）

陈群所草禅国之诏

朕在位三十二年，遭天下荡覆，幸赖祖宗之灵，危而复存。然今仰瞻天象，俯察民心，炎精[1]之数既终，行运在乎曹氏。是以前王既树神武之迹，今王又光耀明德，以应其期。历数昭明，信可知矣。夫“大道之行，天下为公”；唐尧不私于厥子，而名播于无穷，朕窃慕焉。今其追踵[2]尧典，禅位于丞相魏王。王其毋辞！

【注释】

[1] 炎精，依阴阳家之“五行终始”说，汉为火德，故称“炎精”。 [2] 追踵，追步。

桓阶所草禅国之诏

咨尔魏王，上书谦让。朕窃为汉道陵迟，为日已久；幸赖武王操，德膺[1]符运，奋扬神武，芟除凶暴，清定区夏。今王丕缵承前绪，至德光昭，声教被四海，仁风扇八区；天之历数，实在尔躬。昔虞舜有大功二十，而放勋[2]禅以天下；大禹有疏导之绩，而重华[3]禅以帝位。汉承尧运，有传圣之义，加顺灵祇，绍天明命，使行御史大夫张音，持节奉皇帝玺绶。王其受之！

【注释】

[1] 膺，受。 [2] 放勋，远古帝王唐尧的名字。 [3] 重华，远古帝王虞舜的名字。

汉献帝禅位曹丕册

咨尔魏王！昔者唐尧禅位于虞舜，舜亦以命禹：天命不于常，惟归有德。汉道陵迟，世失其序；降及朕躬，大乱滋昏，群凶恣逆，宇内颠覆。赖武王神武，拯兹难于四方，惟清区夏，以保绥[1]我宗庙；岂予一人获乂[2]，俾九服实受其赐。今王钦承前绪，光于乃德；恢文武之大业，昭尔考之弘烈。皇灵降瑞，人神告徵；诞惟亮采，师锡朕命。佥曰：尔度克协于虞舜，用率我唐典，敬逊尔位。於戏！“天之历数在尔躬”，君其袛顺大礼，飨万国以肃承天命！

【注释】

[1] 绥，书面语，安好。 [2] 乂，书面语，安定。

刘备称帝祭文

惟建安二十六年四月丙午朔，越十二日丁巳，皇帝备，敢昭告于皇天后土：汉有天下，历数无疆。曩者，王莽篡盗，光武皇帝[1]震怒致诛，社稷复存。今曹操阻兵残忍，戮杀主后，罪恶滔天；操子丕，载肆凶逆，窃据神器[2]。群下将士，以为汉祀堕废，备宜延之，嗣武二祖，躬行天罚。备惧无德忝帝位，询于庶民，外及遐荒君长，佥曰：天命不可以不答，祖业不可以久替，四海不可以无主。率土式望，在备一人。备畏天明命，又惧高、光之业，将坠于地，谨择吉日，登坛告祭，受皇帝玺绶，抚临四方。惟神飨祚汉家，永绥历服！

【注释】

[1] 光武皇帝，指东汉光武帝刘秀。 [2] 窃据神器，指曹丕篡汉称帝。

第八十一回
《急兄仇张飞遇害，雪弟恨先主兴兵》（一篇）

诸葛亮上刘备救秦宓表

臣亮等窃以吴贼逞奸诡之计，致荆州有覆亡之祸；陨将星于斗牛，折天柱于楚地：此情哀痛，诚不可忘。但念迁汉鼎[1]者，罪由曹操；移刘祚者，过非孙权。窃谓魏贼若除，则吴自宾服。愿陛下纳秦宓金石之言，以养士卒之力，别作良图，则社稷幸甚！天下幸甚！

【注释】

[1] 迁汉鼎，鼎乃国之重器，此指篡夺汉室江山。

第八十五回
《刘先主遗诏托孤儿，诸葛亮安居平五路》（一篇）

刘备遗诏

朕初得疾，但下痢耳，后转生杂病，殆不自济。朕闻“人年五十，不称夭寿”。今朕年六十有余，死复何恨？但以卿兄弟为念耳。勉之！勉之！勿以恶小而为之，勿以善小而不为。惟贤惟德，可以服人，卿父德薄，不足效也。卿与丞相从事，事之如父，勿怠[1]！勿忘！卿兄弟更求闻达。至嘱！至嘱！

【注释】

［1］怠，懒惰，松懈。

第九十一回
《祭泸水汉相班师，伐中原武侯上表》（三篇）

诸葛亮祭泸水文

维大汉建兴三年秋九月一日，武乡侯、领益州牧、丞相诸葛亮，谨陈祭仪，享于故殁[1]王事蜀中将校及南人亡者阴魂曰：我大汉皇帝，威胜五霸，明继三王。昨自远方侵境，异俗起兵；纵虿尾以兴妖，盗狼心而逞乱。我奉王命，问罪遐荒；大举貔貅，悉除蝼蚁；雄军云集，狂寇冰消；才闻破竹之声，便是失猿之势。但士卒儿郎，尽是九州豪杰；官僚将校，皆为四海英雄：习武从戎，投明事主，莫不同申三令，共展七擒；齐坚奉国之诚，并效忠君之志。何期汝等偶失兵机，缘落奸计：或为流矢所中，魂掩泉台；或为刀剑所伤，魄归长夜：生则有勇，死则成名，今凯歌欲还，献俘将及。汝等英灵尚在，祈祷必闻：随我旌旗，逐我部曲[2]，同回上国，各认本乡，受骨肉之蒸尝，领家人之祭祀；莫作他乡之鬼，徒为异域之魂。我当奏之天子，使汝等各家尽沾恩露，年给衣粮，月赐廪禄。用兹酬答，以慰汝心。至于本境土神，南方亡鬼，血食有常，凭依不远；生者既凛天威，死者亦归王化，想宜宁帖，毋致号啕。聊表丹诚，敬陈祭祀。呜呼，哀哉！伏惟尚飨！

【注释】

[1] 殁，死。 [2] 部曲，部和曲，是汉代军队编制两级的名称。此处泛指队伍。

伪司马懿告示天下榜文

骠骑大将军总领雍、凉等处兵马事司马懿，谨以信义布告天下：昔太祖武皇帝[1]，创立基业，本欲立陈思王子建[2]为社稷主；不幸奸谗交集，岁久潜龙。皇孙曹睿，素无德行，妄自居尊，有负太祖之遗意。今吾应天顺人，克日兴师，以慰万民之望。告示到日，各宜归命新君。如不顺者，当灭九族！先此告闻，想宜知悉。

【注释】

[1] 太祖武皇帝，指魏武帝曹操。 [2] 陈思王子建，指曹植，字子建，其曾受封陈王，谥“思”。

出师表

臣亮言：先帝[1]创业未半，而中道崩殂[2]；今天下三分，益州罢敝，此诚危急存亡之秋也。然侍卫之臣，不懈于内；忠志之士，忘身于外者：盖追先帝之殊遇，欲报之于陛下也。诚宜开张圣听，以光先帝遗德，恢弘志士之气；不宜妄自菲薄，引喻失义，以塞忠谏之路也。宫中府中，俱为一体；陟[3]罚臧否，不宜异同。若有作奸犯科，及为忠善者，宜付有司，论其刑赏，以昭陛下平明之治；不宜偏私，使内外异法也。侍中、侍郎郭攸之、费祎、董允等，此皆良实，志虑忠纯，是以先帝简拔[4]以遗陛下。愚以为宫中之事，事无大小，悉以咨之，然后施行，必得裨补[5]阙漏，有所广益。将军向宠，性行淑均，晓畅军事，试用之于昔日，先帝称之曰能，是以众议举宠以为督。愚以为营中之事，事无大小，悉以咨之，必能使行阵[6]和穆，优劣得所也。亲贤臣，远小人，此先汉[7]所以兴隆也；亲小人，远贤臣，此后汉[8]所以倾颓[9]也。先帝在时，每与臣论此事，未尝不叹息痛恨于桓、灵也！侍中、尚书、长史、参军，此悉贞亮死节之臣也，愿陛下亲之、信之，则汉室之隆，可计日而待也。

臣本布衣，躬耕南阳，苟全性命于乱世，不求闻达于诸侯。先帝不以臣卑鄙，猥[10]自枉屈[11]，三顾臣于草庐之中，谘臣以当世之事，由是感激，遂许先帝以驱驰。后值倾覆，受任于败军之际，奉命于危难之间：尔来二十有一年矣。先帝知臣谨慎，故临崩寄臣以大事也。受命以来，夙夜忧虑，恐付托不效，以伤先帝之明；故五月渡泸，深入不毛。今南方已定，甲兵已足，当奖帅三军，北定中原，庶竭驽钝，攘除[12]奸凶，兴复汉室，还于旧都：此臣所以报先帝而忠陛下之职分也。至于斟酌损益，进尽忠言，则攸之、祎、允之任也。愿陛下托臣以讨贼兴复之效，不效则治臣之罪，以告先帝之灵；若无兴复之言，则责攸之、祎、允等之咨，以彰其慢。陛下亦宜自谋，以谘诹[13]善道，察纳雅言，深追先帝遗诏。臣不胜受恩感激！今当远离，临表涕泣，不知所云。

【注释】

[1] 先帝，指蜀汉昭烈皇帝刘备。 [2] 崩殂，指天子死。 [3] 陟，升迁官职。[4] 简拔，选拔。 [5] 裨补，弥补。 [6] 行阵，指军队行列。 [7] 先汉，指西汉。 [8] 后汉，指东汉。 [9] 倾颓，倒塌，比喻灭亡。 [10] 猥，谦辞。[11] 枉屈，委屈，指屈尊就卑。 [12] 攘除，铲除。 [13] 谘诹，询问。

第九十四回
《诸葛亮乘雪破羌兵，司马懿克日擒孟达》(二篇)

诸葛亮回孟达书

近得书，足知公忠义之心，不忘故旧，吾甚喜慰。若成大事，则公汉朝中兴第一功臣也。然极宜谨密，不可轻易托人。慎之！戒之！近闻曹睿复诏司马懿起宛、洛[1]之兵，若闻公举事，必先至矣。须万全提备，勿视为等闲也。

【注释】

[1] 宛、洛，宛城，洛阳。

孟达答诸葛亮书

适承钧[1]教，安敢少怠[2]。窃谓司马懿之事，不必惧也：宛城离洛阳约八百里，至新城一千二百里。若司马懿闻达举事，须表奏魏主：往复一月间事，达城池已固，诸将与三军皆在深险之地。司马懿即来，达何惧哉？丞相宽怀，惟听捷报！

【注释】

[1] 钧，敬辞，对尊长或上级使用。 [2] 怠，懒惰，松懈。

第九十六回
《孔明挥泪斩马谡，周鲂断发赚曹休》（一篇）

诸葛亮上后主表

臣本庸才，叨窃非据，亲秉旄[1]钺，以励三军。不能训章明法，临事而惧，至有街亭违命之阙，箕谷不戒之失。咎皆在臣，授任无方。臣明不知人，恤事多闇。《春秋》责帅，臣职是当。请自贬三等，以督厥[2]咎。臣不胜惭愧，俯伏待命！

【注释】

[1] 旄，牦牛尾，常用作旗杆等物的装饰。 [2] 厥，书面语，其。

第九十七回
《讨魏国武侯再上表，破曹兵姜维诈献书》（二篇）

后出师表

先帝虑汉贼不两立，王业不偏安，故托臣以讨贼也。以先帝之明，量臣之才，故知臣伐贼，才弱敌强也。然不伐贼，王业亦亡。惟坐而待亡，孰与[1]伐之？是故托臣而弗疑也。臣受命之日，寝不安席，食不甘味；思惟北征，宜先入南：故五月渡泸，深入不毛，并日而食[2]。——臣非不自惜也，顾王业不可偏安于蜀都，故冒危难以奉先帝之遗意。而议者谓为非计。今贼适疲于西，又务于东，兵法“乘劳”：此进趋之时也。谨陈其事如左：

高帝[3]明并日月，谋臣渊深，然涉险被创，危然后安；今陛下未及高帝，谋臣不如良、平[4]，而欲以长策取胜，坐定天下，此臣之未解一也。刘繇、王朗，各据州郡，论安言计，动引圣人，群疑满腹，众难塞胸；今岁不战，明年不征，使孙权坐大，遂并江东，此臣之未解二也。曹操智计，殊绝于人，其用兵也，仿佛孙、吴[5]，然困于南阳，险于乌巢，危于祁连，逼于黎阳，几败北山，殆死潼关，然后伪定一时耳；况臣才弱，而欲以不危而定之，此臣之未解三也。曹操五攻昌霸不下，四越巢湖不成，任用李服而李服图之，委任夏侯而夏侯败亡，先帝每称操为能，犹有此失；况臣驽下，何能必胜，此臣之未解四也。自臣到汉中，中间期年耳，然丧赵云、阳群、马玉、阎芝、丁立、白寿、刘郃、邓铜等，及曲长屯将七十余人，突将无前，賨、叟、青羌，散骑武骑一千余人，此皆数十年之内，所纠合四方之精锐，非一州之所有；若复数年，则损三分之二也。——当何以图敌，此臣之未解五也。今民穷兵疲，而事不可息；事不可息，则住与行，劳费正等；而不及今图之，欲以一州之地[6]，与贼持久，此臣之未解六也。

夫难平者，事也。昔先帝败军于楚，当此之时，曹操拊手[7]，谓天下已定。——然后先帝东连吴、越，西取巴、蜀，举兵北征，夏侯授首，此操之失计，而汉事将成也。——然后吴更违盟，关羽毁败，秭归蹉跌，曹丕称帝，凡事如是，难可逆见。臣鞠躬尽瘁，死而后已；至于成败利钝，非臣之明所能逆睹也。

【注释】

[1] 孰与，与……相比，哪个更…… [2] 并日而食，不能天天得食，两三天才能得到一天的粮食。此处形容征伐艰苦。 [3] 高帝，指汉高祖刘邦。 [4] 良、平，指刘邦的谋士张良、陈平。 [5] 孙、吴，指兵法家孙武、吴起。 [6] 一州之地，此指益州。 [7] 拊（fǔ）手，拍手。

姜维诈献书

罪将姜维百拜，书呈大都督曹麾下[1]：维念世食魏禄，忝[2]守边城；叨窃厚恩，无门补报。昨日误遭诸葛亮之计，陷身于巅崖之中。思念旧国，何日忘之！今幸蜀兵西出，诸葛亮甚不相疑。赖都督亲提大兵而来：如遇敌人，可以诈败；维当在后，以举火为号，先烧蜀人粮草，却以大兵翻身掩[3]之，则诸葛亮可擒也。非敢立功报国，实欲自赎前罪。倘蒙照察，速赐来命。

【注释】

[1] 麾下，敬辞，称将帅。 [2] 忝，谦辞，有愧于。 [3] 掩，掩杀。

第九十九回
《诸葛亮大破魏兵，司马懿入寇西蜀》（二篇）

后主复诸葛亮丞相诏

街亭之役，咎由马谡；而君引愆[1]，深自贬抑。重违君意，听顺所守。前年耀师，馘[2]斩王双；今岁爰[3]征，郭淮遁走；降集氐、羌，复兴二郡：威震凶暴，功勋显然。方今天下骚扰，元恶未枭，君受大任，干国之重，而久自抑损，非所以光扬洪烈矣。今复君丞相，君其勿辞！

【注释】

[1] 愆，罪过。 [2] 馘，古代战争中割掉敌人的左耳计数献功。 [3] 爰（yuán），书面语，于是。

黄门侍郎王肃所上疏

前志有之："千里馈粮，士有饥色；樵苏后爨，师不宿饱[1]。"此谓平途之行军者也。又况于深入险阻，凿路而前，则其为劳，必相百也。今又加之以霖雨，山坂峻滑，众逼[2]而不展，粮远而难继，实行军之大忌也。闻曹真发已逾月，而行方半谷，治道功大，战士悉作，是彼偏得以逸待劳，乃兵家之所惮也。言之前代，则武王伐纣，出关而复还；论之近事，则武、文征权，临江而不济。岂非顺天知时，通于权变者哉？愿陛下念水雨艰剧之故，休息士卒，后日有衅，乘时用之。所谓“悦以犯难，民忘其死”者也。

【注释】

[1]“樵苏后爨，师不宿饱”，指现打柴草，然后烧饭，兵士就不能吃饱饭睡觉。樵，砍柴。苏，打草。爨（cuàn），烧火做饭。　[2] 逼，书面语，逼仄，狭窄。

第一百回
《汉兵劫寨破曹真，武侯斗阵辱仲达》(一篇)

诸葛亮致曹真书

汉丞相、武乡侯诸葛亮，致书于大司马曹子丹[1]之前：窃谓夫为将者，能去能就，能柔能刚；能进能退，能弱能强。不动如山岳，难测如阴阳；无穷如天地，充实如太仓；浩渺如四海，眩曜如三光。预知天文之旱涝，先识地理之平康；察阵势之期会，揣敌人之短长。嗟[2]尔无学后辈，上逆穹苍；助篡国之反贼，称帝号于洛阳；走残兵于斜谷，遭霖雨于陈仓；水陆困乏，人马猖狂；抛盈郊之戈甲，弃满地之刀枪；都督心崩而胆裂，将军鼠窜而狼忙！无面见关中之父老，何颜入相府之厅堂！史官秉笔而记录，百姓众口而传扬：仲达[3]闻阵而惕惕[4]，子丹望风而遑遑！吾军兵强而马壮，大将虎奋以龙骧；扫秦川为平壤，荡魏国作丘荒！

【注释】

[1] 曹子丹，指曹真，其字子丹。　[2] 嗟，书面语，叹息。　[3] 仲达，指司马懿，其字仲达。　[4] 惕惕，谨慎小心。

第一百一回

《出陇上诸葛妆神，奔剑阁张郃中计》（一篇）

李严告急书

近闻东吴令人入洛阳，与魏连和；魏令吴取蜀，幸吴尚未起兵。今严探知消息，伏[1]望丞相，早作良图。

【注释】

[1] 伏，谦辞。

第一百二回

《司马懿占北原渭桥，诸葛亮造木牛流马》（二篇）

曹睿赐司马懿诏

卿到渭滨[1]，宜坚壁固守，勿与交锋。蜀兵不得志，必诈退诱敌，卿慎勿追。待彼粮尽，必将自走，然后乘虚攻之，则取胜不难，亦免军马疲劳之苦：计莫善于此也。

【注释】

[1] 渭滨，渭水水边。

诸葛亮致孙权书

汉室不幸，王纲失纪，曹贼篡逆，蔓延及今。亮受昭烈皇帝[1]寄托之重，敢不竭力尽忠：今大兵已会于祁山，狂寇将亡于渭水。伏望陛下念同盟之义，命将北征，共取中原，同分天下。书不尽言，万希圣听！

【注释】

［1］昭烈皇帝，指刘备。

第一百三回
《上方谷司马受困，五丈原诸葛禳星》（二篇）

诸葛亮致司马懿书

仲达既为大将，统领中原之众，不思披坚执锐，以决雌雄，乃甘窟守土巢，谨避刀箭，与妇人又何异哉！今遣人送巾帼[1]素衣至，如不出战，可再拜而受之。倘耻心未泯[2]，犹有男子胸襟，早与批回，依期赴敌。

【注释】

［1］巾帼，指女子。帼是古代女子戴的头巾。　［2］泯，泯灭。

司马懿上曹睿表

臣才薄任重，伏蒙明旨，令臣坚守不战，以待蜀人之自敝[1]；奈今诸葛亮遗臣以巾帼，待臣如妇人，耻辱至甚！臣谨先达圣聪：旦夕将效死一战，以报朝廷之恩，以雪三军之耻。臣不胜激切之至！

【注释】

[1] 敝，书面语，破败。

第一百四回

《陨大星汉丞相归天，见木像魏都督丧胆》（一篇）

诸葛亮遗表

伏闻生死有常，难逃定数；死之将至，愿尽愚忠：臣亮赋性愚拙，遭时艰难，分符拥节，专掌钧衡，兴师北伐，未获成功；何期病入膏肓[1]，命垂旦夕，不及终事陛下，饮恨无穷！伏愿陛下：清心寡欲，约己爱民；达孝道于先皇，布仁恩于宇下；提拔幽隐[2]，以进贤良；屏斥奸邪，以厚风俗。

臣家成都，有桑八百株，薄田十五顷，子弟衣食，自有余饶[3]。至于臣在外任，别无调度，随身衣食，悉仰于官，不别治生，以长尺寸。臣死之日，不使内有余帛，外有赢财，以负陛下也。

【注释】

[1] 病入膏肓，指病到了无法医治的地步。　[2] 幽隐，幽居隐逸之人。[3] 饶，丰富，多。

第一百五回
《武侯预伏锦囊计，魏主拆取承露盘》(四篇)

魏延上表

征西大将军、南郑侯臣魏延，诚惶诚恐，顿首上言：杨仪自总兵权，率众造反，劫丞相灵柩，欲引敌人入境。臣先烧绝栈道[1]，以兵守御。谨此奏闻。

【注释】

[1] 栈道，在悬崖绝壁上凿孔支架木桩，铺上木板而成的窄路。

杨仪上表

长史、绥军将军臣杨仪，诚惶诚恐，顿首[1]谨表：丞相临终，将大事委于臣，照依旧制，不敢变更，使魏延断后，姜维次之。今魏延不遵丞相遗语，自提本部人马，先入汉中，放火烧断栈道，劫丞相灵车，谋为不轨[2]。变起仓卒，谨飞章奏闻。

【注释】

[1] 顿首，以头叩地。　[2] 不轨，指叛乱之举动。

董寻上曹睿表

伏自建安以来，野战死亡，或门殚[1]户尽；虽有存者，遗孤老弱。若今宫室狭小，欲广大之，犹宜随时，不妨农务。——况作无益之物乎？陛下既尊群臣，显以冠冕，被以文绣，载以华舆[2]，所以异于小人也。今又使负木担土，沾体涂足，毁国之光，以崇无益：甚无谓也。孔子云："君使臣以礼，臣事君以忠。"[3]无忠无礼，国何以立？臣知言出必死；而自比于牛之一毛，生既无益，死亦何损。秉笔流涕，心与世辞。臣有八子，臣死之后，累陛下矣。不胜战慄待命之至！

【注释】

[1] 殚，尽。 [2] 华舆，华车。 [3] “君使臣以礼，臣事君以忠”，典出《论语·八佾》。

少傅杨阜上谏曹睿表

臣闻尧尚茅茨[1]，而万国安居；禹卑宫室，而天下乐业；及至殷、周，或堂崇三尺，度以九筵耳。古之圣帝明王，未有极宫室之高丽，以凋敝百姓之财力者也。桀作璇室、象廊，纣为倾宫、鹿台，以丧其社稷；楚灵以筑章华而身受其祸；秦始皇作阿房而殃及其子，天下叛之，二世而灭。夫不度万民之力，以从耳目之欲，未有不亡者也。陛下当以尧、舜、禹、汤、文、武为法则，以桀、纣、楚、秦为深诫。而乃自暇自逸，惟宫台是饰，必有危亡之祸矣。君作元首，臣为股肱，存亡一体，得失同之。臣虽驽怯，敢忘诤[2]臣之义？言不切至，不足以感寤陛下。谨叩棺沐浴，伏俟[3]重诛。

【注释】

[1] 茨，用茅或苇盖的屋子。 [2] 诤，直爽地劝告。 [3] 俟，等待。

第一百七回

《魏主政归司马氏，姜维兵败牛头山》（一篇）

司马懿上曹芳表

征西大都督、太傅臣司马懿，诚惶诚恐，顿首谨表：臣昔从辽东还，先帝[1]诏陛下与秦王及臣等，升御床，把臣臂，深以后事为念。今大将军曹爽，背弃顾命，败乱国典；内则僭[2]拟，外专威权；以黄门张当为都监，专共交关；看察至尊，候伺神器；离间二宫，伤害骨肉；天下汹汹，人怀危惧：此非先帝诏陛下及嘱臣之本意也。臣虽朽迈，敢忘往言？太尉臣济、尚书令臣孚等，皆以爽为有无君之心，兄弟不宜典兵宿卫。奏永宁宫，皇太后令敕臣如奏施行。臣辄敕主者及黄门令，罢爽、羲、训吏兵，以侯就第，不得逗留，以稽车驾；敢有稽留[3]，便以军法从事。臣辄力疾将兵，屯于洛水浮桥，伺察非常。谨此上闻，伏于圣听。

【注释】

[1] 先帝，指魏明帝曹叡。 [2] 僭（jiàn），超越本分。 [3] 稽留，停留。

第一百十二回
《救寿春于诠死节，取长城伯约鏖兵》（一篇）

谯周与姜维书

或问：古往能以弱胜强者，其术何如？曰：处大国无患者，恒多慢；处小国有忧者，恒思善。多慢则生乱；思善则生治，理之常也。故周文养民，以少取多；句践恤[1]众，以弱毙强。此其术也。

或曰：曩者楚强汉弱，约分鸿沟，张良以为民志既定则难动也，率兵追羽，终毙项氏；岂必由文王、句践之事乎？曰：商、周之际，王侯世尊，君臣久固。当此之时，虽有汉祖[2]，安能仗剑取天下乎？及秦罢侯置守[3]之后，民疲秦役，天下土崩，于是豪杰并争。今我与彼，皆传国易世矣，既非秦末鼎沸之时，实有六国并据之势，故可为文王，难为汉祖。时可而后动，数合而后举，故汤、武[4]之师，不再战而克，诚重民劳而度时审也。如遂极武黩征，不幸遇难，虽有智者，不能谋之矣。

【注释】

[1] 恤，怜悯。 [2] 汉祖，指汉高祖刘邦。 [3] 罢侯置守，指秦朝罢诸侯置郡守、改分封制为郡县制。 [4] 汤、武，商汤、周武王。

第一百十七回
《邓士载偷度阴平，诸葛瞻战死绵竹》（一篇）

邓艾致诸葛瞻书

征西将军邓艾，致书于行军护卫将军诸葛思远麾下[1]：切观近代贤才，未有如公之尊父[2]也。昔自出茅庐，一言已分三国，扫平荆、益，遂成霸业，古今鲜有及者；后六出祁山，非其智力不足，乃天数耳。今后主昏弱，王气已终，艾奉天子之命，以重兵伐蜀，已皆得其地矣。成都危在旦夕，公何不应天顺人，仗义来归？艾当表[3]公为琅琊王，以光耀祖宗，决不虚言。幸存照鉴。

【注释】

[1] 麾下，敬辞，称将帅。 [2] 公之尊父，指诸葛瞻之父、蜀汉丞相诸葛亮。[3] 表，表奏。

第一百十八回
《哭祖庙一王死孝，入西川二士争功》(四篇)

邓艾致司马昭书

臣艾切谓兵有先声而后实者，今因平蜀之势以乘吴，此席卷之时也。然大举之后，将士疲劳，不可便用；宜留陇右兵二万、蜀兵二万，煮盐兴冶，并造舟船，预备顺流之计；然后发使，告以利害，吴可不征而定也。今宜厚待刘禅，以致孙休；若便送禅来京，吴人必疑，则于向化之心不劝。且权留之于蜀，须来年冬月抵京。今即可封禅为扶风王，锡[1]以资财，供其左右，爵[2]其子为公侯，以显归命之宠：则吴人畏威怀德，望风而从矣。

【注释】

[1] 锡，通“赐”。　[2] 爵，名词用作动词，封……爵位。

司马昭降封邓艾诏

征西将军邓艾：耀威奋武，深入敌境，使僭号之主[1]，系颈归降；兵不逾时，战不终日，云彻席卷，荡定巴、蜀；虽白起破强楚，韩信克劲赵，不足比勋也。其以艾为太尉，增邑二万户，封二子为亭侯，各食邑千户。

【注释】

[1] 僭号之主，此指蜀汉后主刘禅。

邓艾上司马昭书

艾衔命西征，元恶[1]既服，当权宜行事，以安初附。若待国命，则往复道途，延引日月。《春秋》之义：大夫出疆，有可以安社稷、利国家，专之可也。今吴未宾[2]，势与蜀连，不可拘常以失事机。兵法：进不求名，退不避罪。艾虽无古人之节，终不自嫌以损于国也。先此申状，见可施行。

【注释】

［1］元恶，元凶。 ［2］宾，服从，归顺。

封钟会诏

镇西将军钟会所向无敌，前无强梁，节制众城，网罗进逸；蜀之豪帅[1]，面缚归命；谋无遗策，举无废功。其以会为司徒，进封县侯，增邑万户，封子二人亭侯，邑各千户。

【注释】

［1］蜀之豪帅，此指蜀汉大将军姜维。

第一百二十回
《荐杜预老将献新谋，降孙皓三分归一统》（四篇）

陆凯上孙皓疏

今无灾而民命尽，无为而国财空，臣窃痛之。昔汉室既衰，三家鼎立；今曹、刘[1]失道，皆为晋有：此目前之明验也。臣愚但为陛下惜国家耳。武昌土地险瘠，非王者之都。且童谣云："宁饮建业水，不食武昌鱼；宁还建业死，不止武昌居！"此足明民心与天意也。今国无一年之蓄，有露根之渐；官吏为苛扰，莫之或恤。大帝[2]时，后宫女不满百；景帝[3]以来，乃有千数：此耗财之甚者也。又左右皆非其人，群党相挟，害忠隐贤，此皆蠹[4]政病民者也。愿陛下省百役，罢苛扰，简出宫女，清选百官，则天悦民附而国安矣。

【注释】

[1] 曹、刘，指曹魏和蜀汉政权。 [2] 大帝，指吴大帝孙权。 [3] 景帝，指吴景帝孙休。 [4] 蠹，败坏，损害。

羊祜上伐吴表

夫期运虽天所授，而功业必因人而成。今江淮之险，不如剑阁；孙皓之暴，过于刘禅；吴人之困，甚于巴蜀，而大晋兵力，盛于往时：不于此际平一[1]四海，而更阻兵相守，使天下困于征戍，经历盛衰，不可长久也。

【注释】

[1] 平一，平定统一。

王濬上伐吴疏

孙皓荒淫凶逆，宜速征伐。若一旦皓死，更立贤主，则强敌也；臣造船七年，日[1]有朽败[2]；臣年七十，死亡无日：三者一乖，则难图矣。愿陛下无失事机。

【注释】

[1] 日，一天天。 [2] 朽败，腐朽破败。

杜预上司马炎表

往者，羊祜不博谋于朝臣，而密与陛下计，故令朝臣多异同之议。凡事当以利害相校，度此举之利，十有八九，而其害止于无功耳。自秋以来，讨贼之形颇露；今若中止，孙皓恐怖，徙都[1]武昌，完修江南诸城，迁其居民，城不可攻，野无所掠，则明年之计亦无及矣。

【注释】

[1] 徙都，迁都。

下 编

《三国演义》及三国文化研究论文

《三国演义》诗词综论

中国古典小说“四大名著”之一的《三国演义》，在题材上作为历史演义小说的代表，在体裁上作为明清长篇章回小说的代表，在中国古代文学史，乃至中国古代文化史中都有着重要的地位和深远的影响。学界对于该小说的思想内容、创作倾向、艺术价值和风格特征等研究几近完备。然而，对于这部长篇章回小说代表作中的诗词，尚缺乏全面系统的研究。中国古典小说历来归属于通俗叙事文学，小说中之诗词，本非主体，况《三国演义》源于宋元以来“讲史”类“说话”之底本，如鲁迅先生在《中国小说史略》第十四篇《元明传来之讲史（上）》中所云：“宋之说话人，于小说及讲史皆多高手……说《三国志》者，在宋已甚盛……其在小说，乃因有罗贯中本而名益显。”[①] 无论对读者，还是批评家，“演史”方是其核心点。不同于《红楼梦》之“人情小说”或“才子佳人”类小说，有以诗展现文才之明确创作倾向，历史演义小说中的诗词，本自附庸耳。但一百二十回长篇章回历史演义小说《三国演义》中所含的大量诗词作品，亦是客观之“创作存在”。据笔者统计，《三国演义》文本中共有诗词 204 首，其中诗 202 首、词 2 首。[②] 这些诗词作品之前，多有“后人有诗叹曰……”“后人有诗赞曰……”之语句，显然是演义小说脱胎于“讲史”类“说话”的痕迹，故诗词作品自演义小说问世之初，即“与之俱来”，这对于《三国演义》文本研究而言，自不可或缺。故本文拟对《三国演义》诗词之题材类型、体裁艺术等做系统、整体的评析，以下分而论之。

一、《三国演义》诗词题材类型之多样化呈现

《三国演义》全书一百二十回小说文本中，以第三十七回《司马徽再荐名

---

① 鲁迅：《中国小说史略》，北京：人民文学出版社 1952 年版，第 132—134 页。

② 罗贯中：《三国演义》，北京：人民文学出版社 1973 年版。

士，刘玄德三顾茅庐》所含诗词作品最多，共八首，以第八十四回《陆逊营烧七百里，孔明巧布八阵图》（七首）、第一百十八回《哭祖庙一王死孝，入西川二士争功》（三首）次之。这三回分别以“三顾茅庐”刘备请诸葛亮事业初兴（第三十七回）、“夷陵之战”刘备伐吴蜀军溃败（第八十四回）、刘禅降魏蜀国灭亡（第一百十八回）为主要内容。而有的回目，如第十五回《太史慈酣斗小霸王，孙伯符大战严白虎》、第十八回《贾文和料敌决胜，夏侯惇拔矢啖睛》，则全回书无诗词，足以佐证《三国演义》小说以刘备“蜀汉”集团为正统、“扬刘抑曹”的创作倾向。《三国演义》小说中所含诗词作品类型多样，然受该小说之创作题材类型——“历史演义小说”所限，叙事诗、怀古诗、“代言体”小说人物赋诗是其诗词题材类型的主体，此外，还有咏物诗、即景诗、题壁诗、观舞诗等多样化的题材类型呈现。

（一）叙事诗

《三国演义》小说文本中的即事赋诗、就事论事之叙事诗最为多见，且诗前常有“后人有诗赞曰”“后人有诗叹曰”的叙述语言，这也是《三国演义》脱胎于宋元“讲史”类“说话”，保留“讲史”时以诗“定场”、兼评小说人物故事之传统最显著的痕迹。

如第一回《宴桃园豪杰三结义，斩黄巾英雄首立功》中，刘关张结义后破黄巾军，张飞矛刺邓茂、关公刀斩程远志之后——“后人有诗赞二人曰：‘英雄露颖在今朝，一试矛兮一试刀。初出便将威力展，三分好把姓名标。’”[①] 开篇化用《史记·平原君虞卿列传》中毛遂自荐“脱颖而出”典，概括关张初征斩将之神勇，导出“三分”故事，一举多得。又如第六十六回《关云长单刀赴会，伏皇后为国捐生》，描写关公单刀赴会——“后人有诗赞关公曰：‘藐视吴臣若小儿，单刀赴会敢平欺。当年一段英雄气，尤胜相如在渑池。’”[②] 以《史记·廉颇蔺相如列传》中赵国大臣蔺相如在秦、赵渑池之

---

① 罗贯中：《三国演义》，北京：人民文学出版社 1973 年版，第 6 页。

② 罗贯中：《三国演义》，北京：人民文学出版社 1973 年版，第 573 页。

会中为赵争国格之事做对比，烘托出关公单刀赴会之豪气，“当年一段英雄气”，直抒胸臆，气骨凛然。

但也有些《三国演义》叙事诗作品水平一般，只是补充说明小说情节，如第八十四回《陆逊营烧七百里，孔明巧布八阵图》中，刘备夷陵之战被陆逊火烧连营，蜀军将领冯习、张南在乱军之中战死——“后人有诗赞曰：‘冯习忠无二，张南义少双：沙场甘战死，史册共流芳。’”① 则质而无文、味同嚼蜡。又如第一百二回《司马懿占北原渭桥，诸葛亮造木牛流马》：“后人有诗赞曰：‘剑关险峻驱流马，斜谷崎岖驾木牛。后世若能行此法，输将安得使人愁?’”② 虽然首二句对仗精工，人物形象饱满，但也只是小说中诸葛亮造木牛流马的“复述”，难称佳作。

《三国演义》小说叙事诗中最长的一篇，同时也是《三国演义》诗词作品中字数最多的一篇，则为第一百二十回《荐杜预老将献新谋，降孙皓三分归一统》篇末七言古风叙事诗：

高祖提剑入咸阳，炎炎红日升扶桑；光武龙兴成大统，金乌飞上天中央；哀哉献帝绍海宇，红轮西坠咸池傍！何进无谋中贵乱，凉州董卓居朝堂；王允定计诛逆党，李傕郭汜兴刀枪；四方盗贼如蚁聚，六合奸雄皆鹰扬：孙坚孙策起江左，袁绍袁术兴河梁；刘焉父子据巴蜀，刘表军旅屯荆襄；张燕张鲁霸南郑，马腾韩遂守西凉；陶谦张绣公孙瓒，各逞雄才占一方。曹操专权居相府，牢笼英俊用文武；威挟天子令诸侯，总领貔貅镇中土。楼桑玄德本皇孙，义结关张愿扶主；东西奔走恨无家，将寡兵微作羁旅；南阳三顾情何深，卧龙一见分寰宇；先取荆州后取川，霸业王图在天府；呜呼三载逝升遐，白帝托孤堪痛楚！孔明六出祁山前，愿以只手将天补；何期历数到此终，长星半夜落山坞！姜维独凭气力高，九伐中原空劬劳；钟会邓艾分兵进，汉室江山尽属曹。丕睿芳髦才及奂，

① 罗贯中：《三国演义》，北京：人民文学出版社 1973 年版，第 722 页。

② 罗贯中：《三国演义》，北京：人民文学出版社 1973 年版，第 889 页。

司马又将天下交；受禅台前云雾起，石头城下无波涛；陈留归命与安乐，王侯公爵从根苗：纷纷世事无穷尽，天数茫茫不可逃；鼎足三分已成梦，后人凭吊空牢骚。①

全篇一共52句，364字，历数汉末献帝以来何进无能、董卓播乱、军阀混战，直至三国鼎立、诸葛亮六出祁山、姜维九伐中原，最终三分归一的故事情节。全诗隔数句平仄一转韵，前二十句押平声韵，中十八句押仄声韵，后十四句押平声韵，“蚁聚”“鹰扬”“总领貔貅”“长星半夜”等意象，富于文采，鲜明生动；“受禅台前云雾起，石头城下无波涛”“鼎足三分已成梦，后人凭吊空牢骚”又充满着叙述史事之沧桑感慨，堪称《三国演义》叙事诗中的佼佼者与“典型”代表作。

（二）怀古诗

《三国演义》小说文本中，为了推动情节发展，增强“历史演义”之“艺术真实”性，烘托气氛，也出现了很多怀古题材的作品。如第三十四回《蔡夫人隔屏听密语，刘皇叔跃马过檀溪》篇末，以七言古风一篇，咏怀刘备跃马之檀溪古迹：

老去花残春日暮，宦游偶至檀溪路；停骖遥望独徘徊，眼前零落飘红絮。暗想咸阳火德衰，龙争虎斗交相持；襄阳会上王孙饮，坐中玄德身将危。逃生独出西门道，背后追兵复将到；一川烟水涨檀溪，急叱征骑往前跳。马蹄踏碎青玻璃，天风响处金鞭挥；耳畔但闻千骑走，波中忽见双龙飞：西川独霸真英主，坐下龙驹两相遇。——檀溪溪水自东流，龙驹英主今何处！临流三叹心欲酸，斜阳寂寂照空山；三分鼎足浑如梦，踪迹空留在世间。②

---

① 罗贯中：《三国演义》，北京：人民文学出版社1973年版，第1038—1039页。

② 罗贯中：《三国演义》，北京：人民文学出版社1973年版，第304页。

此诗体裁为七言歌行体诗，四句平仄一转韵。开篇点出作者游春偶至檀溪古迹，时间、地点、人物俱备，“停骖遥望独徘徊，眼前零落飘红絮”，由寥落之眼前场景，遥想至“襄阳会上王孙饮，坐中玄德身将危”的汉末情境，继而“一川烟水涨檀溪，急叱征骑往前跳。马蹄踏碎青玻璃，天风响处金鞭挥”四句，视听并用，声色并茂，使读者如见如闻。由于作者写诗时为“停骖遥望”，自是“想当然耳”，篇末“檀溪溪水自东流，龙驹英主今何处！临流三叹心欲酸，斜阳寂寂照空山”，又回到眼前孤寂之场景，颇具艺术构思。小说中此诗前称“后来苏学士有古风一篇，单咏跃马檀溪事”①，然遍查苏轼诗集，并无此作品，应是后人附会、托名苏轼之作。但其即今怀古，怀古而叹今之章法结构，颇类于苏轼怀古词《念奴娇·赤壁怀古》，为小说增色不少。

还有第九十回《驱巨兽六破蛮兵，烧藤甲七擒孟获》：“后人有诗赞孔明曰：‘羽扇纶巾拥碧幢，七擒妙策制蛮王。至今溪洞传威德，为选高原立庙堂。’”② 在诸葛亮七擒七纵降服孟获的故事情节之后，嵌入此一七绝，“至今溪洞……高原立庙堂”，以今怀古，使“艺术真实”与“历史真实”达到了统一。

《三国演义》中还有直接引古人咏三国古迹的诗作入小说文本之中者，如第八十五回《刘先主遗诏托孤儿，诸葛亮安居平五路》，写先主托孤：“言毕，驾崩，寿六十三岁。时章武三年夏四月二十四日也。后杜工部有诗叹曰：‘蜀主窥吴向三峡，崩年亦在永安宫。翠华想像空山里，玉殿虚无野寺中。古庙杉松巢水鹤，岁时伏腊走村翁。武侯祠屋长邻近，一体君臣祭祀同。’”③ 其中的诗作，本为杜甫七律组诗《咏怀古迹五首》其四，小说中所引杜甫诗为“蜀主窥吴向三峡”，一般通行之杜甫此诗，则为“蜀主窥吴幸三峡”④。《咏怀

---

① 罗贯中：《三国演义》，北京：人民文学出版社 1973 年版，第 304 页。

② 罗贯中：《三国演义》，北京：人民文学出版社 1973 年版，第 780 页。

③ 罗贯中：《三国演义》，北京：人民文学出版社 1973 年版，第 729 页。

④ 山东大学中文系古典文学教研室选注：《杜甫诗选》，北京：人民文学出版社 1980 年版，第 267 页。

古迹五首》，乃杜甫大历元年（766）寓居夔州时所作，诗借咏古迹以抒己怀，故题曰《咏怀古迹》，并非专咏古迹。五诗各自成篇，每篇各咏一人，第四首咏刘备，而兼及诸葛亮，意在表彰其君臣相契，如鱼得水。真实的诗人——"诗圣"杜甫，咏怀真实的三国古迹——白帝城永安宫，加强了演义小说叙事的历史真实性。

（三）"代言体"人物赋诗

为古典小说中的人物赋诗作文，以增强小说的人物形象，也是元明清长篇章回小说常用的手法，如"英雄传奇"类小说代表作《水浒传》中，就有宋江浔阳楼题反诗、梁山一百单八将聚义后填《满江红》重阳词等情节。"人情小说"《红楼梦》中，更有大观园儿女多次"结社"吟诗联句的场景，如"白海棠诗社""菊花诗社""芦雪庵联句""中秋联句"等。《三国演义》小说文本中因有大量的汉末三国历史人物，小说作者以"代言体"的手法为小说中的人物形象创作贴合身份的诗作，则比比皆是。

如第三十八回《定三分隆中决策，战长江孙氏报仇》，刘备三顾茅庐，终于要见到"卧龙先生"诸葛亮——"又立了一个时辰，孔明才醒，口吟诗曰：'大梦谁先觉？平生我自知。草堂春睡足，窗外日迟迟。'"① 其中的诗作有助于塑造"卧龙先生"诸葛亮"苟全性命于乱世，不求闻达于诸侯"（《出师表》）的形象。此诗创作形式为"口占一绝"，体裁为格律严谨之五言律绝（首句仄起仄收式），韵部为"平水韵"上平声"四支"韵。"觉""足"二字，为混入普通话平声的中古入声字。故随着《三国演义》小说的问世传播，此诗亦流传甚广，为很多《三国演义》题材的影视剧所采用，成为诸葛亮的"形象代言"作品。

另如第四十五回《三江口曹操折兵，群英会蒋干中计》中，"群英会"上，"瑜自起舞剑作歌。歌曰：'丈夫处世兮立功名，立功名兮慰平生。慰平

① 罗贯中：《三国演义》，北京：人民文学出版社1973年版，第331页。

生兮吾将醉，吾将醉兮发狂吟’”[①]。因系即兴所作，本诗口语化，多用“顶针”修辞格——“立功名”“慰平生”句头接句尾反复出现，昂扬得意，贴合周瑜水军大都督“志得意满”的英雄豪气，也为阻绝“同窗”蒋干游说降曹有所暗示。主人公周瑜因醉而歌、因歌而醉，推动了情节发展，为后文“蒋干中计”做下铺垫，一举多得。

此外，第七十九回《兄逼弟曹植赋诗，侄陷叔刘封伏法》中，曹丕称帝后，欲借故除掉其弟曹植，令“‘行七步吟诗一首’……时殿上悬一水墨画，画着两只牛，斗于土墙之下，一牛坠井而亡。……植行七步，其诗已成。诗曰：‘两肉齐道行，头上带凹骨。相遇块山下，欻起相搪突。二敌不俱刚，一肉卧土窟。非是力不如，盛气不泄毕。’曹丕及群臣皆惊。丕又曰：‘七步成章，吾犹以为迟。汝能应声而作诗一首否?’……植略不思索，即口占一首曰：‘煮豆燃豆萁，豆在釜中泣。本是同根生，相煎何太急!’曹丕闻之，潸然泪下。”[②] 两首作品皆为五言古诗，然前一首太过通俗，颇类古人“射覆”之文字游戏，当为作者丰富故事情节之考虑。后一首即兴而作，情真意切，初见于《世说新语》，原为六句，“煮豆持作羹，漉豉以为汁。萁向釜下然，豆在釜中泣。本自同根生，相煎何太急!”[③] 诗的真伪难以判定。因用喻浅显，意象生动，贴合代表“建安文学”最高水平的曹植之身份与才华，故能在后世普遍流传。

《三国演义》诗词的题材，除以上三类之外，还有其他类型，咏物诗如第三回《议温明董卓叱丁原，馈金珠李肃说吕布》中，“后人有诗单道赤兔马曰：‘奔腾千里荡尘埃，渡水登山紫雾开。掣断丝缰摇玉辔，火龙飞下九天来。’”[④] 本诗体裁为七言律绝（首句平起平收式），韵部为“平水韵”上平声“十灰”韵，以“火龙下九天”喻赤兔马之骁腾神骏，生动形象、朗朗上口，故中央电视台1994版电视连续剧《三国演义》曾据此诗创作该剧插曲《赤兔

---

① 罗贯中：《三国演义》，北京：人民文学出版社1973年版，第396—397页。

② 罗贯中：《三国演义》，北京：人民文学出版社1973年版，第678页。

③ 余冠英选注：《三曹诗选》，北京：作家出版社1956年版，第50页。

④ 罗贯中：《三国演义》，北京：人民文学出版社1973年版，第28页。

歌》。即景诗如第四回《废汉帝陈留践位，谋董贼孟德献刀》，汉少帝被董卓废为弘农王后，“一日，偶见双燕飞于中庭，遂吟诗一首。诗曰：‘嫩草绿凝烟，袅袅双飞燕。洛水一条青，陌上人称羡。远望碧云深，是吾旧宫殿。何人仗忠义，泄我心中怨！’”① 本诗体裁为五言古诗，押仄声韵，即景咏怀，凄婉沉郁，贴合人物年龄、身份。题壁诗如第三十四回《蔡夫人隔屏听密语，刘皇叔跃马过檀溪》，蔡瑁拟刘备口吻，题反诗于壁上，禀报刘表，“表不信，亲诣馆舍观之，果有诗四句。诗曰：‘数年徒守困，空对旧山川。龙岂池中物，乘雷欲上天！’”② “龙岂池中物，乘雷欲上天”，典出《周易·乾》“九五，飞龙在天”，呼应之前刘备“髀肉复生”之叹，构思巧妙。观舞诗如第八回《王司徒巧使连环计，董太师大闹凤仪亭》：“允教放下帘栊，笙簧缭绕，簇捧貂蝉舞于帘外……诗曰：‘红牙催拍燕飞忙，一片行云到画堂。眉黛促成游子恨，脸容初断故人肠。榆钱不买千金笑，柳带何须百宝妆。舞罢隔帘偷目送，不知谁是楚襄王。’”③ 本诗体裁为七言律诗（首句平起平收式），韵部为“平水韵”下平声“七阳”韵，声韵悠扬动听，格律严谨，对仗精工，末“不知谁是楚襄王”，化用宋玉《神女赋》典，描写细腻，风光旖旎，为充满“英雄气”之“三国”嵌入“脂粉气”，暗蕴王允“连环计”，实属佳作。

二、《三国演义》诗词体裁艺术之量化分析

据笔者统计，《三国演义》全部一百二十回小说文本中所出现的204首诗词（诗歌202首，词2首），就其作品体裁而言，近体格律诗共有177首（含“邻韵通押”者32首，占全部《三国演义》近体格律诗总数的18.08%），占全部《三国演义》诗词总数的86.76%，是《三国演义》诗词作品的主体体裁形式。这些近体格律诗中，七言律绝共118首（含“邻韵通押”者26首），七言律诗23首（含“邻韵通押”者2首），五言律绝9首（含“邻韵通押”

① 罗贯中：《三国演义》，北京：人民文学出版社1973年版，第33页。

② 罗贯中：《三国演义》，北京：人民文学出版社1973年版，第302页。

③ 罗贯中：《三国演义》，北京：人民文学出版社1973年版，第67—68页。

者2首)，五言律诗27首(含“邻韵通押”者2首)。由此可见，七言律绝占全部《三国演义》近体格律诗总数的66.67%，并占全部《三国演义》诗词总数的57.84%，比重超过一半，是《三国演义》诗词作品最主要的体裁形式。

《三国演义》诗词作品体裁除了近体格律诗之外，还有词、四言古诗、五言古诗、七言古风、杂言古风、“楚歌”、歌行、乐府等，具有多样化之艺术形式。

(一) 七言律绝

七言律绝，是《三国演义》诗词“近体格律诗”之主体。近体格律诗定型于初唐后期，在声律上要求符合“粘对”之声律规则，在韵律上要求一韵到底，罗贯中《三国演义》成书于元明之际，毛纶、毛宗岗父子修订《三国演义》在清朝初年，就文坛时代角度而言，依照“平水韵”创作格律诗，早已“有章可循”，但毕竟《三国演义》系从宋元“说话”而来，难免承袭前代“说话”人的底本内容(含诗词作品)，故自不免有诗词作品在声韵上做不到“一韵到底”(即韵脚为“平水韵”同一个韵部之韵字)。而使用“邻韵通押”者，只要在声律上符合“粘对”之声律规则要求，亦将之视为近体格律诗。并且，《三国演义》177首近体格律诗作品中，“邻韵通押”者只有32首，仅占全部《三国演义》近体格律诗总数的18.08%，故绝大多数(80%以上)的《三国演义》近体格律诗是能够达到“一韵到底”之声韵要求的。

就七言律绝而言，《三国演义》118首七言律绝作品中，“邻韵通押”者只有26首，而能够达到“一韵到底”之声韵要求的七言律绝共92首，占全部《三国演义》七言律绝作品总数的77.97%，占全部《三国演义》诗词作品总数的45.1%，比重近一半。由此可见，标准的七言律绝作品仍是《三国演义》诗词作品的最主要体裁形式。这也与宋元时代之通俗文艺——“说话”(其“说话”人面对观众，开讲前常有七言四句之“定场诗”)密切相关。

比如第二十一回《曹操煮酒论英雄，关公赚城斩车胄》中，曹操邀刘备“煮酒论英雄”，以种菜为名韬光养晦的刘备，听闻曹操“今天下英雄，惟使君与操耳!”[①] 之语，惊得手中匙箸落地，好在雷声大作，“玄德曰：‘圣人迅雷风烈必变，安得不畏?’将闻言失箸缘故，轻轻掩饰过了。操遂不疑玄德。后人有诗赞曰：‘勉从虎穴暂趋身，说破英雄惊杀人。巧借闻雷来掩饰，随机应变信如神。’”[②] 诗作体裁为七言律绝（首句平起平收式），韵部为“平水韵”上平声“十一真”韵，语句流畅，一韵到底。又如第七十八回《治风疾神医身死，传遗命奸雄数终》：“操病势转加。忽一夜梦三马同槽而食……后人有诗曰：‘三马同槽事可疑，不知已植晋根基。曹瞒空有奸雄略，岂识朝中司马师?’”[③] 诗作体裁为七言律绝（首句仄起平收式），韵部为“平水韵”上平声“四支”韵。三马同槽，紧扣曹操所梦之情境，暗喻后来司马懿、司马师、司马昭父子三人篡夺曹魏政权，建立晋朝，亦通晓流畅，且为后回故事情节埋下伏笔。

《三国演义》七言律绝作品中，做不到“一韵到底”，而使用“邻韵通押”者，如第三回《议温明董卓叱丁原，馈金珠李肃说吕布》，十常侍伏击斩杀何进，“进慌急，欲寻出路，宫门尽闭，伏甲齐出，将何进砍为两段。后人有诗叹之曰：‘汉室倾危天数终，无谋何进作三公。几番不听忠臣谏，难免宫中受剑锋。’”[④] 诗作体裁为七言律绝（首句仄起平收式），韵部为“平水韵”上平声“一东”韵，四句末字“锋”，为“平水韵”上平声“二冬”韵，为邻韵通押。三句“听”，为平仄两读字，此处为仄声。另如第五回《发矫诏诸镇应曹公，破关兵三英战吕布》，关公温酒斩华雄，“后人有诗赞之曰：‘威镇乾坤第一功，辕门画鼓响冬冬。云长停盏施英勇，酒尚温时斩华雄。’”[⑤] 诗作体裁为七言律绝（首句仄起平收式），韵部为“平水韵”上平声“一东”韵。二句末字“冬”，为“平水韵”上平声“二冬”韵，为邻韵通押。再如第九十回《驱巨兽六破蛮兵，烧藤甲七擒孟获》：“后人有诗赞孔明曰：‘羽扇纶巾拥碧

---

① 罗贯中：《三国演义》，北京：人民文学出版社 1973 年版，第 187 页。

② 罗贯中：《三国演义》，北京：人民文学出版社 1973 年版，第 187—188 页。

③ 罗贯中：《三国演义》，北京：人民文学出版社 1973 年版，第 672 页。

④ 罗贯中：《三国演义》，北京：人民文学出版社 1973 年版，第 24 页。

⑤ 罗贯中：《三国演义》，北京：人民文学出版社 1973 年版，第 45 页。

幢，七擒妙策制蛮王。至今溪洞传威德，为选高原立庙堂。’”[①] 诗作体裁为七言律绝（首句仄起平收式），韵部为“平水韵”下平声“七阳”韵。首句末字“幢”，为“平水韵”上平声“三江”韵，为邻韵通押。

值得一提的是，《三国演义》诗词中有一些七言四句的绝句作品，非常类似于“七言律绝”，但是声韵上不仅做不到“一韵到底”，连“邻韵通押”也不能做到，所以，只能归之于“七言古风绝句”体裁，而不属于近体格律诗。如第九回《除暴凶吕布助司徒，犯长安李傕听贾诩》，董卓不听李儒进谏，“后人读书至此，有诗叹之曰：‘司徒妙算托红裙，不用干戈不用兵。三战虎牢徒费力，凯歌却奏凤仪亭’”[②]。诗作体裁为七言绝句（首句平起平收式），韵脚字“裙”“兵”“亭”，分属“平水韵”上平声“十二文”韵、下平声“八庚”韵、下平声“九青”韵，三个韵脚皆“出韵”，不能算作七言律绝。还有一些七言四句的绝句作品，在声律上不符合“粘对”规则，也只能归之于“七言古风绝句”体裁，如第五十七回《柴桑口卧龙吊丧，耒阳县凤雏理事》，诸葛亮柴桑吊孝，“后人有诗叹曰：‘卧龙南阳睡未醒，又添列曜下舒城。苍天既已生公瑾，尘世何须出孔明！’”[③] 诗作韵部为“平水韵”下平声“八庚”韵。然首句“龙”字处，本应为仄声，却与二句“添”字皆为平声，首句开篇即“失对”，故只能算作七言古风绝句。

（二）七言律诗

《三国演义》诗词中，共有七言律诗 23 首（含“邻韵通押”者 2 首），占全部《三国演义》近体格律诗总数的 13%，占全部《三国演义》诗词总数的 11.27%。

如第二十七回《美髯公千里走单骑，汉寿侯五关斩六将》：“关公所历关隘五处，斩将六员。后人有诗叹曰：‘挂印封金辞汉相，寻兄遥望远途还。马

① 罗贯中：《三国演义》，北京：人民文学出版社 1973 年版，第 780 页。

② 罗贯中：《三国演义》，北京：人民文学出版社 1973 年版，第 73 页。

③ 罗贯中：《三国演义》，北京：人民文学出版社 1973 年版，第 487 页。

骑赤兔行千里，刀偃青龙出五关。忠义慨然冲宇宙，英雄从此震江山。独行斩将应无敌，今古留题翰墨间。’”[①] 诗作体裁为七言律诗（首句仄起仄收式），韵部为“平水韵”上平声“十五删”韵，以“挂印封金”开篇，颔联顺承——“马骑赤兔行千里，刀偃青龙出五关”，使用了“倒装”手法，对仗工整、流利，充满动感，后半以议论入诗，起承转合章法谨严。

又如第三十七回《司马徽再荐名士，刘玄德三顾茅庐》：“后人有诗单道玄德风雪访孔明。诗曰：‘一天风雪访贤良，不遇空回意感伤。冻合溪桥山石滑，寒侵鞍马路途长。当头片片梨花落，扑面纷纷柳絮狂。回首停鞭遥望处，烂银堆满卧龙冈。’”[②] 诗作体裁为七言律诗（首句平起平收式），韵部为“平水韵”下平声“七阳”韵，开篇以“一天风雪”起兴，为全篇笼罩了些许凄寒伤感的氛围。中间二联写雪景，“冻合溪桥山石滑，寒侵鞍马路途长”，将雪里寒山径上行路之难写尽。“当头片片梨花落，扑面纷纷柳絮狂”，鲜活灵动，为玄德为求贤良、不惧艰难做了反衬。篇末“回首停鞭遥望处，烂银堆满卧龙冈”以瞬间雪景定格，可谓“诗中有画”，堪称七律上乘之作。

《三国演义》诗词中七言律诗“邻韵通押”者，如第六十九回《卜周易管辂知机，讨汉贼五臣死节》，赞管辂之诗：“平原神卜管公明，能算南辰北斗星。八卦幽微通鬼窍，六爻玄奥究天庭。预知相法应无寿，自觉心源极有灵。可惜当年奇异术，后人无复授遗经。”[③] 此诗为七言律诗（首句平起平收式），韵部为“平水韵”下平声“九青”韵。首句末字“明”，为“平水韵”下平声“八庚”韵，系邻韵通押。

（三）五言律绝

《三国演义》诗词中，共有五言律绝 9 首（含“邻韵通押”者 2 首），仅占全部《三国演义》近体格律诗总数的 5.08%，占全部《三国演义》诗词总

---

① 罗贯中：《三国演义》，北京：人民文学出版社 1973 年版，第 241 页。

② 罗贯中：《三国演义》，北京：人民文学出版社 1973 年版，第 328 页。

③ 罗贯中：《三国演义》，北京：人民文学出版社 1973 年版，第 598 页。

数的4.41%。

如第九十三回《姜伯约归降孔明，武乡侯骂死王朗》："后人有诗赞孔明曰：'兵马出西秦，雄才敌万人。轻摇三寸舌，骂死老奸臣。'"① 诗作体裁为五言律绝（首句仄起平收式），韵部为"平水韵"上平声"十一真"韵，叙述简略，语句直白。又如第一百十六回《钟会分兵汉中道，武侯显圣定军山》，傅佥自刎而死，"后人有诗叹曰：'一日抒忠愤，千秋仰义名。宁为傅佥死，不作蒋舒生'"②。诗作体裁为五言律绝（首句仄起仄收式），韵部为"平水韵"下平声"八庚"韵，以傅佥死节、蒋舒偷生做对比，词句质朴无华。

《三国演义》诗词中，五言律绝"邻韵通押"者，如第一百二回《司马懿占北原渭桥，诸葛亮造木牛流马》，关兴病亡，"后人有诗叹曰：'生死人常理，蜉蝣一样空。但存忠孝节，何必寿乔松'"③。诗作体裁为五言律绝（首句仄起仄收式），二句末字"空"，为上平声"一东"韵，四句末字"松"，为上平声"二冬"韵，为邻韵通押。

因五言律绝字数所限（仅20字），故作者在概括"演义"故事情节方面较少使用此体裁，作品质量也一般。

（四）五言律诗

《三国演义》诗词中，共有五言律诗27首（含"邻韵通押"者2首），占全部《三国演义》近体格律诗总数的15.25%，占全部《三国演义》诗词总数的13.24%，仅次于七言律绝。

如第二十九回《小霸王怒斩于吉，碧眼儿坐领江东》，孙策临终托孤决策，"后人有诗赞曰：'独战东南地，人称小霸王。运筹如虎踞，决策似鹰扬。威震三江靖，名闻四海香。临终遗大事，专意属周郎。'"④ 本诗体裁为五言

① 罗贯中：《三国演义》，北京：人民文学出版社1973年版，第806页。

② 罗贯中：《三国演义》，北京：人民文学出版社1973年版，第1000页。

③ 罗贯中：《三国演义》，北京：人民文学出版社1973年版，第881页。

④ 罗贯中：《三国演义》，北京：人民文学出版社1973年版，第258页。

律诗（首句仄起仄收式），韵部为“平水韵”下平声“七阳”韵。颔联“鹰扬”，即威武奋扬如鹰，讴歌“小霸王”孙策勇武有谋，昂扬豪迈。

又如第六十回《张永年反难杨修，庞士元议取西蜀》，张松过目不忘，“后人有诗赞曰：‘古怪形容异，清高体貌疏。语倾三峡水，目视十行书。胆量魁西蜀，文章贯太虚。百家并诸子，一览更无余。’”① 颔联“语倾三峡水，目视十行书”，为顺承关系之“流水对”，既以“三峡水”暗示张松来处，又以“十行书”叙杨修考张松当时之事，偶对巧妙，为小说故事情节增色不少。

《三国演义》诗词中，五言律诗“邻韵通押”者，如第五十七回《柴桑口卧龙吊丧，耒阳县凤雏理事》，周瑜“仰天长叹：‘既生瑜，何生亮!’连叫数声而亡。寿三十六岁。后人有诗叹曰：‘赤壁遗雄烈，青年有俊声。弦歌知雅意，杯酒谢良朋。曾谒三千斛，常驱十万兵。巴丘终命处，凭吊欲伤情’”②。诗作体裁为五言律诗（首句仄起仄收式），韵部为“平水韵”下平声“八庚”韵，四句末字“朋”，为“平水韵”下平声“十蒸”韵，为邻韵通押。

由上可以看出，五言律诗因其整饬典重，适宜叹咏、描摹人物形象，故在历史人物众多的《三国演义》小说中，此体裁使用率仅次于七言律绝。

（五）词

词，又称“曲子词”，系“近体格律诗”之外与音乐密切相关的格律韵文作品，《三国演义》诗词中共有两首词。

第一首词，是第一回《宴桃园豪杰三结义，斩黄巾英雄首立功》回前词：“滚滚长江东逝水，浪花淘尽英雄。是非成败转头空，青山依旧在，几度夕阳红。白发渔樵江渚上，惯看秋月春风。一壶浊酒喜相逢，古今多少事，都付笑谈中。”③ 本词体裁为双调词，所用词牌为《临江仙》，作者为明代文人杨

① 罗贯中：《三国演义》，北京：人民文学出版社 1973 年版，第 514 页。
② 罗贯中：《三国演义》，北京：人民文学出版社 1973 年版，第 485—486 页。
③ 罗贯中：《三国演义》，北京：人民文学出版社 1973 年版，第 1 页。

慎。罗贯中《明弘治本三国志通俗演义》原书中并无此词。毛本《三国演义》（清初毛纶、毛宗岗父子修订本）始将此词置于第一回前，又称“《三国演义》开篇词”。该词开篇“滚滚长江东逝水，浪花淘尽英雄”，化用苏轼《念奴娇·赤壁怀古》“大江东去，浪淘尽、千古风流人物”词句、意境，慷慨悲凉，富于历史沧桑感。“是非成败转头空”，“古今多少事，都付笑谈中”，曲尽人心，有一种穿越时空的哲理与妙悟，放在讲述“天下大势，分久必合，合久必分”① 的历史演义小说开篇，确有提纲挈领的作用。故中央电视台1994版电视连续剧《三国演义》曾将此词谱曲，作为该剧主题歌。

第二首词，是第八回《王司徒巧使连环计，董太师大闹凤仪亭》：“允教放下帘栊，笙簧缭绕，簇捧貂蝉舞于帘外。有词赞之曰：‘原是昭阳宫里人，惊鸿宛转掌中身，只疑飞过洞庭春。按彻梁州莲步稳，好花风袅一枝新，画堂香暖不胜春。’”② 本词体裁为双调词，所用词牌为《浣溪沙》。二句“惊鸿宛转掌中身”，化用赵飞燕典，传说其可在力士掌中起舞。本回叙王允献“连环计”，邀董卓赴宴，以貂蝉歌舞相诱。曲子词本源自歌女所讴之曲，“繁文缛采”、风光旖旎、格调轻绮，正是其体之“当行本色”。虽然汉末三国未有词产生，但《三国演义》创作的时代，曲子词已大行其道，故这首《浣溪沙》词，是与小说故事情节结合得极为紧密的。

（六）古体诗

古体诗，与“近体诗”相对，简称“古诗”，又称“古风”，亦即“旧体非格律诗”。在格律要求上远不如近体诗严格。就字数而言，亦有四言古诗、五古、七古、杂言古诗之分，另有乐府、楚声、歌行之体。因《三国演义》全部204首诗词中，共有177首近体格律诗，占全部《三国演义》诗词总数的86.76%，故古体诗尽管形式多样，但所占比重仅一成多。

《三国演义》诗词中，四言古诗有两首，一为第三十七回《司马徽再荐名

---

① 罗贯中：《三国演义》，北京：人民文学出版社1973年版，第1页。

② 罗贯中：《三国演义》，北京：人民文学出版社1973年版，第67页。

士，刘玄德三顾茅庐》，徐庶母自尽后，“后人有《徐母赞》曰：‘贤哉徐母，流芳千古：守节无亏，于家有补；教子多方，处身自苦；气若丘山，义出肺腑；赞美‘豫州’，毁触魏武；不畏鼎镬，不惧刀斧；唯恐后嗣，玷辱先祖。伏剑同流，断机堪伍；生得其名，死得其所：贤哉徐母，流芳千古！’”①押上声韵，一韵到底，且篇首二句与篇末二句同，首尾呼应，回环往复。其中“断机”，用了西汉刘向《古列女传·母仪·邹孟轲母》中孟母断机教子典。另一首为第六十八回《甘宁百骑劫曹营，左慈掷杯戏曹操》，曹操将崔琰杖杀狱中，“后人有诗赞曰：‘清河崔琰，天性坚刚；虬髯虎目，铁石心肠；奸邪辟易，声节显昂；忠于汉主，千古名扬！’”②则押平声韵，一韵到底。可见，因四言诗为最早的诗歌总集《诗经》之主要体裁形式，古雅典重，《三国演义》以之赞颂贤母、忠臣，文质彬彬，内容形式相得益彰。另，第四十八回《宴长江曹操赋诗，锁战船北军用武》中，曹操“横槊……歌曰：‘对酒当歌，人生几何：譬如朝露，去日苦多。慨当以慷，忧思难忘；何以解忧，惟有杜康。青青子衿，悠悠我心；但为君故，沉吟至今。呦呦鹿鸣，食野之苹；我有嘉宾，鼓瑟吹笙。皎皎如月，何时可辍？忧从中来，不可断绝！越陌度阡，枉用相存；契阔谈宴，心念旧恩。月明星稀，乌鹊南飞；绕树三匝，无枝可依。山不厌高，水不厌深：周公吐哺，天下归心’”③。此处出现的《短歌行》，亦为四言古诗，同时，也是古诗中之“乐府”体。值得一提的是，小说中，曹操所赋诗为“皎皎如月”“无枝可依”，一般通行之曹操诗《短歌行》，则为“明明如月”“何枝可依”④。

《三国演义》诗词中，五言古诗如第三十七回《司马徽再荐名士，刘玄德三顾茅庐》，刘备等前往隆中，“遥望山畔数人，荷锄耕于田间，而作歌曰：‘苍天如圆盖，陆地似棋局；世人黑白分，往来争荣辱：荣者自安安，辱者定

---

① 罗贯中：《三国演义》，北京：人民文学出版社 1973 年版，第 321—322 页。

② 罗贯中：《三国演义》，北京：人民文学出版社 1973 年版，第 591 页。

③ 罗贯中：《三国演义》，北京：人民文学出版社 1973 年版，第 417 页。

④ 余冠英选注：《三曹诗选》，北京：作家出版社 1956 年版，第 5 页。

碌碌。——南阳有隐居，高眠啸不足！’”[①] 押仄声韵，一韵到底。其中“棋局”，当指围棋对局。围棋有黑白子，故有下句“世人黑白分”之语。以围棋争胜喻汉末诸侯纷争，自然恰当，篇末点出“南阳有隐居”——卧龙先生，为下文推进，给读者留下无限“期待视野”。又如第一百十四回《曹髦驱车死南阙，姜维弃粮胜魏兵》，魏帝曹髦《潜龙诗》：“伤哉龙受困，不能跃深渊。上不飞天汉，下不见于田。蟠居于井底，鳅鳝舞其前。藏牙伏爪甲，嗟我亦同然！”[②] 亦为五言古诗，押平声韵。“跃深渊”“见于田”，反用《周易》“九四，或跃在渊”“九二，见龙在田”之语典，自喻为权臣司马氏挟制，生动形象。

《三国演义》诗词中，七言古诗如第三十七回《司马徽再荐名士，刘玄德三顾茅庐》，刘备等遥望卧龙冈，“后人有古风一篇，单道卧龙居处。诗曰：‘襄阳城西二十里，一带高冈枕流水：高冈屈曲压云根，流水潺湲飞石髓；势若困龙石上蟠，形如单凤松阴里；柴门半掩闭茅庐，中有高人卧不起。修竹交加列翠屏，四时篱落野花馨；床头堆积皆黄卷，座上往来无白丁；叩户苍猿时献果，守门老鹤夜听经；囊里名琴藏古锦，壁间宝剑挂七星。庐中先生独幽雅，闲来亲自勤耕稼：专待春雷惊梦回，一声长啸安天下。’”[③] 此诗写景细腻充分，“势若困龙石上蟠，形如单凤松阴里”，兼用比喻与对仗，“床头堆积皆黄卷，座上往来无白丁；叩户苍猿时献果，守门老鹤夜听经；囊里名琴藏古锦，壁间宝剑挂七星”六句，更以“赋”法排偶，洒脱流丽，故中央电视台 1994 版电视连续剧《三国演义》曾化用此诗意境创作该剧插曲《有为歌》（又名《卧龙吟》）。第四回《废汉帝陈留践位，谋董贼孟德献刀》中，汉少帝被鸩杀前，作绝命诗云：“天地易兮日月翻，弃万乘兮退守藩。为臣逼兮命不久，大势去兮空泪潸！”[④] “守藩”，即为宗藩，指此前汉少帝被董卓废为弘农王，词句悲切，直抒胸臆。这首七言古诗多用“兮”字，与项羽《垓

① 罗贯中：《三国演义》，北京：人民文学出版社 1973 年版，第 323 页。

② 罗贯中：《三国演义》，北京：人民文学出版社 1973 年版，第 984 页。

③ 罗贯中：《三国演义》，北京：人民文学出版社 1973 年版，第 323 页。

④ 罗贯中：《三国演义》，北京：人民文学出版社 1973 年版，第 33 页。

下歌》、刘邦《大风歌》之体相类，为“楚声”诗体。

《三国演义》诗词中的杂言古风，如第三十五回《玄德南漳逢隐沦，单福新野遇英主》，刘备见单福作歌曰：“天地反复兮，火欲殂；大厦将崩兮，一木难扶。山谷有贤兮，欲投明主；明主求贤兮，却不知吾。”① 依“五德终始”说，汉为火德。“火欲殂”，指汉朝将要灭亡。这是一种用五行生克来讲朝代兴亡替代的宿命论说法。其语句分四章，每章先五言后三言，且各有“兮”字，为杂言古风。

杂言古风中，另有歌行体，如第七十八回《治风疾神医身死，传遗命奸雄数终》，叙曹操之死，“后人有《邺中歌》一篇，叹曹操云：‘邺则邺城水漳水，定有异人从此起：雄谋韵事与文心，君臣兄弟而父子；英雄未有俗胸中，出没岂随人眼底？功首罪魁非两人，遗臭流芳本一身；文章有神霸有气，岂能苟尔化为群？横流筑台距太行，气与理势相低昂；安有斯人不作逆，小不为霸大不王？霸王降作儿女鸣，无可奈何中不平；向帐明知非无益，分香未可谓无情。呜呼！古人作事无巨细，寂寞豪华皆有意；书生轻议冢中人，冢中笑尔书生气！’”② 这首古体诗，以七言句为主，间有杂言，如“呜呼”，隔数句平仄一转韵，且题目为《邺中歌》，自为“歌行体”。

三、《三国演义》诗词之引诗用语典现象

《三国演义》全部一百二十回小说文本中所出现的诗词作品，有相当数量为直接引用前代或邻近年代文人诗词作品。比如前文所述第一回《宴桃园豪杰三结义，斩黄巾英雄首立功》回前，化用明代文人杨慎的《临江仙（滚滚长江东逝水）》词。又如前文所述第四十八回《宴长江曹操赋诗，锁战船北军用武》中，曹操横槊赋诗，其后便出现了曹操的《短歌行》全篇（其中有个别字句出入，当为小说在创作或流传过程中发生之讹误）。罗积勇先生在其《用典研究》一书中指出：“为了一定的修辞目的，在自己的言语作品中明引

---

① 罗贯中：《三国演义》，北京：人民文学出版社 1973 年版，第 310 页。

② 罗贯中：《三国演义》，北京：人民文学出版社 1973 年版，第 673 页。

或暗引古代故事或有来历的现成话，这种修辞手法就是用典。”① 罗先生定义中所说的“引古代故事”，就是用事典；而引用“有来历的现成话”，则为用语典。因此，《三国演义》中引用历史上真实存在的诗人之作品，也是一种特殊的“用语典”现象。

除此二处之外，第四十八回《宴长江曹操赋诗，锁战船北军用武》中，曹操横槊赋诗前，提及“……吾今新构铜雀台于漳水之上，如得江南，当娶二乔，置之台上，以娱暮年，吾愿足矣！”言罢大笑。唐人杜牧有诗曰：“折戟沉沙铁未消，自将磨洗认前朝。东风不与周郎便，铜雀春深锁二乔。”② 此处直接引用了晚唐诗人杜牧的七言律绝怀古诗《赤壁》。本情节为小说根据传说“演义”而成，然引杜牧怀古诗以佐证，加强了该虚构情节之“艺术真实”，也取得了很生动的艺术效果。

还有第一百二十回《荐杜预老将献新谋，降孙皓三分归一统》：“晋将王濬，扬帆而行……皓从之，亦舆榇自缚，率诸文武，诣王濬军前归降。濬释其缚，焚其榇，以王礼待之。唐人有诗叹曰：‘西晋楼船下益州，金陵王气黯然收。千寻铁锁沉江底，一片降旗出石头。人世几回伤往事，山形依旧枕寒流。今逢四海为家日，故垒萧萧芦荻秋。’”③ 此处引用了中唐诗人刘禹锡的七言律诗《西塞山怀古》，小说中此诗为“西晋楼船下益州”“一片降旗出石头”，一般通行之刘禹锡《西塞山怀古》则为“王濬楼船下益州”“一片降幡出石头”④。西塞山，在今湖北省黄石市，此引唐代真实的诗人之实地怀古之作，佐证王濬破吴降孙皓之故事情节，将“历史真实”与“艺术真实”合二为一，堪称“历史演义”小说之妙笔。

《三国演义》小说文本中，引用诗人作品最多者，当为唐代诗人杜甫，共计五处。如第八十四回《陆逊营烧七百里，孔明巧布八阵图》中，出现了杜

---

① 罗积勇：《用典研究》，武汉：武汉大学出版社 2005 年版，第 2 页。

② 罗贯中：《三国演义》，北京：人民文学出版社 1973 年版，第 416—417 页。

③ 罗贯中：《三国演义》，北京：人民文学出版社 1973 年版，第 1037 页。

④ 中国社会科学院文学研究所编：《唐诗选（下）》，北京：人民文学出版社 1978 年版，第 122 页。

甫五绝《八阵图》全文：“功盖三分国，名成八阵图。江流石不转，遗恨失吞吴。”①

第八十五回《刘先主遗诏托孤儿，诸葛亮安居平五路》中，出现了杜甫七律《咏怀古迹五首》其四：“蜀主窥吴向三峡，崩年亦在永安宫。翠华想像空山外，玉殿虚无野寺中。古庙杉松巢水鹤，岁时伏腊走村翁。武侯祠屋长邻近，一体君臣祭祀同。”② 小说中所引杜甫诗为“蜀主窥吴向三峡”，一般通行之杜甫此诗，则为“蜀主窥吴幸三峡”③。

第一百五回《武侯预伏锦囊计，魏主拆取承露盘》中，诸葛亮安葬定军山后，“后杜工部有诗曰：‘丞相祠堂何处寻，锦官城外柏森森。映阶碧草自春色，隔叶黄鹂空好音。三顾频烦天下计，两朝开济老臣心。出师未捷身先死，长使英雄泪满襟！’又杜工部诗曰：‘诸葛大名垂宇宙，宗臣遗像肃清高。三分割据纡筹策，万古云霄一羽毛。伯仲之间见伊吕，指挥若定失萧曹。运移汉祚终难复，志决身歼军务劳。’”④ 则接连出现了杜甫七律《蜀相》和《咏怀古迹五首》其五。

第一百四回《陨大星汉丞相归天，见木像魏都督丧胆》中，写到五丈原诸葛亮命终：“后杜工部有诗叹曰：‘长星昨夜坠前营，讣报先生此日倾。虎帐不闻施号令，麟台惟显著勋名。空余门下三千客，辜负胸中十万兵。好看绿阴清昼里，于今无复雅歌声！’”⑤ 此诗不见于杜甫诗集中，应是后人附会、托名杜甫之作，一如前文所述第三十四回《蔡夫人隔屏听密语，刘皇叔跃马过檀溪》篇末“后来苏学士有古风一篇，单咏跃马檀溪事……”⑥ 那首后人附会、托名苏轼之作。

---

① 罗贯中：《三国演义》，北京：人民文学出版社 1973 年版，第 723 页。

② 罗贯中：《三国演义》，北京：人民文学出版社 1973 年版，第 729 页。

③ 山东大学中文系古典文学教研室选注：《杜甫诗选》，北京：人民文学出版社 1980 年版，第 267 页。

④ 罗贯中：《三国演义》，北京：人民文学出版社 1973 年版，第 913 页。

⑤ 罗贯中：《三国演义》，北京：人民文学出版社 1973 年版，第 904 页。

⑥ 罗贯中：《三国演义》，北京：人民文学出版社 1973 年版，第 304 页。

综上所述，《三国演义》全部一百二十回小说文本中，随故事情节发展，出现了二百余首诗词作品，题材类型多样，且大量引用前代文人咏三国时代人物之诗作入小说。这些诗词作品，已成为该历史演义小说的代表作，不可分割的“有机组成部分”，其“以小说存诗”的版本价值和“以诗词论史”的艺术价值都是不可忽视的！

论《三国演义》中的非武力脱险情节

中国的古典小说《三国演义》，以文学家的笔墨描绘了由东汉末年黄巾起义至魏、蜀、吴三分归晋的历史。近百年的战争历史，其间不乏诸侯割据、军阀混战、斗智斗勇，可谓是一部“全景性军事文学”。其中如赵云长坂坡救阿斗、关羽护皇嫂千里走单骑、周泰濡须救孙权等英雄事迹和精彩情节，无不令人拍案叫绝。然而，笔者认为，在这部更加注重智慧与权谋的演义小说中，那些在上述的“武力脱险”之外，依靠主人公的机智和权变而解围的“非武力脱险”情节，则更加惊心动魄、精彩绝伦，令人赞叹不已，且从小说中以下几个经典情节加以分析。

一、小动唇舌巧脱身

在《三国演义》第四回《废汉帝陈留践位，谋董贼孟德献刀》中，因董卓欺主弄权，社稷危在旦夕，在司徒王允私设的寿宴之上，百官均一筹莫展、掩面相泣，唯有骁骑校尉曹操抚掌而笑，自告奋勇向王允献策，并借其七宝刀谋刺董卓。次日，曹操即佩宝刀，入董府进见，而董卓身旁只有吕布，曹操便借口坐骑羸弱来迟，骗得董卓令吕布出去为之选马——

操暗忖曰：“此贼合死!”即欲拔刀刺之，惧卓力大，未敢轻动。卓胖大不耐久坐，遂倒身而卧，转面向内。操又思曰：“此贼当休矣!”急掣宝刀在手，恰待要刺，不想董卓仰面看衣镜中，照见曹操在背后拔刀，急回身问曰：“孟德何为?”时吕布已牵马至阁外。操惶遽，乃持刀跪下曰：“操有宝刀一口，献上恩相。”卓接视之，见其刀长尺余，七宝嵌饰，极其锋利，果宝刀也，遂递与吕布收了。操解鞘付布。卓引操出阁看马，操谢曰：“愿借试一骑。”卓就教与鞍辔。操牵马出相府，加鞭望东南而

去……①

当董卓瞥见刀影，已然行刺不得，而猛将吕布恰又选马归来，舍命突围更难成功，可谓上天入地，亦无路可逃，此时的情况连读者亦为之揪心，而他却急忙跪地，诈称“献刀”，竟将董、吕二人暂时瞒过，并得以策马逃脱。这灵机一动的谎言，在此刻的确胜过超凡的武艺，正如清代著名小说批评家毛宗岗所评：“好权变的是奸雄!”② 而书中的曹操形象，也正因此被毛宗岗评为“三绝”之中的“奸绝”。

《三国演义》的众多人物中，不仅仅是“奸雄”曹操，即使是仁厚宽和的皇叔刘备，也能随机应变，巧语脱身。在第二十一回《曹操煮酒论英雄，关公赚城斩车胄》中，刘备被曹操软禁在京城许都，不得施展抱负，只好每日浇园种菜，韬光养晦。一日，忽被曹操部将许褚、张辽强邀至相府赴宴，惊魂未定时，忽见阴云密布，天边出现龙挂（即龙卷风），曹操便由龙而谈及人世英雄，当被问道谁为天下英雄时，刘备历数淮南袁术、河北袁绍、荆州刘表、江东孙策、益州刘璋以至于张绣、张鲁、韩遂等人，而曹操一一加以褒贬，甚至鼓掌大笑说：“此等碌碌小人，何足挂齿!”

操曰：“夫英雄者，胸怀大志，腹有良谋，有包藏宇宙之机，吞吐天地之志者也。”玄德曰：“谁能当之?”操以手指玄德，后自指，曰：“今天下英雄，惟使君与操耳!”玄德闻言，吃了一惊，手中所执匙箸，不觉落于地下。时正值天雨将至，雷声大作。玄德乃从容俯首拾箸曰：“一震之威，乃至于此。”操笑曰：“丈夫亦畏雷乎?”玄德曰：“圣人迅雷风烈必变，安得不畏?”将闻言失箸缘故，轻轻掩饰过了。操遂不疑玄德。后人有诗赞曰：

① 罗贯中：《三国演义》，北京：人民文学出版社1973年版，第36页。

② 罗贯中：《增像全图三国演义》（上），清广陵味潜斋藏本，上海弘文书局石印，第四回。

勉从虎穴暂趋身，说破英雄惊杀人。
巧借闻雷来掩饰，随机应变信如神。①

当发现自己的韬晦之策已被对方洞穿，即将成为曹操的公开对手时，寄人篱下的刘皇叔也不免惊得匙箸落地，但天公作美，恰巧雷声大作，刘备遂谎称“畏雷”将此事掩过，妙在情形逼真、恰到好处，把个权变多疑的“奸雄”曹操也瞒过了。正如毛宗岗在刘备的话下评曰：“澹澹一语，妙在有意无意之间。”② 令读者叫绝。正是刘备这一次的机警妙语，以智脱身，才使得他后来能够大展宏图，创建蜀汉政权，三分天下有其一，由此更可见“非武力脱险”的奇妙。

二、粗中有细显神勇

除了上述“天下英雄谁敌手，曹刘”（辛弃疾《南乡子》）这样素有权谋的英雄之主以外，在《三国演义》中，那些骁勇善战的武将，也是有过“非武力脱险”经历的。就拿蜀国“五虎上将”之一的猛张飞来说，在第四十二回《张翼德大闹长坂桥，刘豫州败走汉津口》中，就有他以智脱险的情节。当刘备一行人等为曹军冲散，败走当阳后，张飞仅引二十余骑去打探赵云消息，“……至长坂桥。见桥东有一带树木，飞生一计：教所从二十余骑，都砍下树枝，拴在马尾上，在树林内往来驰骋，冲起尘土，以为疑兵。飞却亲自横矛立马于桥上，向西而望”，为下文的“斗智”埋下了伏笔。之后，赵云于长坂坡百万曹军中七进七出，救出幼主阿斗，逃奔长坂桥，张飞独自一人为之断后。

却说文聘引军追赵云至长坂桥，只见张飞倒竖虎须，圆睁环眼，手绰蛇矛，立马桥上，又见桥东树林之后，尘头大起，疑有伏后，便勒住

① 罗贯中：《三国演义》，北京：人民文学出版社1973年版，第187—188页。

② 罗贯中：《增像全图三国演义》（上），清广陵味潜斋藏本，上海弘文书局石印，第二十一回。

> 马，不敢近前。俄而曹仁、李典、夏侯惇、夏侯渊、乐进、张辽、张郃、许褚等都至。见飞怒目横矛，立马于桥上，又恐是诸葛孔明之计，都不敢近前。扎住阵脚，一字儿摆在桥西，使人飞报曹操。操闻知，急上马，从阵后来。张飞睁圆环眼，隐隐见后军青罗伞盖、旄钺旌旗来到，料得是曹操心疑，亲自来看。飞乃厉声大喝曰："我乃燕人张翼德也！谁敢与我决一死战?"声如巨雷。曹军闻之，尽皆股栗。曹操急令去其伞盖，回顾左右曰："我向曾闻云长言：翼德于百万军中，取上将之首，如探囊取物。今日相逢，不可轻敌。"言未已，张飞睁目又喝曰："燕人张翼德在此！谁敢来决死战?"曹操见张飞如此气概，颇有退心。飞望见曹操后军阵脚移动，乃挺矛又喝曰："战又不战，退又不退，却是何故!"喊声未绝，曹操身边夏侯杰惊得肝胆碎裂，倒撞于马下。操便回马而走。于是诸军众将一齐望西奔走。正是：黄口孺子，怎闻霹雳之声；病体樵夫，难听虎豹之吼。一时弃枪落盔者，不计其数，人如潮涌，马似山崩，自相践踏。后人有诗赞曰：长坂桥头杀气生，横枪立马眼圆睁。一声好似轰雷震，独退曹家百万兵。①

诚然，张飞武艺高强，堪为"万人敌"，其骁勇无敌自不在话下，加之关羽在白马坡斩颜良时又曾对曹操盛赞其神勇，曹军刚刚又被赵云杀了个七进七出，损失惨重，惊魂未定，综合以上诸多因素，张飞惊杀夏侯杰、喝退曹兵也在情理之中。但他毕竟是单枪匹马，而对面的曹军不仅有数十员上将，还有雄兵百万，一旦交锋，胜负立判。所以，能令一代"奸雄"曹操望而却步、带头逃窜，以致百万曹军争相奔走的真正原因，还是那句——"见桥东树林之后，尘头大起，疑有伏后"。

因此，喝退曹军并非仅靠张飞的勇猛，主要还是他能够做到"粗中有细"，以智退敌，才暂脱险境。张飞这一次靠斗智的"非武力脱险"，要远比他在第五回"三英战吕布"和第六十五回葭萌关夜战马超那种纯靠武力争胜，

---

① 罗贯中：《三国演义》，北京：人民文学出版社 1973 年版，第 366 页。

更加惊心动魄。可以说，长坂桥喝退百万曹军的“斗智”，比纯粹“斗勇”，更有助于显示“猛张飞”的神勇无敌、英雄本色，这也成为《三国演义》中的经典情节。

三、急中生智退强敌

而在《三国演义》全书中，能够称得上以智退敌、“非武力脱险”最成功的范例，还得要数被毛宗岗在《读三国志法》中誉为“三绝”之一的“智绝”诸葛亮，亲自导演的那场“空城计”。

在第九十五回《马谡拒谏失街亭，武侯弹琴退仲达》中，诸葛孔明因错用马谡把守街亭，致使街亭失守，司马懿大军长驱直进，他不得不安排退兵，并自引五千兵去西城搬运粮草。忽然得到急报，司马懿引军十五万直取西城！而他身边并无大将，只有一班文官，所引五千兵，除去运粮草的，只剩二千五百人在城中，敌众我寡，难以迎战。众文官听得这个消息后，“尽皆失色”，而孔明却镇定自若地传令：“将旌旗尽皆隐匿，诸军各守城铺，如有妄行出入及高言大语者，斩之！”大开四门，每一门用二十军士，扮作百姓，洒扫街道。如魏兵到时，不可擅动，吾自有计。① 并身披鹤氅，头戴纶巾，引二小童携琴一张，坐到城上敌楼前，焚香操琴……

> 却说司马懿前军哨到城下，见了如此模样，皆不敢进，急报与司马懿。懿笑而不信，遂止住三军，自飞马远远望之。果见孔明坐于城楼之上，笑容可掬，焚香操琴。左有一童子，手捧宝剑；右有一童子，手执麈尾。城门内外，有二十余百姓，低头洒扫，傍若无人，懿看毕大疑，便到中军，教后军作前军，前军作后军，望北山路而退。次子司马昭曰：“莫非诸葛亮无军，故作此态？父亲何故便退兵？”懿曰：“亮平生谨慎，不曾弄险。今大开城门，必有埋伏。我兵若进，中其计也。汝辈岂知？宜速退。”于是两路兵尽皆退去。孔明见魏军远去，抚掌而笑。众官无不

---

① 罗贯中：《三国演义》，北京：人民文学出版社 1973 年版，第 823 页。

骇然，乃问孔明曰："司马懿乃魏之名将，今统十五万精兵到此，见了丞相，便速退去，何也?"孔明曰："此人料吾生平谨慎，必不弄险。见如此模样，疑有伏兵，所以退去。吾非行险，盖因不得已而用之。此人必引军投山北小路去也。吾已令兴、苞二人在彼等候。"众皆惊服曰："丞相之机，神鬼莫测。若某等之见，必弃城而走矣。"孔明曰："吾兵止有二千五百，若弃城而走，必不能远遁。得不为司马懿所擒乎?"后人有诗赞曰："瑶琴三尺胜雄师，诸葛西城退敌时。十五万人回马处，土人指点到今疑。"言讫，拍手大笑，曰："吾若为司马懿，必不便退也。"①

当此十五万大军压城之际，诸葛孔明仅有一班文官、二千五百兵丁，开城正面迎敌，实力悬殊若以卵击石，弃城而退，亦难逃脱；而孔明在这千钧一发的紧急时刻，急中生智，亲自登城抚琴，上演了一出"空城计"，竟吓得司马懿不战而退。这一次"非武力脱险"可谓精彩之至，如毛宗岗所评："惟小心人不做大胆事，亦惟小心人能做大胆事。魏延欲出子午谷，而孔明以为危计，是小心者惟孔明也。坐守空城只以二十军士扫门，而退司马十五万之重，是大胆者亦为孔明也。孔明若非小心于平日，必不敢大胆于一时。仲达不疑其大胆一时，正为信其小心平日耳。"（《读三国志法》）

对于这样一部成功的历史演义小说，清代史学家章学诚曾在《丙辰札记》中评《三国演义》"七分实事，三分虚构"②，而上述之"空城计"便不见于正史，完全是作者的艺术虚构。但把这一"非武力脱险"情节巧妙地安插在"失街亭"和"斩马谡"之间，不但可以淡化诸葛亮的用人之误，而且还能够凸显诸葛亮的"智绝"形象，使其成为古代小说史上雄才大略、料敌如神的典范，甚至在戏剧舞台上此情节亦成为常盛不衰的名段。

---

① 罗贯中：《三国演义》，北京：人民文学出版社 1973 年版，第 823—824 页。

② 罗贯中：《三国志通俗演义·前言》，上海：上海古籍出版社 1980 年版，第 3 页。

结　论

通过上述《三国演义》中这些典型人物“非武力脱险”的经典情节，我们从读者的角度不仅可以感受到他们当时所处的惊险情境，更因他们以才智计谋逃脱险境而拍案叫绝，体味到历史演义情节“山重水复疑无路，柳暗花明又一村”的跌宕起伏之妙。可见，“非武力脱险”情节，在这部着重描写智慧与权谋的历史演义小说中，常常能够以神来之笔画龙点睛，烘托小说的艺术氛围，凸显人物形象，成为《三国演义》中不可或缺的经典桥段！

《三国志通俗演义》与毛本《三国演义》版本差异举隅

罗贯中所著《三国志通俗演义》和《水浒传》《西游记》《金瓶梅》，并称为明代“四大奇书”。清朝初年，毛纶、毛宗岗父子对其重新修订后，“毛本”《三国演义》成为广泛流传的“通行本”，以至于“罗贯中《三国志通俗演义》反而较少受人注意，有少数研究工作者甚至把毛本《三国演义》作为研究罗贯中思想的依据，从而造成了某些误解”①。因此，对照、比较《三国志通俗演义》与毛本《三国演义》之版本差异，是《三国演义》文本文献研究领域最基础的工作之一。以下依据上海古籍出版社罗贯中《明弘治本三国志通俗演义》（上海古籍出版社 1980 年版，以下简称“《三国志通俗演义》”）和毛本《三国演义》（清初毛纶、毛宗岗父子修订本，人民文学出版社 1973 年版，以下简称“《三国演义》”），梳理文本，对二书之各类差异以案例分而论之。

一、小说文本中的诗词差异

小说之体，虽在中国古代文学史上属俗文学，但元明清以后，以“四大名著”为代表的长篇章回小说，均有将前代诗坛名家名作嵌入小说文本故事情节中，从而增加文采、力求“雅”化的创作现象。《三国演义》小说文本中亦有很多诗词作品。

如《三国演义》第一回《宴桃园豪杰三结义，斩黄巾英雄首立功》回前词：“滚滚长江东逝水，浪花淘尽英雄。是非成败转头空，青山依旧在，几度夕阳红。白发渔樵江渚上，惯看秋月春风。一壶浊酒喜相逢，古今多少事，都付笑谈中。”② 本词体裁为双调词，所用词牌为《临江仙》，作者为明代文人杨慎。罗贯中《明弘治本三国志通俗演义》原书中并无此词。毛本《三国演义》始将此词置于第一回前，又称“《三国演义》开篇词”。该词开篇“滚滚

① 罗贯中：《三国志通俗演义·前言》，上海：上海古籍出版社 1980 年版，第 10 页。

② 罗贯中：《三国演义》，北京：人民文学出版社 1973 年版，第 1 页。

长江东逝水，浪花淘尽英雄”，化用苏轼《念奴娇·赤壁怀古》“大江东去，浪淘尽、千古风流人物”① 词句、意境，慷慨悲凉，富于历史沧桑感；“青山依旧在，几度夕阳红”，亦即《念奴娇·赤壁怀古》“江山如画”② 意味；“一壶浊酒喜相逢，古今多少事，都付笑谈中”，与《念奴娇·赤壁怀古》“人间如梦，一樽还酹江月”③，都有一种看淡功名成败、举酒相酌的哲思与禅境。化用苏轼《念奴娇·赤壁怀古》意境、词句之《临江仙（滚滚长江东逝水）》，曲尽人心，有一种穿越时空的哲理与妙悟，放在讲述“天下大势，分久必合，合久必分”④ 的历史演义小说开篇，确有提纲挈领的艺术价值。并且，在《三国演义》开篇词《临江仙（滚滚长江东逝水）》之后，第一回《宴桃园豪杰三结义，斩黄巾英雄首立功》则曰：“话说天下大势，分久必合，合久必分：周末七国分争，并入于秦；及秦灭之后，楚、汉分争，又并入于汉；汉朝自高祖斩白蛇而起义，一统天下，后来光武中兴，传至献帝，遂分为三国。推其致乱之由，殆始于桓、灵二帝。桓帝禁锢善类，崇信宦官。及桓帝崩，灵帝即位……”⑤ 而《三国志通俗演义》开篇，除无杨慎《临江仙（滚滚长江东逝水）》，卷之一《祭天地桃园结义》首即云：“后汉桓帝崩，灵帝即位……”⑥

足见，二书篇首即在有无“开篇词”方面存在差异。仅从艺术层面而言，《三国演义》有开篇词和“话说天下大势，分久必合，合久必分……”等历数先汉历史演进之段落，更有概括全书主旨、提纲挈领的意味，较之《三国志通俗演义》直叙史事，更富有“历史演义小说”的典型特征和艺术美。

除此之外，具体章回文本中，二书诗词方面差异也有多处。比如《三国志通俗演义》卷之一《董卓议立陈留王》，叙述大将军何进被杀后，袁绍等诛

---

① 陈迩冬选注：《苏轼词选》，北京：人民文学出版社 1986 年版，第 64 页。

② 陈迩冬选注：《苏轼词选》，北京：人民文学出版社 1986 年版，第 64 页。

③ 陈迩冬选注：《苏轼词选》，北京：人民文学出版社 1986 年版，第 65 页。

④ 罗贯中：《三国演义》，北京：人民文学出版社 1973 年版，第 1 页。

⑤ 罗贯中：《三国演义》，北京：人民文学出版社 1973 年版，第 1 页。

⑥ 罗贯中：《三国志通俗演义》，上海：上海古籍出版社 1980 年版，第 1 页。

杀宦官，汉少帝与陈留王“陈留王曰：‘此天助吾兄弟也！’随萤火而行，渐渐见路。二帝相扶，一步一跌，奔出山路而走。后史官有诗曰：‘乱兵如蚁走王师，社稷倾危孰为持？夜逐火萤寻道路，汉家天子步归时。’曹仙姑又诗曰：‘腐曹为萤上岸时，也曾照夜向书帏。莫言微物相轻贱，曾与君王引路迷。’二帝行至五更，足痛不能行……”① 此二诗，史官诗为首句“平起平收式”七言律绝，曹仙姑诗为首句“仄起平收式”七言律绝。而在《三国演义》书中，此段内容在第三回《议温明董卓斥丁原，馈金珠李肃说吕布》，其中并无此二诗，仅云：“陈留王曰：‘此天助我兄弟也！’遂随萤火而行，渐渐见路。行至五更，足痛不能行……”② 寥寥数语，一带而过。

二、小说文本中的回目差异

作为长篇章回演义小说的代表作，《三国志通俗演义》与《三国演义》小说文本，每一回均有名目。《三国志通俗演义》每十回合为一卷，从“卷之一”到“卷二十四”，共计二百四十回。《三国演义》则为一百二十回，回数是《三国志通俗演义》的一半。

从内容来看，《三国演义》的一回，系由《三国志通俗演义》的二回合并而成，如《三国志通俗演义》卷之一《祭天地桃园结义》和《刘玄德斩寇立功》，在《三国演义》里，恰为第一回《宴桃园豪杰三结义，斩黄巾英雄首立功》；又如《三国志通俗演义》卷之十二《许褚大战马孟起》和《马孟起步战五将》，在《三国演义》里，恰为第五十九回《许褚裸衣斗马超，曹操抹书间韩遂》。

相较而言，《三国志通俗演义》回目仅为单句，遣词较为质朴，而《三国演义》回目则有对仗意味，当然有“工对”与“宽对”之别，但是比《三国志通俗演义》回目更富于文采。

---

① 罗贯中：《三国志通俗演义》，上海：上海古籍出版社 1980 年版，第 25 页。

② 罗贯中：《三国演义》，北京：人民文学出版社 1973 年版，第 25 页。

三、小说文本中的人物差异

《三国志通俗演义》与《三国演义》小说文本中魏、蜀、吴三国的君主、文臣武将，因本自历史人物而来，名字遵从历史真实，大都是一致的，但也有微别，如张飞的字，《三国志通俗演义》卷之一《祭天地桃园结义》云："玄德见此人形貌异常……问其姓名。其人曰：'吾姓张名飞，字益德。世居涿郡……'"① 而《三国演义》第一回《宴桃园豪杰三结义，斩黄巾英雄首立功》则云："玄德见他形貌异常，问其姓名。其人曰：'某姓张，名飞，字翼德。世居涿郡……'"② 史书《三国志·蜀书》张飞本传为"张飞字益德，涿郡人也"③，则《三国志通俗演义》更符合历史真实，《三国演义》有演绎成分。而小说中杀害张飞的二部将，《三国志通俗演义》卷之十七《范强张达刺张飞》云："忽帐下两员末将，乃范强、张达也"④，而《三国演义》第八十一回《急兄仇张飞遇害，雪弟恨先主兴兵》则云："帐下两员末将范疆、张达……'"⑤史书《三国志·蜀书》张飞本传为"其帐下将张达、范强杀飞"⑥。范强的"强"，繁体字作"彊"，与"疆"字形接近，毛本《三国演义》编者，或因之而讹误，但亦足见《三国志通俗演义》更符合历史真实。

另，张飞长坂桥喝退曹兵，所吓死的曹军将令，二书文本所载亦有不同，《三国志通俗演义》卷之九《张益德据水断桥》云："飞挺枪大叫曰：'战又不战，退又不退！'说声未绝，曹操身边夏侯霸惊得肝胆碎裂，倒撞于马下。"⑦ 而《三国演义》第四十二回《张翼德大闹长坂桥，刘豫州败走汉津口》则云："乃挺矛又喝曰：'战又不战，退又不退，却是何故！'喊声未绝，曹操身边夏

① 罗贯中：《三国志通俗演义》，上海：上海古籍出版社1980年版，第4页。
② 罗贯中：《三国演义》，北京：人民文学出版社1973年版，第4页。
③ 陈寿：《三国志》，北京：中华书局，1959年版，第943页。
④ 罗贯中：《三国志通俗演义》，上海：上海古籍出版社1980年版，第779页。
⑤ 罗贯中：《三国演义》，北京：人民文学出版社1973年版，第693页。
⑥ 陈寿：《三国志》，北京：中华书局，1959年版，第944页。
⑦ 罗贯中：《三国志通俗演义》，上海：上海古籍出版社1980年版，第413页。

侯杰惊得肝胆碎裂，倒撞于马下。’”① 想是毛本《三国演义》编者，为了和后文三国鼎立后由魏投蜀之大将夏侯霸相区隔，将此处“夏侯霸”改为“夏侯杰”，亦当有其可能性。

四、小说文本中关公走麦城之情节差异

《三国志通俗演义》与《三国演义》小说文本中，关公败走麦城之故事情节大体相同。但与《三国演义》比较，《三国志通俗演义》显然更有“崇关”之情结，多以“关公”称之，很少直称关公名讳，故《三国志通俗演义》叙述关公父子走麦城殒命后诸情节，描写文字多与《三国演义》不同。

比如《三国演义》小说第七十七回《玉泉山关公显圣，洛阳城曹操感神》写道：“两下伏兵尽出，长钩套索，一齐并举，先把关公坐下马绊倒。关公翻身落马，被潘璋部将马忠所获。……孙权沉吟半晌，曰：‘斯言是也。’遂命推出。于是关公父子皆遇害。”② 描述关公父子被擒后押至孙权处，威武不屈，怒斥孙权，后被推出杀害，过程十分细致。而《三国志通俗演义》卷之十六《玉泉山关公显圣》则云：“伏兵又起。背后朱然、潘璋精兵掩至。公与潘璋部将马忠相遇，忽闻空中有人叫曰：‘云长久住下方也，兹玉帝有诏，勿与凡夫较胜负矣。’关公闻言顿悟，遂不恋战，弃却刀马，父子归神。”③ 则运用了类似《封神演义》神魔小说中的“路数”，一句“父子归神”，省略了被擒后遇害等情节，使得演义小说更具神秘色彩。其后，描述吴兵招降麦城守将王甫、周仓，《三国演义》云：“忽报吴兵在城下，将关公父子首级招安。王甫、周仓大惊，急登城视之，果关公父子首级也。王甫大叫一声，堕城而死。周仓自刎而亡。……”④《三国志通俗演义》则云：“人报吴兵在城下，将君侯父子刀马前来招安。王甫大惊，与周仓登城视之，果然。王甫仰天大叫一声：

---

① 罗贯中：《三国演义》，北京：人民文学出版社 1973 年版，第 366 页。

② 罗贯中：《三国演义》，北京：人民文学出版社 1973 年版，第 661—662 页。

③ 罗贯中：《三国志通俗演义》，上海：上海古籍出版社 1980 年版，第 739 页。

④ 罗贯中：《三国演义》，北京：人民文学出版社 1973 年版，第 662 页。

‘君侯英灵知之乎？吾无计可支也！’言迄，坠城而死。周仓自刎而亡。”① 诸如此类，“为尊者讳”故也。

其后，《三国演义》叙孙权嫁祸于人：“权从其言，随遣使者以木匣盛关公首级，星夜送与曹操……操开匣视之，见关公面如平日。操笑曰：‘云长公别来无恙！’言未迄，只见关公口开目动，须发皆张，操惊倒。众官急救，良久方醒，顾谓众官曰：‘关将军真天神也！’”②《三国志通俗演义》卷之十六《汉中王痛苦关公》则云：“孙权惧其神威，将英灵恭敬，不敢怠慢，令使星夜送与曹操……操开匣视之，见关公面如平日。操笑曰：‘久不得见将军也！’言未迄，则见关公神眉急动，须发皆张，操忽然惊倒。众将急救，良久方醒，吁气一口，乃顾文武曰：‘关将军真天神也！’”③ 足见，与《三国演义》相较，《三国志通俗演义》描写更“为尊者讳”，其小说创作中始终贯穿的“崇关”情结亦显而易见。

综上所述，从《三国志通俗演义》与《三国演义》以上等方面的差异可以看出，小说原作者罗贯中与修订者毛纶、毛宗岗父子，笔法、构思与细微处，皆迥乎不同。就《三国演义》文本文献研究而言，梳理、比较这些不同点，对于研究中国古代小说发展史亦是颇有意义的。

---

① 罗贯中：《三国志通俗演义》，上海：上海古籍出版社 1980 年版，第 740 页。

② 罗贯中：《三国演义》，北京：人民文学出版社 1973 年版，第 664—665 页。

③ 罗贯中：《三国志通俗演义》，上海：上海古籍出版社 1980 年版，第 745 页。

论杜诗中的"崇诸葛亮"情结

在唐代大诗人杜甫"漂泊西南"时期的诗作中，三国时期蜀汉丞相诸葛亮的形象与事迹频频出现，如"三顾频烦天下计，两朝开济老臣心"（《蜀相》），"功盖三分国，名成八阵图。江流石不转，遗恨失吞吴"（《八阵图》），"诸葛大名垂宇宙，宗臣遗像肃清高"（《咏怀古迹五首》其五）等，表现了诗人对历史人物诸葛亮的无比崇敬之情。此类诗作以在成都时期和夔州时期较为集中，这固然与杜甫那时常去游成都先主庙、武侯祠和夔州武侯庙有关，但诗人如此频繁地在诗中书写这位古人之事迹，并表达景仰之情，还是有其深层次原因的，笔者试对此分析如下。

一、鞠躬尽瘁，异代知音

在上述的这些杜诗作品中，杜甫大都抒发了对诸葛亮为蜀汉政权"鞠躬尽瘁，死而后已"的报国行为的敬重，和对其"出师未捷身先死"（《蜀相》），没能进取中原、兴复汉室的哀叹之情，这是与诗人当时所处之"安史之乱"后的动荡时局有密切关联的。

在诗人漂泊成都、夔州时期，历时八年之久的"安史之乱"刚刚结束，而战乱却并未因此而终止，就在大乱结束的那一年（763）下半年，吐蕃连连入侵河西、陇右、奉天等地，甚至迫使代宗皇帝狼狈出逃至陕州，"犬戎直来坐御床，百官跣足随天王"（《忆昔二首》其一），长安在遭受安史叛军蹂躏之后，又一次为异族占领和破坏。并且，"安史之乱"后藩镇割据的情况十分严重，在永泰元年（765），汉州刺史崔旰攻打剑南节度使郭英乂，郭英乂又被普州刺史韩澄所杀，柏茂琳等起兵讨伐崔旰，致使蜀中大乱……可以说是内忧外患不止，战乱不息，正如杜甫诗中所叹："四海十年不解兵，犬戎也复临咸京！"（《释闷》）

杜甫之为人，"向来忧国泪"（《谒先主庙》）、"不眠忧战伐"（《宿江边阁》），无时无刻不在忧国忧民，"感时花溅泪，恨别鸟惊心"（《春望》），在国家危亡之际，连观花听鸟都能引发诗人的感慨而泪下。他如此关心国家时局，因而总在为这乱世而忧愁心痛。国家危难的时候，最需要能力挽狂澜、安邦定国的人物，特别是像历史上的蜀相诸葛亮这样的人物。东汉末年战乱不断，诸葛亮“受任于败军之际，奉命于危难之间”，辅佐刘备终成霸业，使蜀汉政权三分天下有其一。“乱世思能臣”，杜甫在这一时期多次去探寻武侯遗迹，在诗作中频频提及诸葛亮旧日的功业，也就是自然而然的了。像“三顾频烦天下计，两朝开济老臣心。出师未捷身先死，长使英雄泪满襟”（《蜀相》），“犹闻辞后主，不复卧南阳”（《武侯庙》），“复汉留长策，中原仗老臣”（《谒先主庙》），“运移汉祚终难复，志决身歼军务劳”（《咏怀古迹五首》其五）等诗句，都表现了诗人对于开创大业、挽救时局而“鞠躬尽瘁，死而后已”的诸葛亮的倾慕和惋惜之情。

值得一提的是，后世罗贯中长篇章回小说《三国演义》第八十四回《陆逊营烧七百里，孔明巧布八阵图》中，还出现了杜甫五绝《八阵图》全文：“功盖三分国，名成八阵图。江流石不转，遗恨失吞吴。”① 第八十五回《刘先主遗诏托孤儿，诸葛亮安居平五路》中，出现了杜甫七律《咏怀古迹五首》其四：“蜀主窥吴向三峡，崩年亦在永安宫。翠华想像空山外，玉殿虚无野寺中。古庙杉松巢水鹤，岁时伏腊走村翁。武侯祠屋长邻近，一体君臣祭祀同。”② 第一百四回《陨大星汉丞相归天，见木像魏都督丧胆》中，写到五丈原诸葛亮命终：“后杜工部有诗叹曰：‘长星昨夜坠前营，讣报先生此日倾。虎帐不闻施号令，麟台惟显著勋名。空余门下三千客，辜负胸中十万兵。好看绿阴清昼里，于今无复雅歌声！’”③ 此诗不见于杜甫诗集中，应是后人附会、托名杜甫之作。第一百五回《武侯预伏下锦囊计，魏主拆取承露盘》中，诸葛亮安葬定军山后，“后杜工部有诗曰：‘丞相祠堂何处寻，锦官城外柏森森。映阶碧草自春色，隔叶黄鹏空好音。三顾频烦天下计，两朝开济老臣心。

---

① 罗贯中：《三国演义》，北京：人民文学出版社 1973 年版，第 723 页。

② 罗贯中：《三国演义》，北京：人民文学出版社 1973 年版，第 729 页。

③ 罗贯中：《三国演义》，北京：人民文学出版社 1973 年版，第 904 页。

出师未捷身先死，长使英雄泪满襟!’又杜工部诗曰：‘诸葛大名垂宇宙，宗臣遗像肃清高。三分割据纡筹策，万古云霄一羽毛。伯仲之间见伊吕，指挥若定失萧曹。运移汉祚终难复，志决身歼军务劳。’”① 出现了杜甫七律《蜀相》和《咏怀古迹五首》其五。足见，后世对杜甫作诗缅怀诸葛亮之创作现象也极为认同。

二、诗笔高歌，当世诸葛

不仅如此，杜甫也对“安史之乱”以来在乱世中为国家安定、平定叛乱做出过贡献的能臣、良将等“当代诸葛亮”，在诗中大加赞赏，特别是《洗兵马》：

中兴诸将收山东，捷书夜报清昼同。河广传闻一苇过，胡危命在破竹中。只残邺城不日得，独任朔方无限功。京师皆骑汗血马，回纥馁肉蒲萄宫。已喜皇威清海岱，常思仙仗过崆峒。三年笛里关山月，万国兵前草木风。成王功大心转小，郭相谋深古来少。司徒清鉴悬明镜，尚书气与秋天杳。二三豪俊为时出，整顿乾坤济时了。东走无复忆鲈鱼，南飞觉有安巢鸟。青春复随冠冕入，紫禁正耐烟花绕。鹤驾通霄凤辇备，鸡鸣问寝龙楼晓。攀龙附凤势莫当，天下尽化为侯王。汝等岂知蒙帝力，时来不得夸身强。关中既留萧丞相，幕下复用张子房。张公一生江海客，身长九尺须眉苍。征起适遇风云会，扶颠始知筹策良。青袍白马更何有，后汉今周喜再昌。寸地尺天皆入贡，奇祥异瑞争来送。不知何国致白环，复道诸山得银瓮。隐士休歌紫芝曲，词人解撰河清颂。田家望望惜雨干，布谷处处催春种。淇上健儿归莫懒，城南思妇愁多梦。安得壮士挽天河，净洗甲兵长不用。②

---

① 罗贯中：《三国演义》，北京：人民文学出版社 1973 年版，第 913 页。

② 山东大学中文系古典文学教研室选注：《杜甫诗选》，北京：人民文学出版社 1980 年版，第 102—103 页。

诗题一作“洗兵行”，题下原注：“收京后作。”作于乾元元年（758）两京收复之后、乾元二年（759）春九节度兵败相州（即邺郡，今河南安阳）以前；一说作于乾元元年三月至五月。当以前说为近，时杜甫在洛阳。左思《魏都赋》云：“洗兵海岛，刷马江州。”诗题本此。诗中对郭子仪、李光弼、王思礼等应时而出的“中兴”诸将做了气势昂扬的歌颂。

全诗以喜胜利、颂中兴、望太平为主旨，而喜中含忧，颂中寓讽，意味深长，但义正词严，情深气壮，最见诗人深稳超拔的政治气度。全诗共分四段，每段一韵，每韵十二句，且平仄相间，笔力矫健，气韵苍老，堪称佳作。王安石选杜诗，即以此为压卷之作。第一段写官军围邺，胜利在望之局势，望肃宗安不忘危，勿忘三年来君臣播迁、军民苦战之艰难。第二段盛赞郭子仪、李光弼等中兴名将扭转乾坤之功，喜见中兴气象。第三段讽朝廷滥封爵赏，望肃宗重新起用房琯、张镐等人，完成中兴大业。第四段喜胜利在望，祥瑞纷呈，祈盼国定民康，天下太平。故以“安得壮士挽天河，净洗甲兵长不用”作结，以照应题目。鲁一同曰：“杜七古中第一篇。他篇尚可摹拟，此则高词伟义，峻拔天表，后人更无从望其项背。”张戒曰：“观此诗闻捷书之作，其喜气乃可掬，真所谓情动于中而形于言，言之不足，不知手之舞之，足之蹈之也。”

并且，杜甫自青年时期就已经有了很大的政治抱负：“自谓颇挺出，立登要路津。致君尧舜上，再使风俗淳”（《奉赠韦左丞丈二十二韵》），希冀自己能在仕途上大有作为，充任国家重要职位，辅佐皇帝成为尧舜之君，重回盛世局面；而到了国家危难之际，更不会无动于衷，而是“济时敢爱死，寂寞壮心惊”（《岁暮》）。因此，杜甫在诗中大力歌颂危扶汉室的诸葛亮，以及那些“中兴诸将”——当世“诸葛亮”，与诗人自己的那些远大抱负与报国情怀也是分不开的。

三、君臣遇合，比兴寄托

同时，在上述这些涉及诸葛亮的杜诗作品中，往往是把诸葛亮与蜀汉先主刘备放到一起来评价，如“君臣已与时际会，树木犹为人爱惜”（《古柏行》），述说诸葛亮与刘备君臣遇合而有功于世，所以连武侯庙前的古柏也一直为后人所爱惜，从而生长得十分高大——“霜皮溜雨四十围，黛色参天二千尺”（《古柏行》）。再如“武侯祠屋长邻近，一体君臣祭祀同”（《咏怀古迹五首》其四），就说明诸葛亮、刘备生前君臣一体，关系融洽，死后也一同受到后人祭祀。据《三国志·蜀志·诸葛亮传》记载，刘备“与亮情好日密”，关系“犹鱼之有水”，而诸葛亮能够比较顺利地挽救时局、开创大业，也与刘备对他的信任和二人君臣关系良好分不开。正因为刘备“三顾频烦天下计”（《蜀相》）的知遇之恩，才换来了诸葛亮后来的“两朝开济老臣心”（《蜀相》）。

在中国古代社会，理想的君臣之道是“君为元首，臣为肱股，明其一体，相待而成”，正因为刘备、诸葛亮能做到这样，所以杜甫才会赞叹“君臣当共济，贤圣方同时”（《诸葛庙》），先有了圣君，然后才有贤臣，这也正反映出杜甫独特的讲求“互动”的君臣观。

而杜甫自身的现实生活却不是这样，至德二载（757）四月，杜甫只身逃出安史叛军占据的长安，一路历尽艰辛，到达了肃宗皇帝的临时驻地凤翔，“麻鞋见天子，衣袖露两肘”（《述怀》）。之后被任命为职掌进谏扈从的左拾遗，虽为从八品，但成为皇帝近侍之臣，便可以参与朝政大事，他终于有机会去实现“致君尧舜上”的政治抱负了，因而感激涕零，“涕泪受拾遗，流离主恩厚”（《述怀》）。可是不久，宰相房琯因门客董庭兰受贿之事罢相，杜甫以为“罪细不宜免大臣”，为之疏救，却触怒肃宗，诏三司推问，后得宰相张镐营救才得免罪。一年之后，杜甫便与房琯等一同被贬官离京，任华州司功参军。杜甫在晚年的《壮游》诗中较为详细地记述了这段经历：

……备员窃补衮，忧愤心飞扬。上感九庙焚，下悯万民疮。斯时伏青蒲，廷争守御床。君辱敢爱死，赫怒幸无伤。圣哲体仁恕，宇县复小康。哭庙灰烬中，鼻酸朝未央。小臣议论绝，老病客殊方。郁郁苦不展，羽翮困低昂。秋风动哀壑，碧蕙捐微芳。之推避赏从，渔父濯沧浪。荣华敌勋业，岁暮有严霜。吾观鸱夷子，才格出寻常。群凶逆未定，侧伫英俊翔。①

在这里，“上感九庙焚，下悯万民疮”，正是杜甫廷诤的出发点，是为国为民，所以才“君辱敢爱死”——因皇帝受“安史之乱”屈辱地逃亡在外，杜甫才不吝惜性命冒死力谏。可最终结果是“然帝自是不甚省录”，杜甫也因此而遭贬，从而对肃宗大失所望，在诗中书愤：“唐尧真自圣，野老复何知”（《秦州杂诗二十首》其二十），用反语表面颂扬肃宗不须听从朝臣谏议，自是圣君，而自认无知，实际上是在以“春秋笔法”讽刺肃宗昏庸。这正是诗人对肃宗不听忠言的一种反抗情绪。所以，他才会毅然决然地从华州弃官而去，漂泊西南，“小臣议论绝，老病客殊方”，与朝堂远离，“处江湖之远”。

由以上可以看出，正是杜甫在现实中没有得到君王的信任，没有机会施展才华、实现抱负，才愈发对历史上诸葛亮能得到刘备“三顾”而“如鱼得水”的待遇，从而建立功业加以歌颂和赞美。这其中也包含了自己未遇明主的哀叹，“志士幽人莫怨嗟，古来材大难为用!”（《古柏行》）所以，正是出于上述对诸葛亮危扶汉室之功业的推崇，加上对其与刘备之间完美的君臣关系的赞赏，诸葛亮的形象与事迹，才会频繁地出现在杜甫漂泊西南时期的诗作中。

---

① 山东大学中文系古典文学教研室选注：《杜甫诗选》，北京：人民文学出版社 1980 年版，第 276 页。

宋诗话中有关杜诗对两汉建安文学继承之批评论略

两宋诗坛，对于杜甫诗歌的艺术表现给予了多方位研究和极高的赞誉，并将其作为诗学楷模加以推重，出现了举世公认的杜诗“集大成”说；与此同时，也从中国古代诗歌发展史的角度，对杜诗的艺术渊源进行了深入而细致的探索，指出其对两汉建安文学之多方面继承，以下分而论之。

一、宋诗话中的“集大成”说

“集大成”，本为孟子称颂儒家学派创始人孔子之语，出自《孟子·万章下》“孔子之谓集大成”①，指集前圣先贤之所长，成之于己身。而关于杜诗为中国古典诗歌艺术之“集大成”者的最早评述，应该要上溯至中唐时期诗人元稹所作的《唐故检校工部员外郎杜君墓系铭并序》，如下：

> 余读诗至杜子美，而知大小之有所总萃焉。……至于子美，盖所谓上薄风骚，下该沈宋，言夺苏李，气吞曹刘，掩颜谢之孤高，杂徐庾之流丽，尽得古今之体势，而兼人人之所独专矣。使仲尼锻其旨要，尚不知贵，其多乎哉。苟以其能所不能，无可无不可，则诗人以来，未有如子美者。②

指出杜诗兼集前辈诗人名家之所长的艺术魅力，自有诗人以来，可谓空前，虽未明言，而“集大成”之意，已然呼之欲出。

至北宋，宋祁作《新唐书·杜甫传赞》云：

---

① 李学勤：《十三经注疏（标点本）·孟子注疏》，北京：北京大学出版社 1999 年版，第 269 页。

② 元稹：《元稹集》，上海：东方出版社 1996 年版，第 600—601 页。

唐兴，诗人承陈隋风流，浮靡相矜。至宋之问、沈佺期等，研揣声音，浮切不差，而号“律诗”，竞相沿袭。逮开元间，稍裁以雅正，然恃华者质反，好丽者壮违，人得一概，皆自名所长。至甫，浑涵汪茫，千汇万状，兼古今而有之，他人不足，甫乃厌余，残膏賸馥，沾丐后人多矣。故元稹谓：“诗人以来，未有如子美者。”①

亦沿袭元稹之论，以史家之笔，从梳理唐代诗歌发展史的角度，指出杜诗“兼古今而有之”的艺术特征与成就。一代文豪苏轼，则作《书唐氏六家书后一首》云：“杜子美诗，格力天纵，奄有汉、魏、晋、宋以来风流”，《辨杜子美杜鹃诗》云：“子美诗，备诸家体”，《书吴道子画后》云：“诗至于杜子美……而古今之变，天下之能事毕矣”②，推杜诗为古来诗家之最，集古今诗家之所长。并且，陈师道《后山诗话》中，更有两处记载：“苏子瞻云：‘子美之诗，退之之文，鲁公之书，皆集大成者也’”，“子瞻谓杜诗、韩文、颜书、左史，皆集大成者也。”③ 由此可见，苏轼多次明确提出了杜诗“集大成”的论断，当为“集大成”说的首倡者。其弟苏辙《和张安道读杜集》诗曰：“杜叟诗篇在，唐人气力豪。近时无沈、宋，前辈蔑刘、曹。天骥精神稳，层台结构牢。龙腾非有迹，鲸转自生涛。浩荡来何极，雍容去若遨……”④亦上承中唐元稹之论，如“近时无沈、宋，前辈蔑刘、曹”之句，直接出自《唐故检校工部员外郎杜君墓系铭并序》，认同杜诗在艺术上的“集大成”。

苏轼弟子、“苏门四学士”之一的秦观，在其所著《韩愈论》中称：

杜子美之于诗，实积众流之长，适当其时而已。昔苏武、李陵之诗长于高妙；曹植、刘公干之诗长于豪逸；陶潜、阮籍之诗长于藻丽；于

① 欧阳修、宋祁：《新唐书》，北京：中华书局1975年版，第5738页。

② 苏轼著，孔凡礼点校：《苏轼文集》，北京：中华书局1986年版，第2206、2100、2210页。

③ 陈师道：《后山诗话》，《历代诗话续编》，北京：中华书局1983年版，第304、309页。

④ 苏辙著，陈宏天等点校：《苏辙集》，北京：中华书局1990年版，第54页。

是子美者，穷高妙之格，极豪逸之气，包冲澹之趣，兼峻洁之姿，备藻丽之态，而诸家之作所不及焉。然不集诸家之长，子美亦不能独至于斯也，岂非适当其时故耶？《孟子》曰："伯夷，圣之清者也。伊尹，圣之任者也。柳下惠，圣之和者也。孔子，圣之时者也。孔子之所谓集大成。"呜呼！子美亦集诗之大成者欤？①

则继承其师苏轼之论，将杜甫与历代诗坛名家之诗歌艺术做对比，更加具体而详尽地论述了杜诗艺术"集大成"说的内涵——"集诸家之长"，"积众流之长，适当其时"。可见，经过宋祁、苏轼兄弟、秦观等人的先后评述，杜诗"集大成"说，最终得以定型。

此外，北宋时期，还有如王得臣《增注杜工部诗序》："逮至子美之诗……千汇万状，茹古涵今，无有涯涘……故卓然为一代冠，而历世千百，脍炙人口。"② 黄裳《陈商老诗集序》："读杜甫诗，如看羲之法帖，备众体而求之无所不有。"③ 方深道《诸家老杜诗评》卷三："老杜诗，盖备有众体。"④ 诗僧释普闻《诗论》："老杜之诗，备于众体。"⑤ 这些关于杜诗艺术风貌"备有众体"的评论，概括出"集大成"说的特征，也代表了北宋诗坛对于杜诗艺术渊源的认知。

至南宋，"集大成"说依旧传播深远，胡仔《苕溪渔隐丛话》后集卷八称：

元稹云："余读诗至杜子美，而知古人之才，有所总萃焉。……至于子美，所谓上薄风雅，下该沈、宋，言夺苏李，气吞曹刘，掩颜谢之孤高，杂徐庾之流丽，尽得古人之体势，而兼昔人之所独专。如使仲尼考

---

① 秦观撰，徐培均笺注：《淮海集笺注》，上海：上海古籍出版社1994年版，第751—752页。

② 黄希、黄鹤：《补注杜诗》传序碑铭，台湾商务印书馆影印文渊阁四库全书本1983年版。

③ 黄裳：《演山集》卷二十一，台湾商务印书馆影印文渊阁四库全书本1983年版。

④ 张忠纲：《杜甫诗话六种校注·诸家老杜诗评》，济南：齐鲁书社2002年版，第47页。

⑤ 释普闻：《诗论》卷七十九，《说郛》本。

锻其旨要，尚不知贵其多乎哉？苟以其能所不能，无可无不可，则诗人以来，未有如子美者。”……

苕溪渔隐曰：“宋子京作《唐史·杜甫赞》，秦少游作《进论》，皆本元稹之说，意同而词异耳，子京赞云：‘唐兴，诗人承隋、陈风流，浮靡相矜。至宋之问、沈佺期等，研揣声音，浮切不差，而号律诗。竞相沿袭。逮开元间，稍裁以雅正。然恃华者质反，好丽者壮违。人得一概，皆自名所长。至甫，浑涵汪茫，千汇万状，兼古今而有之。他人不足，甫乃厌余，残膏剩馥，沾丐后人多矣。故元稹谓诗人以来，未有如子美者。甫又善陈时事，律切精深，至千言不少衰，世号诗史。昌黎韩愈于文章少许可，至歌诗独推曰：李杜文章在，光焰万丈长。诚可信云。’少游《进论》云：‘杜子美之于诗，实积众家之长，适当其时而已。昔苏武、李陵之诗，长于高妙。曹植、刘公干之诗，长于豪逸。陶潜、阮籍之诗，长于冲澹。谢灵运、鲍照之诗，长于峻洁。徐陵、庾信之诗，长于藻丽。于是杜子美者，穷高妙之格，极豪逸之气，包冲澹之趣，兼峻洁之姿，备藻丽之态，而诸家之作，所不及焉。然不集诸家之长，杜氏亦不能独至于斯也，岂非适当其时故邪？’”①

分别引述了宋祁《新唐书·杜甫传赞》和秦观《韩愈论》原文，指出其“皆本元稹之说”，并对杜诗艺术之“集大成”形成一致共识。

“南宋四名臣”之一的李纲《读四家诗选四首并序》云：“子美诗闳深典丽，集诸家之大成。”② 吕午《书题紫芝编唐诗》云：“唐诗惟杜工部号‘集大成’，自我朝数巨公发明之，后学咸知宗师，如车指南，罔迷所向也。”③ 陈必复《山居存稿》自序云：“余爱晚唐诸子……及读少陵先生集，然后知晚唐诸子之诗尽在是矣。所谓诗之集大成者也。”④ 徐鹿卿《跋黄瀛父适意集》则称：

---

① 胡仔：《苕溪渔隐丛话》后集，北京：人民文学出版社1962年版，第56—58页。

② 李纲著，王瑞明点校：《李纲全集》，长沙：岳麓书社2004年版，第97页。

③ 吕午：《竹坡类稿》卷三，《北京图书馆古籍珍本丛刊》本。

④ 陈必复：《山居存稿》卷一，《南宋群贤小集》本，清嘉庆石门顾氏读画斋刊本。

> 余幼读少陵诗，知其辞而未知其义；少长知其义而未知其味；迨今则略知其味矣。大抵义到则辞到，辞义俱到味道而体质实矣。故有豪放焉，有奇崛焉，有平易焉，有藻丽焉，而四体之中平易尤难工。就唐人论之，则太白得其豪，牧之得其奇，乐天得其易，晚唐得其丽，兼之者少陵，所谓集大成者也。[①]

以个人的学诗体会，并通过对杜诗与唐诗名家的比较，肯定了“集大成”说的论断。

此外，如南宋吴沆《环溪诗话》所谓“古今之美备在杜诗”[②]，袁燮《题魏丞相诗》“唐人最工于诗，苦心疲神以索之，句愈新巧，去古愈邈。独杜少陵雄杰宏放，兼有众美，可谓难能矣!”[③] 等评述，亦为“集大成”说之论。

可见，在两宋诗坛，杜诗艺术“集大成”说得到了广泛的传播和诗人们的普遍认同，对当世及后代文学发展都有着深远的影响。

二、宋诗话中杜诗继承两汉文学之批评

杜诗“集大成”说在宋代诗坛提出，并得到了普遍认同和接受的同时，对于杜诗如何“集大成”之具体艺术渊源的探讨，也随之兴起。如南宋释居简《送高九万菊涧游吴门序》称：“少陵得《三百篇》之旨归，鼓吹汉魏六朝之作，遂集大成。”[④] 张戒《岁寒堂诗话》卷上云：“子美诗奄有古今，学者能识《国风》骚人之旨，然后知子美用意处，识汉魏诗，然后知子美遣词处。至于掩颜谢之孤高，杂徐庾之流丽，在子美不足道耳。”[⑤] 严羽《沧浪诗话》“诗评”篇云：“少陵诗宪章汉魏而取材于六朝，至其自得之妙，则前辈所谓

---

① 徐鹿卿：《清正存稿》卷五，台湾商务印书馆影印文渊阁四库全书本1983年版。

② 吴沆：《环溪诗话》卷一，台湾商务印书馆影印文渊阁四库全书本1983年版。

③ 袁燮：《絜斋集》卷八，台湾商务印书馆影印文渊阁四库全书本1983年版。

④ 释居简：《北涧集》卷五，台湾商务印书馆影印文渊阁四库全书本1983年版。

⑤ 张戒：《岁寒堂诗话》，《历代诗话续编》，第451页。

集大成者也。"[①] 均指出杜诗远承《诗经》之旨，特别是兼宗汉魏六朝以后诸名家诗，故得"集大成"之谓。宋末刘辰翁作《语罗履泰》亦称："杜诗：'不及前人更勿疑，递相祖述竟先谁。别裁伪体亲风雅，转益多师是汝师。'此杜示后人以学诗之法。"[②] 引述杜甫《戏为六绝句》其六，以夫子自道方式，指出其学诗之法，乃在"转益多师"。

其中，论述杜诗对两汉文学继承之批评，如论及杜诗取法两汉乐府、古诗者，北宋潘淳《潘子真诗话》"杜诗来历"条云："古人造语，俯仰纡余各有态。'小麦青青大麦枯，谁当获者妇与姑，丈夫何在西击胡。'凡此句中，每涵问答之词。……老杜'大麦干枯小麦黄'，'问谁腰镰胡与羌'，句法实有所自。"[③] 指出杜甫《大麦行》诗自设问答之句法，乃本自东汉桓帝时期乐府民歌《小麦谣》。南宋吴曾《能改斋漫录》"杜子美杜鹃诗用乐府江南古辞格"条载：

> 王观国《学林新编》云："子美绝句云：'前年渝州杀刺史，今年开州杀刺史，群盗相随剧虎狼，食人更肯留妻子。'此诗正与《杜鹃》诗相类，乃是一格。"……予尝以为王氏甚得之，但不曾援引古人为证，且乐府有《江南》古辞云："江南可采莲，荷叶何田田，鱼戏荷叶间，鱼戏荷叶东，鱼戏荷叶西，鱼戏荷叶南，鱼戏荷叶北。"子美正用此格。[④]

通过对杜甫《杜鹃诗》与《三绝句》其一等诗篇押重韵之特征的总结，并加以溯源，指出杜甫此类诗篇乃是对于汉乐府《江南》的效法。还有，北宋惠洪《石门洪觉范天厨禁脔》云：

> 《题省中院壁》："掖垣竹埤梧十寻，洞门对雪常阴阴。落花游丝白

---

① 严羽著，郭绍虞校释：《沧浪诗话校释》，北京：人民文学出版社1983年版，第171页。

② 刘辰翁：《须溪集》卷六，台湾商务印书馆影印文渊阁四库全书本1983年版。

③ 潘淳：《潘子真诗话》，《宋诗话辑佚》本，第301页。

④ 吴曾：《能改斋漫录》卷十，台湾商务印书馆影印文渊阁四库全书本1983年版。

> 日静，鸣鸠乳燕青春深。腐儒衰晚谬通籍，退食迟回违寸心。衮职曾无一字补，许身愧比双南金。”《卜居》：“浣花流水水西头，主人为卜林塘幽。已知出郭少尘事，更有澄江销客愁。无数蜻蜓齐上下，一双鸂鶒对沉浮。东行万里堪乘兴，须向山阴上小舟。”……前二诗子美作……皆于引韵便失粘。既失粘，则若不拘声律。然其对偶时精到，谓之骨含苏李体。①

指出杜甫拗体律诗，引古入律，有汉代“苏李体”之古风。北宋吴开《优古堂诗话》“杜甫取李陵诗”条云：“杜诗：‘思家步月清宵立，忆弟看云白日眠。’又云：‘别时孤云今不飞，时复看云泪横臆。’盖取李陵《别苏武》诗云：‘仰视浮云飞，奄忽互相逾。长当从此别，且复立斯须。’”② 指出杜甫《恨别》及《苦战行》等诗中句意，乃取自李陵五言古诗《别苏武》，亦为对“苏李体”之效法。南宋孙奕《示儿编》“用古今句法”条云：“杜诗‘刈葵莫放手，放手莫伤根’……用古诗‘采葵莫伤根，伤根葵不生。’”③ 则指出杜甫《示从孙济》诗，对于东汉无名氏《古诗二首》其一诗句的化用。

三、宋诗话中杜诗继承建安文学之批评

论及杜诗取法建安诗风之批评，如北宋范温《潜溪诗眼》“诗宗建安”条云：

> 建安诗辩而不华，质而不俚，风调高雅，格力遒壮，其言直致而少对偶，指事情而绮丽……唐诸诗人……惟老杜、李太白、韩退之早年皆学建安，晚乃各自变成一家耳。如老杜“崆峒小麦熟”“人生不相见”、《新安》《石壕》《潼关吏》《新婚》《垂老》《无家别》《夏日》《夏夜叹》，

① 释惠洪：《石门洪觉范天厨禁脔》卷上，上海：古典文学出版社1958年版。

② 吴开：《优古堂诗话》，《历代诗话续编》，第272页。

③ 孙奕：《示儿编》卷九，台湾商务印书馆影印文渊阁四库全书本1983年版。

皆全体作建安语。①

认为杜甫诸多新题乐府及古风诗作，皆于造语习建安诗风，格调高古，而情感深厚，甚至全篇“作建安语”。南宋刘克庄《后村诗话》新集卷一则云：

《舞剑器行》，世所脍炙绝妙好词也。内云：“先帝侍女八千人，公孙剑器初第一。五十年间似反掌，风尘鸿洞昏王室。梨园子弟散如烟，女乐余姿映寒日。金粟堆前木已拱，瞿塘石城草萧瑟。玳宴急管曲复终，乐极哀来月东出。”余谓此篇与《琵琶行》，一如壮士轩昂赴敌场，一如儿女恩怨相尔汝。杜有建安黄初气骨，白未脱长庆体耳。②

通过杜甫与白居易歌行体代表诗作的形象对比，指出杜诗有汉魏风骨之高古慷慨，而白诗则难脱中唐后期纤弱哀怨本色。

此外，南宋曾季狸《艇斋诗话》云：“老杜‘主人敬爱客’，出曹子建诗‘公子敬爱客。’”③ 王楙《野客丛书》“杜诗合古意”条称：“阮籍诗：‘昔年十四五，志尚好书诗。’杜诗：‘往昔十四五，出游翰墨场。’”④ 吴曾《能改斋漫录》“浮蚁”条云：“曹子建《七启》：‘盛以翠尊，而酌以雕觞。浮蚁鼎沸，酷烈馨香。’故杜子美《赠汝阳王》诗曰：‘仙醴求浮蚁。’《江楼夜宴》诗：‘尊蚁添相续。’《简院内诸公》诗云：‘蚁浮仍腊味，鸥浮已春声’”，“不翅犹过多”条亦云：“杜子美诗：‘方驾曹刘不翅过。’见王仲宣《公宴》诗：‘见眷良不翅。’”⑤ 等，均指出杜甫在创作实践中亦常常化用曹植、王粲等建安代表诗人的名句入诗，足见其对建安诗风的推重与取法。

由上述宋诗话中的诸多评论可见，杜甫能够师法汉、魏之古风，且对于

① 范温：《潜溪诗眼》，《宋诗话辑佚》本，第 315 页。

② 刘克庄：《后村诗话》，北京：中华书局 1983 年版，第 164 页。

③ 曾季狸：《艇斋诗话》，《历代诗话续编》，第 313 页。

④ 王楙：《野客丛书》十九，台湾商务印书馆影印文渊阁四库全书本 1983 年版。

⑤ 吴曾：《能改斋漫录》卷六、卷七，台湾商务印书馆影印文渊阁四库全书本 1983 年版。

两汉建安诗坛名家之作皆有所继承，青出于蓝而更胜于蓝，诚如南宋严羽《沧浪诗话》“诗评”所云：“少陵诗宪章汉魏而取材于六朝，至其自得之妙，则前辈所谓集大成者也！”①

① 严羽著，郭绍虞校释：《沧浪诗话校释》，北京：人民文学出版社1983年版，第168—177页。

关汉卿杂剧之“关公剧”探微

元代戏剧名家关汉卿与白朴、郑光祖、马致远并称“元曲四大家”，并位列榜首，其代表作如《窦娥冤》《望江亭》《救风尘》等，为中国戏曲领域经久不衰的名剧。他的剧作被译为英文、法文、德文、日文等，在世界各地广泛传播，其戏剧成就在全球范围内得到公认。

值得关注的是，在关汉卿杂剧中，除了上述反映当代社会黑暗、富于批判现实主义精神的剧作之外，还有以描写后汉三国时期蜀汉名将关羽为主要内容的历史剧（以下简称为“关公剧”），代表作有《关大王独赴单刀会》和《西蜀梦》。本文试就关汉卿杂剧中“关公剧”产生之历史文化背景、主题取向以及艺术表现，分而述之。

一、关剧中“关公剧”之时代背景论

关汉卿“关公剧”中所描写之关公，即关羽，西晋史学家陈寿在其《三国志》中，仅用数百字即记录了关羽一生的事迹和功过得失，据《三国志·蜀书》本传载：

> 关羽字云长，本字长生，河东解人也。……先主收江南诸郡，乃封拜元勋，以羽为襄阳太守、荡寇将军，驻江北。……二十四年，先主为汉中王，拜羽为前将军，假节钺。……追谥羽曰壮缪侯。①

从正史中的记载可知，关羽生前及身后不久，其爵位仅为侯爵，直至唐五代，在社会文化史上的地位不过是一位三国名将；但随着北宋中叶之后城市经济发展，市民阶层扩大，词、曲、小说等通俗文学艺术的繁荣，整个中国古代文化史的走向由雅趋俗，特别是“说三分”之民间文艺（如《三国志

① 陈寿：《三国志·关张马黄赵传卷第六》，北京：中华书局1959年版，第939—942页。

平话》、关公民间信仰和传说等）的兴起，使关羽的知名度与地位也越来越高，统治阶级也开始对其不断加封。如宋徽宗崇宁元年（1102）追封关羽为“忠惠公”；崇宁三年（1104）又从道教角度封其为“崇宁真君”，成为公爵和道教神祇；到了大观二年（1108），关羽又被加封为“昭烈武安王”；宣和五年（1123）再被封为“义勇武安王”。从此，关羽便在身后获得了王爵，即关汉卿杂剧中之“关大王”，无论在官方还是民间，均受到广泛的推崇。王学泰先生《关羽崇拜的形成》一文指出：

> 南宋对关羽的崇拜已经形成，元代忽必烈的幕僚郝经在元定宗后元年（1249）所写的《顺天府重修关王庙碑记》中就说关王“英灵义烈遍天下，故所在庙起”……从这个记载中可以想象关羽已经成为当时南北各族人民共同崇拜的偶像。在这种情势下，元代统治者也承认关羽为“武安王”；……元代文人社会地位低下，关羽的故事自然也易于引起他们的创作冲动，这个时期产生了大量的以关羽为题材的戏曲作品。著名的如《关大王独赴单刀会》、《关云长千里独行》、《关云长大破蚩尤》等等。①

而鲁迅先生之《中国小说史略》，论及元末明初罗贯中根据历代“说三分”文艺而创作的《三国志演义》云：“至于写人，亦颇有失，以致欲显刘备之长厚而似伪，状诸葛之多智而近妖；惟于关羽，特多好语，义勇之概，时时如见矣。”② 其同时指出：“金元杂剧亦常用三国时事，如《赤壁鏖兵》《诸葛亮秋风五丈原》……而今日搬演为戏文者尤多，则为世之所乐道可知也。”③可见，关汉卿所生活的元代社会，关公崇拜现象已是十分普遍的了。民间文艺创作中，对关公形象自然“特多好语”，因此关汉卿大力创作“关公剧”，

---

① 王学泰：《关羽崇拜的形成》，《文史知识》2000年第9期，第40—47页。

② 鲁迅：《中国小说史略》，北京：人民文学出版社1952年版，第135页。

③ 鲁迅：《中国小说史略》，北京：人民文学出版社1952年版，第134页。

也是时代文化趋向所致，并非偶然现象。

此外，力耘先生《伟大的戏剧家关汉卿》一文则认为："关汉卿的籍贯，从来聚讼纷纭。旧说有四种：大都人、析津人、解州人、祁州人。四说中大都说和解州说较早，也比较接近实际。……而在大都说和解州说中，解州说则更为有力……清姚之骃《元明事类钞》卷二十三引元末朱右《元史补遗》说：'关汉卿，解州人，工乐府，著北曲六十种。'《元史类编》和《雍正山西通志》均同此说。……关汉卿杂剧中以山西历史人物为主角的特别多，计有13种。并且他满怀激情地创作了《单刀会》《西蜀梦》两剧，歌颂解州历史英雄、又是其祖先的关羽。"① 从关汉卿与关羽同籍贯入手，探究其"关公剧"之创作动机，可备一说。同时，笔者认为，关汉卿与关羽同姓，亦当为其倾力创作"关公剧"的动因之一。

二、关剧中"关公剧"之主题取向

关汉卿杂剧的主题，普遍具有强烈的批判现实性，以及弘扬正义、顽强不屈的抗争意识，其"关公剧"等历史剧亦不例外，在演绎历史事件和历史人物的过程中，其主题取向亦有其现实性思考。关汉卿所生活的元代，是中国历史上第一个由少数民族统治者建立的统一政权。在政治上，元朝统治者实行民族压迫政策，将治下的百姓分为蒙古、色目、汉人（主要是原金国统治区域的汉族百姓）、南人（主要是原南宋统治区域的汉族百姓）。其法律还规定："诸蒙古人与汉人争，殴汉人，汉人勿还报，许诉于有司"，"知有违犯之人，严刑断罪。"②（《元史·刑法志四》）社会动荡不安，阶级矛盾和民族矛盾十分突出，人民群众生活在水深火热之中。

并且，元代科举考试时行时辍，使得汉族儒生地位下降，难于仕进。而儒家传统历来严"华夷之辨"，如孔子曰："夷狄之有君，不如诸夏之亡也"（《论语·八佾》），孟子亦言："吾闻用夏变夷者，未闻变于夷者也"（《孟

---

① 力耘：《伟大的戏剧家关汉卿》，《文史知识》1989年第12期，第78—82页。

② 袁行霈主编：《中国文学史》（第三卷），北京：高等教育出版社1999年版，第226页。

子·滕文公上》)。以汉为正统,“尊王攘夷”,也是汉族儒家知识分子一贯的思想和作为,特别是少数民族对汉族百姓进行严酷统治时,汉族儒生更明显表现出这种倾向。

关汉卿作为由金入元的汉族儒家知识分子,属于“汉人”阶层,饱受亡国之乱和异族统治,难于仕进,不得不混迹优伶、娼妓之间。据元末朱经《青楼集·序》载:“我皇元初并海宇,而金之遗民若杜散人、白兰谷、关已斋(汉卿)辈,皆不屑仕进,乃嘲弄风月,流连光景。”① 南宋灭亡之后,“他(关汉卿)曾南游杭州,撰有《杭州景》套曲,其中有‘大元朝新附国,亡宋家旧华夷’句”。“已斋叟”即关汉卿之号,他“不屑仕进”等,亦为“华夷之辨”倾向之举动。在其以“关公剧”为代表的杂剧作品中,以蜀汉政权为正统,讴歌、赞美蜀汉集团骨干将领关羽——“崇关拥刘”的主题倾向,其实质内涵即“华夷之辨”。

例如,在《单刀会》中,主人公一出场便历数从汉高祖刘邦开国到刘备“三分天下有其一”的过程,坐实荆州乃是汉家基业——

我想当初楚汉争锋,我汉皇仁义用三杰,霸主英雄凭一勇。三杰者,乃萧何、韩信、张良;一勇者,暗呜叱咤,举鼎拔山、大小七十余战,逼霸主自刎乌江。后来高祖登基,传到如今,国步艰难,一至于此!(唱)

【中吕】【粉蝶儿】那时节天下荒荒,恰周、秦早属了刘、项,分君臣先到咸阳。一个力拔山,一个量容海,他两个一时开创。想当日黄阁乌江,一个用了三杰,一个诛了八将。

【醉春风】一个短剑下一身亡,一个静鞭三下响。祖宗传授与儿孙,到今日享、享。……那时节兄弟在范阳,兄长在楼桑,关某在蒲州解良,更有诸葛在南阳;一时出英雄四方,结义了皇叔、关、张。

【尧民歌】一年三谒卧龙冈,却又早鼎分三足汉家邦。俺哥哥称孤道

① 王起等:《中国戏曲选·关汉卿》,北京:人民文学出版社 1985 年版,第 18—19 页。

寡世无双，我关某匹马单刀镇荆襄。……（《关大王独赴单刀会》第三折）

而在下一折的赴会中，当吴国都督鲁肃指责刘备失信于东吴时，关羽则从“汉家皇统”角度愤而辩驳——

【庆东原】你把我真心儿待，将筵宴设，你这般攀今览古，分甚枝叶？我跟前使不着你“之乎者也”“诗云子曰”，早该豁口截舌！有意说孙、刘，你休目下番成吴、越！

【沉醉东风】想着俺汉高皇图王霸业，汉光武秉正除邪，汉王允将董卓诛，汉皇叔把温侯灭，俺哥哥合情受汉家基业。则你这东吴国的孙权，和俺刘家却是甚枝叶？请你个不克己先生自说！……（《关大王独赴单刀会》第四折）

在“汉家”正统前提下，关羽正气凛然，怒斥鲁肃“讨还”为无理挑衅，将信誉之争变为正统之争，“你这东吴国的孙权，和俺刘家却是甚枝叶?”问得鲁肃哑口无言，突破了历史史实的局限，将艺术形象上升到伦理道德的高度。和大汉刘姓皇叔相比，“东吴国”自然为藩邦夷地，“华夷之辨”之倾向，不言自明。

而在其杂剧《西蜀梦》中，一开始刘备就以“大蜀皇帝”的身份登场，而非史书《三国志》中的蜀国“先主”，这正是以其为汉家正统。其追怀为“刘汉”基业出生入死的关羽、张飞时：

【金盏儿】关将军但相持，无一个敢欺敌。素衣匹马单刀会，觑敌军如儿戏，不若土和泥。杀曹仁十万军，刺颜良万丈威。今日被坏人将你算，畅则为你大胆上落便宜。

……【梁州】单注着东吴国一员骁将，砍折俺西蜀家两条金梁。这一场苦痛谁承望？再靠谁挟人捉将？再靠谁展土开疆？（《西蜀梦》第一、二折）

关汉卿在为刘备所设计的唱词中，追述关羽的生平业绩，以“东吴国”与“俺西蜀家”相对，明以西蜀代指“汉家”，而东吴依旧只是一“国”，亦尽显其鲜明的“华夷之辨”倾向。

三、关剧中“关公剧”之艺术表现

关汉卿杂剧作品在艺术表现上呈现出通俗化倾向，他汲取大量民间生动形象的语言，熔铸精美的古典诗词，创造出一种生动流畅、本色当行的艺术风格，真正做到了王国维所称道的“曲尽人情，字字本色”①。

关汉卿“关公剧”的语言风格，主要表现在戏剧人物语言的性格化上，这对人物形象塑造具有决定性意义。如《单刀会》第三折，描写关羽为了刘汉皇家事业，不顾危险，单刀赴会——

【剔银灯】遮莫他雄赳赳排着战场，威凛凛兵屯虎帐，大将军智在孙、吴上。马如龙，人似金刚；不是我十分强，硬主张，但提起厮杀呵磨拳擦掌。

【蔓菁菜】他便有快对付能征将，排戈戟，列旗枪，对仗，我是三国英雄汉云长，端的是豪气有三千丈。（《关大王独赴单刀会》第三折）

关羽一连串的唱词，直爽、豪迈，“提起厮杀呵磨拳擦掌”，“我是三国英雄汉云长，端的是豪气有三千丈”，不畏艰险，一往无前，符合其一代骁将的艺术特征。亦如其《西蜀梦》中所写：“关将军但相持，无一个敢欺敌。素衣匹马单刀会，觑敌军如儿戏，不若土和泥。杀曹仁十万军，刺颜良万丈威。”（《西蜀梦》第一折）

至第四折，描写关羽单刀赴会途中，看到大江东去，浪花千叠，想到此一去，深入龙潭虎穴，内心不禁升起万丈豪气，唱到——

① 王国维：《王国维戏曲论文集》，北京：中国戏剧出版社1984年版，第70页。

【双调】【新水令】大江东去浪千叠，引着这数十人驾着这小舟一叶。又不比九重龙凤阙，可正是千丈虎狼穴。大丈夫心别，我觑这单刀会似赛村社。（云）好一派江景也呵！（唱）

【驻马听】水涌山叠，年少周郎何处也？不觉的灰飞烟灭，可怜黄盖转伤嗟。破曹的樯橹一时绝，鏖兵的江水犹然热，好教我情惨切！（带云）这也不是江水，（唱）二十年流不尽的英雄血！（《关大王独赴单刀会》第四折）

关羽对“好一派江景”即兴抒情，前方的龙潭虎穴，在“大丈夫”的眼里，不过是“赛村社”，一个“觑”字，下得十分精准，勾画出其烈烈雄心。并且，滔滔江水，叠叠重山，激发了关羽对于历史的无限感叹。赤壁鏖战，已成过往，关羽对此深慨——“这也不是江水，二十年流不尽的英雄血”，更使得人物形象具有历史眼光、仁者风度，而不流于粗莽。此外，二曲中还化用了北宋苏轼《念奴娇·赤壁怀古》一词，情景相生，大江、关羽交融一体，江水之气势磅礴，辉映了关羽气冲云霄的英雄气概。

综上所述，关汉卿的“关公剧”创作，随着宋元以降关公崇拜现象的日趋普遍，应时而出，并借古喻今，鲜明地反映了其“华夷之辨”倾向；在艺术表现上则通俗生动、本色当行，易为观众和读者所接受，成为元杂剧中的不朽奇葩。

论“新题乐府”并非首创自杜甫
——兼论杜甫对曹植新题乐府诗的接受

一、“新题乐府”系首创自曹植

“新题乐府”，即所谓区别于以往沿用乐府旧题，而自立新题以书写时事的乐府体诗歌，其特征是所谓“即事名篇，无复依傍”。从古而今，学界一直认为此体首创自唐代现实主义诗人杜甫，如中唐诗人元稹首倡此论，其《乐府古题序》云：“近代唯诗人杜甫《悲陈陶》《哀江头》《兵车》《丽人》等，凡所歌行，率皆即事名篇，无复依傍。余少时与友人乐天、李公垂辈，谓是为当，遂不复拟复古题。”① 其后，历代文人学者多沿袭此论，如北宋蔡居厚《蔡宽夫诗话》云：“齐、梁以来，文人喜为乐府辞，然沿袭之久，往往失其命题本意……虽李白亦不免此。惟老杜《兵车行》《悲青坂》《无家别》等数篇，皆因事自出己意，立题略不更蹈前人陈迹，真豪杰也。”② 甚至清代乾隆皇帝亦称：“此体创自老杜”（《唐宋诗醇》卷九）③，可见此说盛行之久远。

直至当代，许多古代文学史教材以及杜诗研究专家，亦沿用旧说，如南开大学罗宗强主编之《中国古代文学史》云：“（杜甫）发展了两汉乐府民歌‘写时事’的优良传统，创立了‘即事名篇，无复依傍’的新乐府……自立新题，另外独创格调。”④ 山东大学萧涤非先生在其《杜甫诗选注》前言中称：“在诗的标题上，杜甫不用老一套的《从军行》一类的乐府旧题，而自创新题，写新事。”⑤ 河北大学韩成武师撰《杜甫新论》亦称：“自命新题的乐府诗

① 元稹：《元稹集·乐府古题序》，上海：东方出版社1996年版，第255页。

② 吴文治：《宋诗话全编》，南京：凤凰出版社2006年版，第608—609页。

③ 张忠纲等：《历代名家精选集·杜甫集》，南京：凤凰出版社2006年版，第18页。

④ 罗宗强等：《中国古代文学史（一）》，上海：华东师范大学出版社2003年版，第350页。

⑤ 萧涤非选注：《杜甫诗选注》，北京：人民文学出版社1983年版，第28页。

歌写作，创始自杜甫。”① 新题乐府首创自杜甫，似成定论。然而，考察汉乐府诗之后的乐府诗创作实际，可以发现，早在汉末魏初时期，建安诗人曹植就已进行了大量的新题乐府诗创作，且以其十首乐府诗为例，如下表所示：

曹植新题乐府诗作

题目	在《乐府诗集》之分类	作品主题类型
《白马篇》	《杂曲歌辞》	边塞游侠诗
《美女篇》	《杂曲歌辞》	代言体咏怀诗
《种葛篇》	《杂曲歌辞》	代言体咏怀诗
《浮萍篇》	《相和歌辞》	代言体咏怀诗
《名都篇》	《杂曲歌辞》	讽刺诗
《野田黄雀行》	《相和歌辞》	寓言诗
《苦思行》	《杂曲歌辞》	游仙诗
《仙人篇》	《杂曲歌辞》	游仙诗
《桂之树行》	《杂曲歌辞》	游仙诗
《斗鸡篇》	《杂曲歌辞》	即事诗②

从上表可以看出，曹植除沿用乐府旧题创作之外，还自立新题，书写其自身的现实经历和感受，其中的《白马篇》《美女篇》《种葛篇》《浮萍篇》《名都篇》等作品，甚至径直以篇首二字作为题目，完全不受乐府旧题所限。与同时代其父兄之乐府作品，如曹操之《短歌行》《蒿里行》《苦寒行》，曹丕之《燕歌行》二首、《秋胡行》多沿用乐府旧题相比，曹植这些数量颇丰的自立新题的乐府诗，确系标新立异、特立独行的。因此，在两汉乐府诗之后的乐府诗发展史上，所产生的“新题乐府”这一乐府诗体，应系由曹植所首创，相比学界现今所认定的唐代大诗人杜甫，要早五百多年。

① 韩成武：《杜甫新论》，保定：河北大学出版社2007年版，第127页。

② 据郭茂倩《乐府诗集》，北京：中华书局1979年版。

二、杜甫对于曹植新题乐府诗的接受

"新题乐府"虽非杜甫首创，但其"即事名篇，无复依傍"的乐府诗创作，显然受到了曹植乐府诗的影响。在此基础上，杜甫将这一诗体加以继承发展。首先，在形式上，杜诗取法了曹植乐府自立新题的命题特征，如《悲陈陶》《哀江头》《兵车行》《丽人行》、"三吏""三别"等。同时，亦学习曹植乐府直接以篇首二字作为题目的方式，而提取篇首二句所咏之人、物作为题目，如《丽人行》之"三月三日天气新，长安水边多丽人"，《兵车行》之"车辚辚、马萧萧，行人弓箭各在腰"，《石壕吏》之"暮投石壕村，有吏夜捉人"等，这样既使文题相应，又使得主题鲜明。其次，杜诗亦继承和发展了曹植乐府书写现实的题材创作取向，其新题乐府不仅抒一己之怀、叙一己之事，且创立了"三吏""三别"这样的新题乐府组诗形式，以现实主义的创作手法，将大唐王朝"安史之乱"前后广阔的社会生活画卷展示其中，从而获得了"诗史"的不朽之誉！

从具体的篇章来看，亦有杜甫新题乐府直接学习曹植诗的例子，如其《丽人行》对于《美女篇》的效法，二诗如下：

> 《美女篇》：美女妖且闲，采桑歧路间。柔条纷冉冉，落叶何翩翩。攘袖见素手，皓腕约金环。头上金爵钗，腰佩翠琅玕。明珠交玉体，珊瑚间木难。罗衣何飘飖，轻裾随风还。顾盼遗光彩，长啸气若兰。行徒用息驾，休者以忘餐。借问女安居？乃在城南端。青楼临大路，高门结重关。容华耀朝日，谁不希令颜。媒氏何所营，玉帛不时安。佳人慕高义，求贤良独难。众人徒嗷嗷，安知彼所观。盛年处房室，中夜起长叹。①

> 《丽人行》：三月三日天气新，长安水边多丽人。态浓意远淑且真，

① 赵幼文校注：《曹植集校注》，北京：人民文学出版社1984年版。

肌理细腻骨肉匀。绣罗衣裳照暮春，蹙金孔雀银麒麟。头上何所有？翠为㔩叶垂鬓唇；背后何所见？珠压腰衱稳称身。就中云幕椒房亲，赐名大国虢与秦。紫驼之峰出翠釜，水精之盘行素鳞。犀箸厌饫久未下，鸾刀缕切空纷纶。黄门飞鞚不动尘，御厨络绎送八珍。箫鼓哀吟感鬼神，宾从杂还实要津。后来鞍马何逡巡！当轩下马入锦茵。杨花雪落覆白苹，青鸟飞去衔红巾。炙手可热势绝伦，慎莫近前丞相嗔。①

可以看出，二诗开篇均直接点出“美女”“丽人”，并分别从神态、肢体、装束诸角度铺排展开描写，一曰“头上金爵钗，腰佩翠琅玕”，一曰“头上何所有？翠为㔩叶垂鬓唇；背后何所见？珠压腰衱稳称身”；一曰“顾眄遗光彩，长啸气若兰”，一曰“态浓意远淑且真，肌理细腻骨肉匀”，极尽铺张扬厉。当然，由于具体题材的取向不同，曹诗继之以抒不遇之慨，杜诗则转入“春秋笔法”之讽刺，但可以清晰地看出，在布局的章法上，先以“赋”法勾勒渲染主要人物的形象，再以叙事言志，可见杜诗对曹诗是切实有所继承的。

另外，从杜甫的《兵车行》与曹植的《白马篇》这两首同为从征戍边的新题乐府中，也可以看出一些章法因袭的痕迹。二诗均以戍边人物开篇，曹诗为“白马饰金羁，连翩西北驰”的孤胆英雄“幽并游侠儿”，壮志从军；而杜诗则立体展示了在“车辚辚、马萧萧”“尘埃不见咸阳桥”“哭声直上干云霄”的场景下，“弓箭各在腰”之被迫从征的行人群像。之后曹诗以篇末明志作结：“名编壮士籍，不得中顾私。捐躯赴国难，视死忽如归”，抒报效家国的豪情；杜诗亦以“君不见青海头，古来白骨无人收。新鬼烦冤旧鬼哭，天阴雨湿声啾啾！”痛责当政者黩武开边之失，更加富于批判现实的精神。

① 山东大学中文系古典文学教研室选注：《杜甫诗选》，北京：人民文学出版社1980年版，第30页。

结　论

综上所述，“新题乐府”虽为建安诗人曹植首创，但“宪章汉魏”①“转益多师”（《戏为六绝句》其六）的大诗人杜甫，对于曹植的诗歌成就也是颇为推重的。他曾在诗中多次称赞“文章曹植波澜阔”（《追酬故高蜀州人日见寄》）、“子建文笔壮”（《别李义》），且以曹植诗相自况——“诗看子建亲”（《奉赠韦左丞丈二十二韵》），并对其所开创的“新题乐府”加以继承并发扬光大。尤其是“对曹植诗句及诗歌语言的模仿学习并更趋臻境，在谋篇布局上对曹植的继承并更胜一筹”②，“彻底结束了前人用旧题写时事的文不对题的局面，为后来白居易等人倡导的新乐府运动奠定了基石”③，从而“青出于蓝而胜蓝”，达到了所谓“气吞曹、刘”（元稹《唐检校工部员外郎杜君墓系铭并序》）④ 的艺术境界，在乐府诗发展史乃至中国文学史上都具有深远的影响。

---

① 郭绍虞校释：《沧浪诗话校释》，北京：人民文学出版社 1983 年版，第 171 页。

② 曾伟：《杜甫对曹植诗歌艺术的继承与创新》，《山西师范大学学报（哲社版）》2008 年第 4 期。

③ 韩成武：《诗圣：忧患世界中的杜甫》，保定：河北大学出版社 2004 年版，第 294 页。

④ 仇兆鳌：《杜诗详注》，北京：中华书局 1995 年版，第 2235—2236 页。

论杜甫的“登楼”诗

——兼论杜诗对建安文人王粲《登楼赋》的接受

自建安文人王粲在汉末战乱中投荆州刘表，作《登楼赋》以来，该篇文赋即以抒情浓切为后人所传诵，而“登楼”也成为文人骚客抒发身世之慨和寄托客中之愁的一个特有的人文意象，在文学作品中频频出现。唐代大诗人杜甫一生坎坷，为客四方，对这一传统题材也多有吟咏，创作出大量的登楼诗，并在继承前人抒情传统的基础上，使其思想内涵和情感意蕴更加丰富。

一、身世之慨和故园之思的抒情传统

王粲（177—217），字仲宣，为“建安七子”之一，饱受汉末战乱之苦，曾避难荆州依附刺史刘表，寄居其地十五年而未得重用，他的传世名篇《登楼赋》即作于其间。登临当阳城楼即景抒怀，表达了他淹留异地，“虽信美而非吾土兮，曾何足以少留”的思乡之情，以及“惟日月之逾迈兮，俟河清其未极。冀王道之一平兮，假高衢而骋力”的怀才不遇的身世之慨，情感真挚而又慷慨悲凉。正如谢灵运所评：“家本秦川，贵公子孙，遭乱流寓，自伤情多。”（《拟魏太子邺中集诗·王粲诗序》）

而唐代“读书破万卷”（《奉赠韦左丞丈二十二韵》）的大诗人杜甫，也是深谙其辞的，并且自“安史之乱”以来，亦饱受战乱之苦，如其诗中所云“支离东北风云际，漂泊西南天地间”（《咏怀古迹五首》其一），甚至于“一岁四行役”（《发同谷县》）。在他后半生漂泊动荡的岁月中，也就更能体味王粲那种怀才不遇、登楼异乡的慨叹。因此每每在诗中提及王粲，如“去国哀王粲”（《久客》），“去国同王粲”（《通泉驿南去通泉县十五里山水作》），“群盗哀王粲”（《春日江村五首》其五），“王粲不归秦”（《赠王二十四侍御契四十韵》），“哀世非王粲”（《西阁二首》其一），“应同王粲宅”（《一室》），“辗转仲宣哀”（《秋日荆南述怀三十韵》），“丧乱秦公子”（《地隅》）等，也都反映了杜甫自身遭逢战乱、流落异地的哀痛。而王粲登楼也成为杜甫诗中

最常用的典故之一，如“登楼初有作”（《春日江村五首》其五），“此时同一醉，应在仲宣楼”（《舍弟观归蓝田迎新妇，送示二首》其二），“天寒出三峡，醉别仲宣楼”（《夜雨》），“仲宣楼头春色深”（《短歌行赠王郎司直》），“若倚仲宣襟”（《风疾舟中，伏枕抒怀三十六韵，奉呈湖南亲友》）等。其中最后一例，则直接引用了王粲《登楼赋》中“凭轩槛以遥望兮，向北风而开襟”的语典，可见杜甫受其影响之深。

当大诗人杜甫漂泊异地登楼之际，自不免像王粲那样登高怀远，感慨身世，因此留下了大量的“登楼”诗作，如作于广德元年（763）春的《春日梓州登楼二首》：

其　一

行路难如此，登楼望欲迷。身无却少壮，迹有但羁栖。
江水流城郭，春风入鼓鼙。双双新燕子，依旧但衔泥。

其　二

天畔登楼眼，随风入故园。战场今始定，移柳更能存？
厌蜀交游冷，思吴胜事繁。应须理舟楫，长啸下荆门。

起首便慨叹行路艰难、身世飘零，当看到春日的新燕衔泥筑巢，不免思及故园——“天畔登楼眼，随风入故园”，而以“厌蜀交游冷”，一发羁旅之愁。而其比较有代表性的登楼诗，则是晚年漂泊湖南时所作的《楼上》一诗：

天地空搔首，频抽白玉簪。皇舆三极北，身世五湖南。
恋阙劳肝肺，论材愧杞楠。乱离难自救，终是老湘潭。

登楼远望，京城远在极北之地，而己身仍淹留于洞庭之南，徒然而对天地苍茫，搔手踯躅。尾联“乱离难自救，终是老湘潭”，直抒胸臆，表达出作者沉痛悲凉的离愁和身世之叹，使登楼之际慷慨抒怀的主人公形象立现于眼前，堪与王粲的《登楼赋》相媲美。而杜诗中这一类的登楼诗还有很多，如漂泊成都时期的“多病独愁常阒寂，故人相见未从容”（《暮登四安寺城楼寄裴十迪》），“穷途衰谢意，苦调短长吟”（《送严侍郎到绵州同登杜使君江楼》），以及寓居夔州时期的“夷陵春色起，渐拟放扁舟”（《白帝城楼》），“腊破思端绮，春归待一金”（《白帝楼》），“可怜宾客尽倾盖，何处老翁来赋诗”（《七月一日题终明府水楼二首》其二）等，也大都抒发了诗人登楼远眺时所触发的身世飘零之苦和思归故园之念，继承了王粲的《登楼赋》抒情传统，并与之遥相呼应。

二、伤时忧国和宇宙意识的题材创新

在登楼诗这一题材上，杜诗除了上述抒发羁旅之哀、感叹身世漂泊的作品之外，还突破传统，扩大了题材范围，最主要的就是将抒发诗人的一己之私情，扩展到对国家时局的忧叹，其中比较典型的为杜甫广德二年（764）在成都所作的《登楼》诗：

> 花近高楼伤客心，万方多难此登临。锦江春色来天地，玉垒浮云变古今。
>
> 北极朝廷终不改，西山寇盗莫相侵。可怜后主还祠庙，日暮聊为《梁父吟》。

一开篇便以“万方多难此登临”为全诗奠定了忧国伤时的感情基调，继而叙说锦江春色充满天地之间，可动荡的时局却如玉垒山顶的浮云一般，变幻不定。时吐蕃方于广德元年（763）攻陷长安，进而又陷松、维、保三州，而玉垒山便位于唐王朝与吐蕃的交界之处，诗人登楼眺望此山，不禁为国事而忧虑。而颈联一转，以北极星的位置不动，比喻朝廷政权稳固，并视吐蕃为“西山寇盗”，对国家平叛“寇盗”的信念坚定不移。尾联更以蜀汉后主刘禅尚且享祠祭，反衬大唐的国运定兴，并感叹当世无诸葛贤相，隐隐以其才自况。通篇感慨国事，心忧时局，拓展了登楼抒怀的表现范围。

而在诗人暮年漂泊湖南之际所作的千古名篇《登岳阳楼》一诗中，更是将身世遭际与国运相联系，忧心天下：

昔闻洞庭水，今上岳阳楼。吴楚东南坼，乾坤日夜浮。
亲朋无一字，老病有孤舟。戎马关山北，凭轩涕泗流。

上半在对登岳阳楼所目之景的描写中，“坼”“浮”二字，精练有神，绘出阔大的洞庭湖水飘摇不定之势，“只身漂泊之感，万里乡关之思，皆动于此”①，蕴含了诗人所亲身感受到的时局动荡之感。三联为己身晚年的漂泊无助而叹息，但尾联“戎马关山北，凭轩涕泗流”，笔力一振，又转入对动乱时局的慨叹，乃至涕下，仍以忧国伤时作结，将身世之悲与家国之痛融为一体，使该篇诗作有了更为深刻的思想内涵，为历代诗人所称颂。还有像秦州登楼诗中的“但添新战骨，不返旧征魂”（《东楼》），夔州登楼诗中的“杖藜叹世者谁子？泣血迸空回白头”（《白帝城最高楼》），也都成为杜诗中登楼即景抒发伤时忧国情怀的传世名篇。

此外，杜甫还常常在其登楼诗中表达出宇宙意识，拓展了这一题材思想内涵的深度。“宇宙”，即《淮南子·齐俗训》中所谓“往来古今谓之宙，四方上下谓之宇”②，指无限的时间与空间；而“宇宙意识”，则为人们对于时空无限、人生苦短的感慨之情，比如其青年时代游齐赵探父时所作的《登兖州城楼》：

东郡趋庭日，南楼纵目初。浮云连海岱，平野入青徐。
孤嶂秦碑在，荒城鲁殿余。从来多古意，临眺独踌躇。

中间四句写出了登临城楼所眺望到的“浮云”“海岱”“平野”“青徐”等

① 仇兆鳌：《杜诗详注》，北京：中华书局 1979 年版，第 1947 页。
② 《诸子集成》（第七册），北京：中华书局 1979 年版，第 677 页。

广阔的自然空间物象，以及“孤嶂”“秦碑”“荒城”“鲁殿”这些跨越千年时光的历史遗迹。面对它们所代表的无限时空，诗人不禁感叹个体生命的短暂和渺小。正如韩成武先生所评：“中间这两联，作者是在表现他作为生命个体对于时空无限性的深沉感慨，也就是他的宇宙意识。他所说的‘从来多古意’的‘古意’，正在于此。面对如此阔大的空间与无限的时间，他强烈地感受到自身的渺小与生命的短促，而这种状况又非人力所能改变，这就是他‘临眺独踌躇’的原因之所在。”① 清人杨伦的《杜诗镜铨》则称此诗“气象宏阔，感慨遥深。公少作已不同如此”②，其独特的艺术感染力，正在于诗人登楼远眺之际而生发出来的宇宙意识。

而于宝应元年（762）所作的《越王楼歌》，亦是如此。该楼系太宗之子越王李贞为绵州刺史时所建，诗人在登楼凭吊古迹之时，感慨于“楼下长江百丈清，山头落日半轮红”，以及“君王旧迹今人赏，转见千秋万古情”，从而生发出宇宙意识。还有前文所提到的《登楼》诗，其中的“锦江春色来天地，玉垒浮云变古今”一联，也是在描写时空无限之景中蕴含了宇宙意识。

综上所述，杜甫不仅在其登楼诗中继承了王粲《登楼赋》表达身世之慨和故园之思的抒情传统，而且将其伤时忧国的伟大情怀和深邃的宇宙意识寄寓其中，从而拓展了这一题材的艺术表现范围，留下了大量为后人千载传唱的名篇。

---

① 韩成武：《破解杜甫心中的“古意”》，《河北大学校报》2004年3月10日，第5页。

② 杨伦笺注：《杜诗镜铨》，上海：上海古籍出版社1980年版，第5页。

同题共赋，文如其人
——由曹丕“文气”说兼及唐诗名家创作风格差异论

苏联著名文学家高尔基曾在其《论文学》一书中提出“文学是人学”的命题，他认为：“文学家的材料就是和文学家本人一样的人，他们具有同样的品质、打算、愿望和多变的趣味和情绪。”① 即文学应该以写“人”为中心，表现和描写“大写的人”②；同时，作为创作主体的文学家，也因个性、素养、气质等个人条件的不同，在创作中选取不同的文学视角和表现手法，从而产生多样化风格的文学作品，即使面对同一写作对象、选择同样的题材，不同的作家在其创作中也会有截然不同的艺术表现。因此，从文学创作实际的角度出发，关照创作主体（作家）个性特征与创作客体（作品）的风格之间的必然联系，探索“文如其人”的创作表现，也可以更加深入理解和阐释“文学是人学”这一命题。

就中国古代文学批评领域而言，早在三国时期，魏文帝曹丕就在其《典论·论文》中提出了著名的“文气”说：

> 文以气为主，气之清浊有体，不可力强而致。譬诸音乐，曲度虽均，节奏同检；至于引气不齐，巧拙有素，虽在父兄，不能以遗子弟……③

所谓“气”，是指由创作主体禀性、气度、感情等各方面的特点所构成的一种特殊精神状态在文章中的体现。文章中的“气”是由作家不同的个性所形成的，以建安七子为例，“王粲长于辞赋，徐干时有齐气”，“应玚和而不

① 高尔基：《论文学》，北京：人民文学出版社 1978 年版，第 316 页。

② 姜剑云：《释“文学是人学”》，《太原师范学院学报（社会科学版）》2007 年第 5 期，第 68 页。

③ 李壮鹰：《中国古代文论》，北京：高等教育出版社 2002 年版，第 48 页。

壮，刘桢壮而不密，孔融体气高妙……”① 由于作家个性不同、各有所长，“气之清浊有体，不可力强而致”，“虽在父兄，不能以遗子弟”，文章的风格也必然会不同。这样就从文学创作主客体之间关系的角度揭示了文学风格多样性的原因。

到了南北朝时期，梁代的刘勰撰有文学理论名著《文心雕龙》，其《体性篇》以骈体详论作家才性与文风之差异，云：“才有庸俊，气有刚柔，学有浅深，习有雅郑，并情性所铄，陶染所凝，是以笔区云谲，文苑波诡者矣。故辞理庸俊，莫能翻其才；风趣刚柔，宁或改其气；事义浅深，未闻乖其学；体式雅郑，鲜有反其习：各师成心，其异如面。”② 同样指出，文章的风格体式或雅正或浮靡，或阳刚或阴柔，很少有与作家的气质、习性相反的。作家都依自己的个性创作，则作品风格自不相同，就像人的长相各异一般。换言之，风格的独特性与每个作家的个人气质、思想感情和艺术修养有天然的联系，人的个性和思想作风不能不体现在作品中，所以才会“文如其人”“其异如面”。而南宋理学家陆九渊则径直在其《象山语录》中曰：“人之文章，多似其气质。”③

以中国古代诗歌发展的最高峰唐诗为例，其间诗坛名家辈出，灿若群星，而体派各异；考察其创作实际，无论何种题材，作家不同，文自有别，虽同题共赋，风格亦迥然不同。兹以咏物、咏史、咏怀为代表，探究唐诗名家创作同类题材时，其各异之诗风与作者个性、禀赋之间“文如其人”的内在联系。

一、托物抒情，各寓其志

咏物之诗歌题材，由来已久，有唐一代，初、盛、中、晚，赋者甚众，风貌不一，而其中蝉即为多家诗人所吟咏。蝉之为物，憩于高枝，餐风饮露，

① 李壮鹰：《中国古代文论》，北京：高等教育出版社 2002 年版，第 47 页。

② 刘勰：《文心雕龙》，北京：中国友谊出版公司 1997 年版，第 116 页。

③ 吴文治：《宋诗话全编》，南京：凤凰出版社 2006 年版，第 6627 页。

品性高洁，唐人中咏蝉之作称绝者有三，且作者生年不同，如下：

蝉

虞世南

垂緌饮清露，流响出疏桐。

居高声自远，非是借秋风。

在狱咏蝉

骆宾王

西陆蝉声唱，南冠客思深。

不堪玄鬓影，来对白头吟。

露重飞难进，风多响易沉。

无人信高洁，谁为表予心。

蝉

李商隐

本以高难饱，徒劳恨费声。

五更疏欲断，一树碧无情。

薄宦梗犹泛，故园芜已平。

烦君最相警，我亦举家清。

唐初宫廷诗人虞世南，乃由隋入唐之文坛名士，历任弘文馆学士、著作郎、秘书监等职，曾编有大型类书《北堂书钞》。其诗以蝉之高洁品性来自喻，首句明写蝉之习性，“垂緌”暗示其身居显宦，“饮清露”喻立身高洁。次句状蝉声传播之远，“流响”乃蝉声清越，“疏桐”则高挺清拔，一个“出”字，尽显其生动鲜活之态，富于清逸俊朗之高标逸韵。末两句乃全诗点睛之笔，夹叙夹议，蝉声远传，非借于秋风传递，乃“居高”而自致，即立身高洁的人，其自身声名远播非凭借外力。“自”“非”二字，相互呼应，表达出对其内在品格的热情赞美和高度自信。如清人李瑛《诗法易简录》所云："咏物诗固须确切比物，犹贵遗貌得神。然必有命意寄托之处，方得诗人风旨。此诗三、四品题甚高，隐然自写怀抱。"① 沈德潜《唐诗别裁》则评之云："命意自高。咏蝉者每咏其声，此独尊其品格。"② 可谓别出心裁，独具匠心。全诗意在言外，寄兴深微，富有一种雍容不迫的风韵气度，亦与其仕途得意、身居清要之境遇身份相符。

而"初唐四杰"之一的骆宾王之诗，则作于患难之中。仪凤三年（678）骆宾王官侍御史，因上书言事，得罪武后，被诬下狱，次年狱中听蝉，有感而作。骆诗首联即对起，以蝉之悲鸣，兴己之客思，秋蝉高唱，由物及人，骇耳惊心，兼用"南冠"楚囚之典切题。颔联则用流水对，一句说蝉，一句说自己，物我相联，委婉曲折地表达出诗人自伤老成的凄恻之情。"白头吟"之语，暗喻当权者辜负了自己对家国的一片忠爱之心。颈联纯用比体，"露重""风多"喻环境险恶，"飞难进"喻仕途失意，"响易沉"喻言路阻绝，既是说蝉，更是言己，物我相融，寄托遥思。清人贺裳《载酒园诗话》所谓："'露重飞难进，风多响易沉'，尤肖才人失路之悲，读之涕欲下。"③ 尾联设问，反诘有力，自喻高洁之品性不为时人所了解，"信而见疑，忠而被谤"，终受诬入狱，此时此景，唯有秋蝉为之高唱，令人感叹，蝉与诗人则浑然相融，达到了物我一体的境界。近人高步瀛《唐宋诗举要》卷四评之曰："以蝉自喻，语意沉至。"④ 秋风寒蝉，实乃狱中诗人之自况。

而晚唐诗人李商隐之作，"因物兴感"⑤，托物寓怀，亦以蝉自喻。前二联写寒蝉栖高饮露，悲鸣欲绝，然其栖息之碧树却无动于衷，冷漠无情，这与作者身世感受暗合，隐喻自己因牵涉"牛李党争"，虽志行高洁却穷愁困苦，满腔悲愤而无人同情的悲剧命运。颈联由寒蝉之流转栖息于霜枝，转而直写

---

① 郁贤皓：《中国古代文学作品选》，北京：高等教育出版社 2006 年版，第 6 页。

② 沈德潜：《唐诗别裁》，北京：商务印书馆 1958 年版，第 86 页。

③ 郭绍虞、富寿荪：《清诗话续编》，上海：上海古籍出版社 1983 年版，第 297 页。

④ 高步瀛：《唐宋诗举要》，上海：上海古籍出版社 1978 年版，第 411 页。

⑤ 詹福瑞：《"诗缘情"辨义》，《河北大学学报（哲学社会科学版）》1998 年第 2 期，第 10 页。

自己宦游四方、漂泊不定的生活，好像大水中之梗木漂泊无依，且故园荒芜，思归无路。尾联“君”“我”对举而结情，再次以蝉之难饱与自身的清贫相应。全篇咏物与抒情紧密结合，隐显分合，首尾呼应，如清人屈复《玉溪生诗意》所云：“通首自喻清高”①，且与诗人一生之漂泊命运相契合。

上述三首咏蝉诗都是唐人托物以寄意的名作，然而由于作者身份地位、人生际遇、个人气质的不同，虽同样工于比兴寄托，却呈现出或通达自许、或黯然自伤、或清秀、或沉郁之不同风格。清施补华《岘佣说诗》曾评曰：“《三百篇》比兴为多，唐人犹得此意。同一咏蝉，虞世南‘居高声自远，非是借秋风’，是清华人语；骆宾王‘露重飞难进，风多响易沉’，是患难人语；李商隐‘本以高难饱，徒劳恨费声’，是牢骚人语。”② 三诗同题而赋，然各言其志，文如其人。

二、临歧赠别，风格迥异

咏事题材，亦多有同题而文风各异之作，以送别之类言之，送友长亭，临歧赠别，在唐人的作品中比比皆是，名篇颇多，而犹以盛唐王维、高适之作为最。

送元二使安西

王　维

渭城朝雨浥轻尘，客舍青青柳色新。

劝君更尽一杯酒，西出阳关无故人。

别董大

高　适

十里黄云白日曛，北风吹雁雪纷纷。

---

① 郁贤皓：《中国古代文学作品选》，北京：高等教育出版社 2006 年版，第 205 页。

② 王夫之等：《清诗话》，上海：上海古籍出版社 1999 年版，第 974 页。

莫愁前路无知己，天下谁人不识君。

王维之作，前半写景清秀明丽，如苏轼《书摩诘〈蓝田烟雨图〉》所评："味摩诘之诗，诗中有画"（《东坡题跋》卷五），且景中有情，一个"柳"字，与"留"字相谐，暗合唐人折杨柳以赠别的习俗，委婉表达了对友人元二的挽留惜别之情。阳春三月，嫩柳青青，正当与友人同游共赏，然却要临歧道别，怎不令人感伤？正如清人王夫之所谓："以乐景写哀，以哀景写乐，以倍增其哀乐。"① 后半则直言送别，极写行程之遥，达珍重之意，如清人沈德潜《唐诗别裁》云："阳关在中国外，安西更在阳关外，言阳关已无故人矣，况安西乎！"② 而高适之作则不假藻饰，直抒胸臆，一反以往送别诗的凄楚感伤情调，而代之以豪情壮语，抒写于雪天暮色中送别友人时的豪情与劝勉，其境苍茫雄阔，其情慷慨豪壮，特别是后二句直吐胸怀，警策动人，如清人徐增所谓"此诗妙在粗豪"（《而庵说唐诗》卷十一）。

两诗虽同是送别之作，同属七言绝句，然格调一哀婉、一豪迈，抒情一委婉、一直率，境界一清丽、一宏阔，一如杏花春雨江南，一如铁马西风塞北。同样是生活在盛唐时代的大诗人，创作同样的题材，为何作品风格差异如此之大？这主要是由两人不同的思想性格和生活经历决定的。王维是中国封建文人士大夫的典型，有庄园和俸禄，一生过得优裕富足，再加上长期受其母亲佛教思想的影响，性格上表现出软弱的一面，为了明哲保身、远离祸害，长期过着半官半隐的生活。据《旧唐书·王维传》载："维兄弟俱奉佛，居常蔬食，不茹荤血，晚年长斋，不衣文彩。"③ 尝自言"一生几许伤心事，不向空门何处消"（《叹白发》）。当遇到人生别离时，其固有的世事难料、人生无常之消极思想则在作品中暴露无遗，故哀伤无限，伤别不尽，至一唱三叹。而高适则出身社会下层，曾长期过着"混迹渔樵"的贫苦放浪生活，养

① 王夫之等：《清诗话》，上海：上海古籍出版社 1999 年版，第 4 页。

② 沈德潜：《唐诗别裁》，北京：商务印书馆 1958 年版，第 111 页。

③ 刘昫：《旧唐书》，北京：中华书局 1975 年版，第 5052 页。

成了放荡不羁的性格，同时对自己的才能充满信心，内心有着满腔的报国热情，面对困境也能豁然应对；写此诗时虽然尚不得志，但仍能于道别之时，在作品中以慷慨豪迈之语给予友人安慰，正如盛唐诗歌理论家殷璠《河岳英灵集》所云："适性拓落，不拘小节，耻预常科，隐迹博徒，才名自远。然适诗多胸臆语，兼有气骨，故朝野通赏其文。"① 因此，在二人的作品中，文风与人格都达到了统一，"文如其人"也得到了完美的体现，不因题材相类而混同。

三、感遇咏怀，视角不一

唐人感遇咏怀之作，也常常因诗人性格与主导思想的差异，虽抒发同样的情怀，亦由各自的视角呈现出截然不同的风貌，比如"安史之乱"爆发之后，李白所创作的咏怀诗《古风五十九首》（其十九）与杜甫之《春望》即是此类鲜明的对比。

天宝十四载（755）冬，安禄山、史思明率军叛唐，次年即陷洛阳、长安，屠戮百姓无数，此时的李白则由梁宋奔亡于华山隐居避乱，有感于时局，遂作《古风五十九首》（其十九）：

> 西上莲花峰，迢迢见明星。素手把芙蓉，虚步蹑太清。霓裳曳广带，飘拂升天行。邀我登云台，高揖卫叔卿。恍恍与之去，驾鸿凌紫冥。俯视洛阳川，茫茫走胡兵。流血涂野草，豺狼尽冠缨。

此诗前十句都是描写其在西岳莲花峰的游仙生活，飘忽虚幻，瑰奇俊逸，一如李白诗以往豪放飘逸的一贯之风，如明人陆时雍《唐诗镜》所谓："有情可观，无迹可履。"② 后四句方始关注现实，以高远之视角，一瞥苍生之苦难，

① 傅璇琮：《唐人选唐诗新编》，西安：陕西人民教育出版社 1996 年版，第 152 页。

② 郁贤皓：《中国古代文学作品选》，北京：高等教育出版社 2006 年版，第 70 页。

抒忧愤之情怀，清人陈沆《诗比兴笺》云："遁世避乱之词，托之游仙也。"① 诚然！

而大诗人杜甫则于天宝十五载（756）七月，听闻肃宗灵武称帝，准备重整旗鼓，收复两京，遂安顿好家小，只身远赴灵武，然途中不幸被俘，被押往叛军统治下的长安城中。他将目睹和亲身经历的事件记入诗中，创作出《哀王孙》《悲陈陶》《悲青坂》《哀江头》等诸多纪实之名篇。次年至德二载（757）春，诗人目睹沦陷近一年的长安城之惨状，感而赋《春望》一诗：

国破山河在，城春草木深。感时花溅泪，恨别鸟惊心。烽火连三月，家书抵万金。白头搔更短，浑欲不胜簪。

这首五律通过眺望沦陷后长安的破败景象，抒发了感时恨别、忧国伤世的深沉感慨。篇中使用了"以有写无"和"以乐写哀"的反衬手法，如宋代司马光《温公续诗话》所谓："古人为诗，贵于意在言外，使人思而得之，故言之者无罪，闻之者足以戒也。近世诗人，唯杜子美最得诗人之体，如'国破山河在，城春草木深。感时花溅泪，恨别鸟惊心。'山河在，明无余物矣；草木深，明无人矣；花鸟平时可娱之物，见之而泣，闻之而悲，则时可知矣。"② 清代沈德潜《唐诗别裁》亦云："溅泪惊心，转因花鸟，乐处皆可悲也。"③ 山河依旧却国家沦亡，春色满城却荒无人迹，以有衬无，使得诗人对于国破家亡的感慨之情更加沉痛；继之观花而溅泪，听鸟而惊心，以乐衬哀，见国事时局之艰；篇末则以诗人自身忧国忧民之抒情形象收结，情感深沉厚重，尽显杜诗沉郁顿挫的主体风格。

同样面对安史叛乱、生灵涂炭的现实，为何两位大诗人的所作所为，乃至所赋诗篇迥然不同呢？这与李、杜不同的思想主导与人生观是密切相关的。

---

① 郁贤皓：《中国古代文学作品选》，北京：高等教育出版社2006年版，第70页。

② 何文焕：《历代诗话》，北京：中华书局1981年版，第277—278页。

③ 沈德潜：《唐诗别裁》，北京：商务印书馆1958年版，第40页。

在李白头脑中，道家“无为”“自然”的人生观与道教的游仙思想占有着极其重要的地位，因而在他仕途受挫之后，便高呼“我本不弃世，世人自弃我”（《送蔡山人》），出世隐居，“五岳寻仙不辞远，一生好入名山游”（《庐山谣寄卢侍御虚舟》），甚至曾亲受道箓，成为正式的道教徒。秉持这样的人生观与价值观，在家国存亡、天下大乱之际，李白选择隐居名山、全身远害的道路也就在所难免了。

而杜甫则出身于正统的儒士之家，其在《进〈雕赋〉表》中自言家世：“自先君恕、预以降，奉儒守官，未坠素业矣”①，并常常自称“儒生”“老儒”甚至“腐儒”。清人刘熙载《艺概·诗概》甚至称“少陵一生却只在儒家界内”②。在杜甫头脑中，儒家执着现实、积极入世的思想与人生观占据着主导，因此他才会在大乱之际，不顾个人得失，只身远赴灵武辅佐肃宗平叛，而不幸为叛军所俘获。

正如胡适在其《白话文学史》中所云：“李白终究是一个山林隐士。……杜甫是我们的诗人，而李白则终于是‘天上谪仙人’而已。”③“这是杜甫与李白大不同之处：李白代表隐遁避世的放浪态度，杜甫代表着中国民族积极入世的精神。”④ 鲁迅晚年曾与郁达夫、刘大杰论及李杜：“我总觉得陶潜站得稍稍远一点，李白站得稍稍高一点……杜甫似乎不是古人，就好像今天还活在我们堆里似的。”⑤

不同的人生思想与价值取向使得二位诗人的视角也有区别。李白《古风五十九首》（其十九）全篇确乎是以仙人“在天空中遨游自得”的形象出现，只在篇末才对现实投下一瞥，视角无疑是远离茫茫尘世的；而杜甫《春望》诗则身陷贼中，亲睹国破家亡之惨状，直面人生苦痛，视角更为写实，由此不难看出“诗仙”与“诗史”之别。面对同样的社会现实，吟咏相似的忧时

---

① 仇兆鳌：《杜诗详注》，北京：中华书局 1979 年版，第 2172 页。

② 郭绍虞、富寿荪：《清诗话续编》，上海古籍出版社 1983 年版，第 2426 页。

③ 胡适：《白话文学史》，上海：上海古籍出版社 1999 年版，第 175—176 页。

④ 胡适：《白话文学史》，上海：上海古籍出版社 1999 年版，第 193 页。

⑤ 韩成武：《诗圣：忧患世界中的杜甫》，保定：河北大学出版社 2000 年版，第 297 页。

伤世情怀，却因不同的主导思想与人生抉择而风格迥异，“文如其人”，即使李、杜这般身处诗坛最高峰的大诗人亦不能外。

结　论

通过上述对唐诗名家咏物、咏事及咏怀类作品同题共赋的相互比照，可以看出，唐代社会政治开明，兼容儒释道各家思想，在这样的社会历史文化氛围之下，文风自然也趋于多元，而诸多独具抒情品格的诗人名家名作的出现，也是使唐朝成为中国古典诗歌巅峰时代的重要原因之一。因此，解读和研究古典文学作品，就必须遵循孟子所提出的“知人论世”的文学批评原则和方法，“颂其诗，读其书，不知其人，可乎？是以论其世也”（《孟子·万章下》）。清代文史学家章学诚亦曾言：“不知古人之世，不可妄论古人之辞也。知其世矣，不知古人之身处，亦不可以遽论其文也。”（《文史通义·文德篇》）

综上，在文学创作中，作家独特的思想、人生阅历、气质个性，对其作品风格有着深度影响，并且，“在中国古典文学中，历史意识经历了一个漫长的演变与发展的过程”①。因此，在文学史的发展过程中，“知人论世”“文如其人”的原则与规律是有其必然性与合理性的。从这一角度出发，也可以更好地审视和理解高尔基先生“文学是人学”命题的内涵与外延。

---

① 华明：《论中国古典文学中历史意识的演进》，《广西大学学报（哲学社会科学版）》2008 年第 5 期。

论《三国演义》对苏轼的接受

中国古典文学“四大名著”中的《三国演义》，作为我国第一部长篇章回小说和历史演义小说，其在中国古代文学史乃至中国文化史上，都有着重要的艺术价值。其小说文本通过诗词创作引用苏轼诗文语典、故事情节涉及苏轼名作名句等多种方式，将北宋大文豪苏轼及其诗文作品巧妙融入小说创作之中，以下分而论之。

一、小说诗词，用苏轼典

小说之体，虽在中国古代文学史上属俗文学，但元明清以后，以“四大名著”为代表的长篇章回小说，均有将前代诗坛名家名作嵌入小说文本故事情节叙述中，以增文采、力求“雅”化的创作现象。《三国演义》小说文本中的诗词作品里，亦多化用苏轼诗词语典。

如第一回《宴桃园豪杰三结义，斩黄巾英雄首立功》回前词——“词曰：滚滚长江东逝水，浪花淘尽英雄。是非成败转头空，青山依旧在，几度夕阳红。白发渔樵江渚上，惯看秋月春风。一壶浊酒喜相逢，古今多少事，都付笑谈中。”① 本词体裁为双调词，所用词牌为《临江仙》，作者为明代文人杨慎。罗贯中《明弘治本三国志通俗演义》原书中，并无此词。毛本《三国演义》（清初毛纶、毛宗岗父子修订本）始将此词置于第一回前，又称“《三国演义》开篇词”。该词开篇“滚滚长江东逝水，浪花淘尽英雄”，化用苏轼《念奴娇·赤壁怀古》“大江东去，浪淘尽、千古风流人物”② 词句、意境，慷慨悲凉，富于历史沧桑感；“青山依旧在，几度夕阳红”，亦即《念奴娇·赤壁怀古》“江山如画”③ 意味；“一壶浊酒喜相逢，古今多少事，都付笑谈中”，

---

① 罗贯中：《三国演义》，北京：人民文学出版社 1973 年版，第 1 页。

② 陈迩冬选注：《苏轼词选》，北京：人民文学出版社 1986 年版，第 64 页。

③ 陈迩冬选注：《苏轼词选》，北京：人民文学出版社 1986 年版，第 64 页。

与《念奴娇·赤壁怀古》"人生如梦，一樽还酹江月"[①]，都有一种看淡功名成败、举酒相酌的哲思与禅境。二词在题材上，皆为怀古词，且苏词更与"三国"密切相关，其所咏之主人公正是奠定三国鼎足之势的"赤壁之战"主导者——周瑜。

化用苏轼《念奴娇·赤壁怀古》意境、词句之《临江仙（滚滚长江东逝水）》，曲尽人心，有一种穿越时空的哲理与妙悟，放在讲述"天下大势，分久必合，合久必分"[②] 的历史演义小说开篇，确有提纲挈领的作用。值得一提的是，21 世纪初，吴宇森导演的"三国"题材电影《赤壁》的主题曲——《赤壁·大江东去》，其意境与词句，如"看，大江东去，浪花淘尽千古英雄，笑，指点江山，是非成败俱灰飞烟灭……多情应笑我华发生"，亦多取自苏轼豪放词的代表作《念奴娇·赤壁怀古》"大江东去，浪淘尽、千古风流人物……谈笑间、强虏灰飞烟灭。故国神游，多情应笑我，早生华发"[③]；其歌词后半"分久必合，合久必分，暂寄天地之间，主客难分"句，还有苏轼《前赤壁赋》中"举酒属客……寄蜉蝣于天地，渺沧海之一粟"[④] 之韵味。当年，并非"赤壁之战"故地的黄州（今湖北省黄冈市）赤壁，因苏轼之辞赋，得名"文赤壁"（与湖北蒲圻"武赤壁"相对）。

《三国演义》第九十回《驱巨兽六破蛮兵，烧藤甲七擒孟获》中，"后人有诗赞孔明曰：'羽扇纶巾拥碧幢，七擒妙策制蛮王。至今溪洞传威德，为选高原立庙堂。'"[⑤] 在诸葛亮七擒七纵降服孟获的故事情节之后，嵌入此一七绝，"至今溪洞……高原立庙堂"，以今怀古，遥想诸葛丞相"羽扇纶巾拥碧幢"之风姿，达到了"艺术真实"与"历史真实"的统一。其中"羽扇纶

① 陈迩冬选注：《苏轼词选》，北京：人民文学出版社 1986 年版，第 65 页。

② 罗贯中：《三国演义》，北京：人民文学出版社 1973 年版，第 1 页。

③ 陈迩冬选注：《苏轼词选》，北京：人民文学出版社 1986 年版，第 64—65 页。

④ 四川大学中文系古典文学教研室选注：《宋文选》，北京：人民文学出版社 1980 年版，第 217—218 页。

⑤ 罗贯中：《三国演义》，北京：人民文学出版社 1973 年版，第 780 页。

巾”，亦化用苏轼《念奴娇·赤壁怀古》“遥想公瑾当年……羽扇纶巾，谈笑间”① 之语典，所不同的是，苏词系咏周郎，《三国演义》此诗系咏诸葛丞相。

除上述例证以外，在《三国演义》第五十七回《柴桑口卧龙吊丧，耒阳县凤雏理事》诸葛亮为周瑜所作祭文中，有“吊君丰度，佳配小乔；……想君当年，雄姿英发”② 之句，亦化用了苏轼《念奴娇·赤壁怀古》“遥想公瑾当年，小乔初嫁了，雄姿英发……”③ 之语典。罗积勇先生在其《用典研究》一书中指出：“为了一定的修辞目的，在自己的言语作品中明引或暗引古代故事或有来历的现成话，这种修辞手法就是用典。”④ 罗先生定义中所说的“引古代故事”，就是用事典；而引用“有来历的现成话”，则为用语典。因此，《三国演义》小说文本中的诗词里，多次化用苏轼之诗词意境、辞句，也是一种典型的“用语典”现象。

二、小说情节，引苏文赋

除了上述引用苏轼诗词语典，借鉴其意境而外，《三国演义》在故事情节的展开中，也多次化用苏轼文赋词句、意境，如第四十八回《宴长江曹操赋诗，锁战船北军用武》，写到赤壁之战前，曹操在大船之上宴请诸将的情节——“天气晴朗，平风静浪……天色向晚，东山月上，皎皎如同白日。长江一带，如横素练”⑤，而苏轼《前赤壁赋》开篇，亦是“清风徐来，水波不兴……少焉，月出于东山之上，徘徊于斗牛之间。白露横江，水光接天”⑥，情境、时间、月出之意象等，极其相类，实非偶合。

继之，《三国演义》小说中云：“操见南屏山色如画，东视柴桑之境，西

① 陈迩冬选注：《苏轼词选》，北京：人民文学出版社 1986 年版，第 64—65 页。

② 罗贯中：《三国演义》，北京：人民文学出版社 1973 年版，第 487 页。

③ 陈迩冬选注：《苏轼词选》，北京：人民文学出版社 1986 年版，第 64 页。

④ 罗积勇：《用典研究》，武汉：武汉大学出版社 2005 年版，第 2 页。

⑤ 罗贯中：《三国演义》，北京：人民文学出版社 1973 年版，第 416 页。

⑥ 四川大学中文系古典文学教研室选注：《宋文选》，北京：人民文学出版社 1980 年版，第 217 页。

观夏口之江……时操已醉，乃取槊立于船头，……横槊……歌曰：‘对酒当歌，人生几何：……月明星稀，乌鹊南飞……’”① 而《前赤壁赋》中亦有此场景描述：

客曰：“月明星稀，乌鹊南飞。”此非曹孟德之诗乎？西望夏口，东望武昌。山川相缪，郁乎苍苍。此非孟德之困于周郎者乎？方其破荆州，下江陵，顺流而东也，舳舻千里，旌旗蔽空，酾酒临江，横槊赋诗，固一世之雄也，而今安在哉？②

苏轼《前赤壁赋》，亦通过主客问答，借“客”之口，叙述曹操于赤壁长江上，横槊《短歌行》之事，《三国演义》小说及苏轼《前赤壁赋》这两大段文字，及所述之情节、意境，如出一辙。《三国演义》成书于元末明初，而苏轼是北宋文人，且文名满天下，扬于后世。苏轼前、后《赤壁赋》，系北宋“文赋”代表作（不同于“铺张扬厉”之汉大赋，亦不同于格律严谨的魏晋南北朝骈体赋和唐代科举考试所作之律赋，体裁近乎散文），写作于被贬黄州期间，借“人道是，三国周郎赤壁”的黄州赤壁之名，吟咏三国古事。显然，《三国演义》作者，系从《前赤壁赋》构思出曹操横槊赋诗的小说情节的。

此外，第五十回《诸葛亮智算华容，关云长义释曹操》中，周瑜火烧赤壁，“又有一绝云：‘山高月小水茫茫，追叹前朝割据忙。南士无心迎魏武，东风有意便周郎’”③，其开篇首句“山高月小水茫茫”，语典出自苏轼《后赤壁赋》：“复游于赤壁之下。江流有声，断岸千尺。山高月小，水落石出。”④ 亦为《三国演义》作者有意袭取苏轼之作，构思小说赤壁之战部分情节之

---

① 罗贯中：《三国演义》，北京：人民文学出版社 1973 年版，第 416—417 页。

② 四川大学中文系古典文学教研室选注：《宋文选》，北京：人民文学出版社 1980 年版，第 218 页。

③ 罗贯中：《三国演义》，北京：人民文学出版社 1973 年版，第 430 页。

④ 四川大学中文系古典文学教研室选注：《宋文选》，北京：人民文学出版社 1980 年版，第 222 页。

旁证。

三、小说写景，附会苏诗

《三国演义》小说文本甚至还直接点到了苏轼曾作写景怀古诗，吟咏三国古事，以推动情节发展、增强“历史演义”之“艺术真实”性。如第三十四回《蔡夫人隔屏听密语，刘皇叔跃马过檀溪》篇末，言苏轼以七言古风一篇，咏怀刘备跃马过檀溪一事：

> 后来苏学士有古风一篇，单咏跃马檀溪事。诗曰：老去花残春日暮，宦游偶至檀溪路；停骖遥望独徘徊，眼前零落飘红絮。暗想咸阳火德衰，龙争虎斗交相持；襄阳会上王孙饮，坐中玄德身将危。逃生独出西门道，背后追兵复将到；一川烟水涨檀溪，急叱征骑往前跳。马蹄踏碎青玻璃，天风响处金鞭挥；耳畔但闻千骑走，波中忽见双龙飞：西川独霸真英主，坐下龙驹两相遇。——檀溪溪水自东流，龙驹英主今何处！临流三叹心欲酸，斜阳寂寂照空山；三分鼎足浑如梦，踪迹空留在世间。①

此诗体裁为七言歌行体诗，四句平仄一转韵。开篇点出作者游春偶至檀溪古迹，时间、地点、人物俱备，“停骖遥望独徘徊，眼前零落飘红絮”，由寥落之眼前场景，遥想至“襄阳会上王孙饮，坐中玄德身将危”的汉末情境，继而“一川烟水涨檀溪，急叱征骑往前跳。马蹄踏碎青玻璃，天风响处金鞭挥”四句，视听并用、声色并茂，使读者如见如闻。由于作者写诗时为“停骖遥望”，有此想象，自是“想当然耳”，篇末“檀溪溪水自东流，龙驹英主今何处！临流三叹心欲酸，斜阳寂寂照空山”，又回到眼前孤寂之场景，颇具艺术构思。小说中此诗前称“后来苏学士有古风一篇，单咏跃马檀溪事”，苏轼在北宋元祐元年入京还朝，曾升为翰林学士、知制诰，因此，书中称其为“苏学士”，是合乎历史的，然遍查苏轼诗集，并无此作品，应是后人附会、

① 罗贯中：《三国演义》，北京：人民文学出版社 1973 年版，第 304 页。

托名苏轼之作。但其即今怀古、怀古而叹今之章法结构，颇类于苏轼怀古词《念奴娇·赤壁怀古》，为小说增色不少。

综上所述，从《三国演义》小说文本中所体现出的对苏轼及其诗词文赋作品的接受，可以看出，小说作者对苏轼在中国古代文学史上的地位及其作品成就是极为推崇的。《三国演义》这部文学巨著的问世与流传，客观上也对苏轼作品和东坡文化的传播具有一定的推动作用。

《三国演义》中杖责军棍情节及对后世小说的影响探微

《三国演义》是中国古代历史演义小说的开山之作，也是中国文学史上长篇章回小说的代表作，因其题材内容多涉及古代军事征战，故文本中多有执行军法、特别是杖责军棍的情节描写。比如赤壁之战中周瑜行“苦肉计”责打黄盖、关羽攻襄阳责罚糜芳和傅士仁等，对后世相关题材内容的小说如《说唐全传》《杨家将传》《说岳全传》等，产生了不同程度的影响。如《说唐全传》中殷、齐二王军棍责罗成，《杨家将传》中杨令公杖罚败军之将杨七郎，《说岳全传》中岳飞杖罚冒领军功之王俊等。以下分而述之。

一、严肃军纪，公正无私

在《三国演义》小说文本中，有关主人公公正无私责罚违反军法之将官，以严肃军纪者，如第一百回《汉兵劫寨破曹真，武侯斗阵辱仲达》，诸葛亮怒杖押粮延误期限之苟安——

> 孔明收得胜之兵，回到祁山时，永安城李严遣都尉苟安解送粮米，至军中交割。苟安好酒，于路怠慢，违限十日。孔明大怒曰：“吾军中专以粮为大事，误了三日，便该处斩！汝今误了十日，有何理说?”喝令推出斩之。长史杨仪曰：“苟安乃李严用人，又兼钱粮多出于西川，若杀此人，后无人敢送粮也。”孔明乃叱武士去其缚，杖八十放之。①

诸葛亮治理蜀汉，以法度严明著称，蜀国因国力孱弱，故其以严法治军，苟安乃永安城李严手下，李严在蜀汉政权中的政治身份不容小觑，然而诸葛亮秉公执法，虽有长史杨仪求情，但仍不徇私情，“死罪虽免，活罪不免”，杖

① 罗贯中：《三国演义》，北京：人民文学出版社 1973 年版，第 868 页。

责苟安八十军棍。

诸葛亮严格治军之名，亦闻于他国，如第一百三回《上方谷司马受困，五丈原诸葛禳星》，诸葛亮派使赴魏营，送巾帼妇人之衣与司马懿，以激其出战——

且说孔明自引一军屯于五丈原，累令人搦战，魏兵只不出。孔明乃取巾帼并妇人缟素之服，盛于大盒之内，修书一封，遣人送至魏寨。诸将不敢隐蔽，引来使入见司马懿。懿对众启盒视之，内有巾帼妇人之衣，并书一封。懿拆视其书，略曰："仲达既为大将，统领中原之众，不思披坚执锐，以决雌雄，乃甘窟守土巢，谨避刀箭，与妇人又何异哉！今遣人送巾帼素衣至，如不出战，可再拜而受之。倘耻心未泯，犹有男子胸襟，早与批回，依期赴敌。"司马懿看毕，心中大怒，乃佯笑曰："孔明视我为妇人耶！"即受之，令重待来使。

懿问曰："孔明寝食及事之烦简若何?"使者曰："丞相夙兴夜寐，罚二十以上皆亲览焉。所啖之食，日不过数升。"懿顾谓诸将曰："孔明食少事烦，其能久乎?"使者辞去，回到五丈原，见了孔明，具说："司马懿受了巾帼女衣，看了书札，并不嗔怒，只问丞相寝食及事之烦简，绝不提起军旅之事。某如此应对，彼言：食少事烦，岂能长久?"孔明叹曰："彼深知我也!'"[①]

司马懿询问来使诸葛亮"寝食及事之烦简"，以刺探详情，使者据实回答，其中"丞相夙兴夜寐，罚二十以上皆亲览焉"，即杖责二十军棍以上的"轻罪"，诸葛亮都亲自观览、监刑，也从侧面说明其治军法度严明。清代史学家章学诚曾在《丙辰札记》中评《三国演义》"七分实事，三分虚构"[②]，《三国志·蜀书·诸葛亮传》引《魏氏春秋》曰："亮使至，问其寝食及其事

① 罗贯中：《三国演义》，北京：人民文学出版社1973年版，第897—898页。

② 罗贯中：《三国志通俗演义·前言》，上海：上海古籍出版社1980年版，第3页。

之烦简，不问戎事。使对曰：‘诸葛公夙兴夜寐，罚二十以上，皆亲览焉……’”①在《三国志·蜀书·诸葛亮传》篇末所附的《诸葛氏集目录》中，还有“军令上第二十二、军令中第二十三、军令下第二十四”② 等专门有关“军令”的内容，足见历史上真实的诸葛丞相，确实治军法度森严。《三国演义》承《三国志》而“演义”，此段情节及言语文字，皆与史书所载相符，“历史真实”与“艺术真实”达到了统一。

后世的演义与英雄传奇小说中，亦有相关军事题材的作品，出现主人公大公无私，严格执行军法、责罚部下军棍者，如清代熊大木所编撰的《杨家将传》第九回《郭进大破耶律沙，刘钧敕书召杨业》：“杨七郎自料宋兵无备，引部下喊声攻入。忽营内一声梆响，伏军万弩齐发，箭如雨落。北兵射死者不计其数。七郎急回马，被高怀德、郭进两骑冲出，追杀五里而回。七郎部兵折去大半。令公知之，大怒曰：‘不由军令，致损许多人马，按法当诛。’即令军政司押出七郎，斩首示众。军令才下，牙将张文进曰：‘七将军虽有罪，其志盖为国也，误致伤折，情理可原，望乞令公赦之。’杨令公曰：‘父子虽至亲，法令不敢私，务必斩之。’众将力为解劝，令公怒始稍缓，乃着军政司跣剥七郎，即于帐前捆打四十，血肉淋漓，观者无不凛然。七郎匍匐谢罪而退。”③ 描写北汉将领杨七郎，擅自偷袭宋营，遭受伏击损兵折将，归营后，其父——北汉军主将杨令公，不顾父子亲情，秉公执法，“着军政司跣剥七郎，即于帐前捆打四十，血肉淋漓，观者无不凛然”，不但叙述了前后执行军法的过程，还简略描述了杖责场景——“跣剥”（跣者，脱靴赤足；剥者，即当众去衣行刑）。

笞、杖、徒、流、死，为中国古代宗法社会之“五刑”。笞杖刑罚为历代统治者所使用，并堂而皇之进入律法、军法，成为司空见惯的刑罚，军中的笞杖刑罚即责打军棍。在古代典籍中，有所谓“蒲鞭示辱”之典故，又称

① 陈寿：《三国志·蜀书》，北京：中华书局1959年版，第926页。
② 陈寿：《三国志·蜀书》，北京：中华书局1959年版，第929页。
③ 熊大木：《杨家将传》，北京：华夏出版社1995年版，第31页。

"蒲鞭之罚"，典出《后汉书·刘宽传》："吏人有过，但用蒲鞭罚之，示辱而已，终不加苦。"[①]《南史·崔景真传》亦云："（崔景真）位平昌太守，有惠政，常悬一蒲鞭而未尝用。"[②]《世说新语》中也有类似的典故。从字面来看，似乎此典为体现统治者"惠政"的宽厚、仁慈之举，实则不然。笞杖刑罚，虽只是用竹板、木棍击打犯人背、臀、腿，相对而言，在肉刑中程度较轻，然而，这只是从肉体伤害而言，实际上，笞杖刑罚往往是当众行刑，因而对受刑人的伤害是双重的——既有肉体惩罚，亦有精神惩罚。至如明代的"廷杖"，午门外当众执行，更连"刑不上大夫"的惯例也打破，士大夫亦无以幸免。那么与之相关，军中的笞杖刑罚——责军棍，亦是既有肉体惩罚，亦有精神惩罚。故而，《杨家将传》所述杨七郎当众受军棍杖责场景，是符合历史真实的，"于帐前捆打四十，血肉淋漓，观者无不凛然"的场景描述，也足见责罚之重，达到了"以儆效尤"严肃军纪之效果，杨家将治军法度森严，亦可见一斑。

与小说相关，传统评书《杨将军》中还有第八十三回《穆桂英登台拜帅》和第八十四回《鬼魂阵桂英克敌》所述之破天门阵之前，穆桂英挂帅，杖责误卯的先锋官、其夫君杨宗保的故事情节。

> 拜帅第二天，穆桂英早早起来，梳洗已毕，天交五鼓，吩咐击鼓升帐。鼓声一响，杨景等众位战将全到了，寇准和八王都来了，想看看这十八九岁的姑娘怎么挑元帅这个担子！……穆桂英今天登台拜帅，坦然自若。冲着下边看看，众将"哗"过来施礼："参见元帅！"穆桂英说："免！众将宫，本帅今天初次领兵挂帅，有不当之处，望乞指教。"说完，打开花名册，点名过卯。
>
> ……第二个名字是三关副元帅岳胜。岳景龙早就到了，桂英说："岳副元帅，镇守边关，劳苦功高，打阵之事，还望您老多出力。""是。"穆

① 于石、王光汉、徐成志编：《常用典故词典》，上海：上海辞书出版社1973年版，第509页。

② 于石、王光汉、徐成志编：《常用典故词典》，上海：上海辞书出版社1973年版，第509页。

桂英接着往下点："先锋官杨宗保！"下边没人答应。她暗皱眉头，往下观看，心里说：这个冤家！我挂帅，你怎么不捧场啊！头天你就误卯，这不是难为我吗？她故意等了等，还是没人答声。此刻，中军官报："杨宗保未到！"桂英把脸一沉："将误卯牌挂出去！""是！"六郎着急了，心想：这个奴才！这不是难为桂英吗？她要依公处置，你就得受苦；不按公而办，众将不服呀！杨景急得坐不住了。但是，点名的时候，他不敢动地方。穆桂英"啪啪啪"往下点，孟良、焦赞、杨兴、岑林、柴干、郎千、郎万、八姐、九妹等都点完了，杨宗保也进来了。

杨宗保怎么才来呢？原来穆桂英四更刚过就走了，杨宗保那时也醒了，一看太早，又眯了一会儿。等他再一睁眼，天光大亮了。他急忙穿戴整齐，急奔大帐。老远就看见误卯牌了，要是杨六郎为元帅，他就吓坏了，今天不要紧，他想：元帅是我老婆，怎么也得给一个面子，她高高手，我就过去了。

此时，旗牌官迎过来小声说："杨先锋，你误头卯，元帅生气了。""哎，我知道。"说完，大步流星地进了白虎大帐。往上边看了桂英一眼："末将参见元帅。"穆桂英"啪"一拍帅案："杨宗保，你为何误了点卯？"宗保说："啊，末将贪睡，起来晚了。""嗯？杨宗保，误头卯该当何罪？"宗保想：这是考我呢？你可考不住。我没到军营，我奶奶就教我背十七禁律、五十四斩。"回禀元帅，头卯不到，重打四十军棍；二卯不到，重打八十；三卯不到，枭首示众。""为什么要这么办？""军营中千军万马，没个规矩就无法打仗，调动不灵，这叫不罚不斩不齐。"杨宗保说得流利，还觉得自己不含糊。这一来，可把穆桂英气坏了：他这样轻视我，没把我这个元帅放在眼里。你都不服，怎能服众？想到这，抽出一支犬令，"当啷"往地下一扔："来人哪！把杨宗保拉下去，重打四十军棍！"

穆桂英扔下令箭，要打杨宗保。差人得令，架着他就往下走。杨六郎暗暗竖指：好！执法如山，大义灭亲，做得对。孟良可心疼了：哟呵！穆桂英，刚成亲三天，就把丈夫打了，这哪行啊！这是杀鸡给猴看，给我们个好瞧呀！想到这儿，忙说："哎，元帅息怒。我给杨宗保求情，把他饶了吧！”穆桂英也舍不得打他，事出无奈呀！“孟将军，杨宗保目无军纪，理应动刑。本帅不准人情！”孟良傻了，心里说：哟！真要打呀？破天门阵正用人，打坏了怎么办？他忙捅捅这个，碰碰那个：“我说众位将军，别叫人家小夫妻俩翻脸哪，快过去求求情，要不然，宗保够戗了。”众将一听，急忙过来施礼：“元帅开恩，我们乐意替先锋官立功赎罪。”孟良说：“对啦。我说穆元帅呀，你打开功劳簿看看，我立了几次功？我全不要了，给宗保免刑。”穆桂英一看，除了杨六郎外，都给宗保求情，她暗想：我丈夫的人缘还不错！“众位将军，本帅第一天执掌兵权，杨宗保竟敢误卯，分明是他目无国法王章。如不重责，将来必然重犯。来，拉下去，重打四十。”这回呀，杨宗保真害怕了，他抬头看看穆桂英，心里说：真打呀？孟良急得团团转，忙给杨六郎使眼色，意思是：你是当公公的，又是三关大帅，面子大，你若说话，儿媳妇准能给个面子。哪知，杨景装着看不见。心想：我才不讨二皮脸呢，我当元帅也得揍他。

此时，宗保被拖到下边，按倒在地，两个执刑的举起黑红板子，“乒乓”就是一顿暴打。杨宗保咬紧牙关，一声不哼，他心里恨死穆桂英了：丫头，等你退了帐，到后边我再跟你算账。

杨景见儿子被打得汗珠直滚，心疼得低下头。桂英见丈夫挨打，暗自揪心，每一板子下去，落在宗保身上，疼在桂英心里。

四十军棍打完，执刑的军卒把刑具高举：“请元帅验刑！”“退下。”话音刚落，杨宗保被架了上来。众人一看，他不是刚才上帐的那副模样了：发髻散乱，鬓角挂汗，咧着嘴，一瘸一跛。“杨宗保，打你屈不屈？”宗保咬着后槽牙说：“不屈。”“好！若敢重犯，还有重责。本帅给你十日假，下去养伤去吧！”杨宗保面沉似水龇牙咧嘴，走下大帐。桂英又对众将说：“不久就要攻打天门阵，望大家要加紧练兵，多立战功。”“是！”众人走出帅帐，孟良说：“真厉害。头一天升帐就把丈夫揍了，我们也得小心听差。”“是呀!”①

作为由小说演绎而来的传统评书《杨家将》，故事情节则更加生动，描写也更加细腻。作为宋营新元帅，同时又是杨家新媳妇的穆桂英，年方十八九岁，统率千军万马，颇多不易，然而违反军纪者，偏偏是自己丈夫——先锋官杨宗保，此时穆桂英显出杀伐决断的“巾帼英雄”本色，大义灭亲，棒责亲夫，重打了杨宗保四十军棍，赢得了宋营众将的尊重。

与北宋杨家将题材相类，反映南宋岳飞为首的“岳家军”题材的小说——清初钱彩等著的《说岳全传》，第四十七回《擒叛臣虎将勤王，召良帅贤后赐旗》里也有岳飞为严肃军纪，杖责岳云二十军棍的情节。

二人正在大战，不分胜败。不道那岳云公子解了兵粮来到营门交割，那军士回禀公子：“元帅不在营中，亲自与杨再兴交战去了。”岳云即叫军士们看守粮草，一马跑到阵前来看，但见父亲与那员贼将厮杀，众位叔父一齐远远地观看。牛皋一眼看见是岳云，便道：“侄儿，你来得正好。快些上去帮助你父亲，拿了这个强盗，就完了事了。”岳云不知就里，便应声：“晓得!”把马一催，出到阵前叫道：“爹爹少歇，待孩儿来拿这逆贼。”那杨再兴喝声：“住着！岳飞，你军令不严，还做什么元帅?我不与你战了。”拨转马竟自回山。岳爷红着脸，只得收兵回营。

到帐中坐定，岳云上来交令。元帅大怒，喝叫左右：“与我把这逆子，绑去砍了!”岳云茫然不知缘故?众将心中是明白的，连忙一齐跪下，苦苦求饶，说道：“公子解粮才到，不知就里，故此犯了军令，求元帅开恩!”元帅道：“众将求饶，放他转来。死罪饶了，活罪难免，与我捆打四十!”军士只得把公子捆翻，打到二十棍，牛皋在旁想道：“这个明明是我害他打的。”连忙上前禀道：“牛皋代侄儿打二十，求元帅恩

① 刘兰芳、王印权整理：《传统评书·杨家将》下册，石家庄：河北人民出版社 1981 年版，第256—260 页。

> 准!"岳爷道:"即是兄弟说了,看你面上,免打放起。"叫张保:"你可将岳云背上山前,对杨再兴说:'公子运粮初到,不知有这军令在先,故此莽撞。本要斩首,因众将求饶免死,打了二十大棍,送来验伤请罪!'"张保得令,背了公子往九龙山来,到了山前,将公子放下,对守山喽罗说知。
>
> 喽罗上山报知大王。杨再兴下山来看,只见张保跪下禀道:"这是公子岳云。为因解粮才到,不知有这个军令,故尔冒犯了大王。元帅回营,要将公子斩首以正军法。众将再四讨饶,故此打了二十大棍,送来验伤请罪!"再兴道:"如此还象个元帅。……"①

叙述岳飞与杨再兴相约单打独斗,岳云不明真相,上前助战,被杨再兴喝问"岳飞,你军令不严,还做什么元帅?"之后,岳飞升帐,责打了岳云二十大棍,并送至杨再兴处请其验刑,得到了敌将杨再兴的钦佩。

二、明责军棍,暗施密计

《三国演义》小说涉及汉末三国时期各个政治集团的政治军事斗争,其间妙计频出,于是出现了如"周瑜打黄盖"(第四十六回《用奇谋孔明借箭,献密计黄盖受刑》)暗施密计克敌的情节:

> 却说周瑜夜坐帐中,忽见黄盖潜入中军来见周瑜。瑜问曰:"公覆夜至,必有良谋见教?"盖曰:"彼众我寡,不宜久持,何不用火攻之?"瑜曰:"谁教公献此计?"盖曰:"某出自己意,非他人之所教也。"瑜曰:"吾正欲如此,故留蔡中、蔡和诈降之人,以通消息;但恨无一人为我行诈降计耳。"盖曰:"某愿行此计。"瑜曰:"不受些苦,彼如何肯信?"盖曰:"某受孙氏厚恩,虽肝脑涂地,亦无怨悔。"瑜拜而谢之曰:"君若肯行此苦肉计,则江东之万幸也。"盖曰:"某死亦无怨。"遂谢而出。

---

① 钱彩等:《说岳全传》,上海:上海古籍出版社1980年版,第408—409页。

次日，周瑜鸣鼓大会诸将于帐下。孔明亦在座。周瑜曰："操引百万之众，连络三百余里，非一日可破。今令诸将各领三个月粮草，准备御敌。"言未讫，黄盖进曰："莫说三个月，便支三十个月粮草，也不济事！若是这个月破的，便破；若是这个月破不的，只可依张子布之言，弃甲倒戈，北面而降之耳！"周瑜勃然变色，大怒曰："吾奉主公之命，督兵破曹，敢有再言降者必斩。今两军相敌之际，汝敢出此言，慢我军心，不斩汝首，难以服众！"喝左右将黄盖斩讫报来。黄盖亦怒曰："吾自随破虏将军，纵横东南，已历三世，那有你来？"瑜大怒，喝令速斩。甘宁进前告曰："公覆乃东吴旧臣，望宽恕之。"瑜喝曰："汝何敢多言，乱吾法度！"先叱左右将甘宁乱棒打出。众官皆跪告曰："黄盖罪固当诛，但于军不利。望都督宽恕，权且记罪。破曹之后，斩亦未迟。"瑜怒未息。众官苦苦告求。瑜曰："若不看众官面皮，决须斩首！今且免死！"命左右："拖翻打一百脊杖，以正其罪！"众官又告免。瑜推翻案桌，叱退众官，喝教行杖。将黄盖剥了衣服，拖翻在地，打了五十脊杖。众官又复苦苦求免。瑜跃起指盖曰："汝敢小觑我耶！且寄下五十棍！再有怠慢，二罪俱罚！"恨声不绝而入帐中。

众官扶起黄盖，打得皮开肉绽，鲜血迸流，扶归本寨，昏绝几次。动问之人，无不下泪。鲁肃也往看问了，来至孔明船中，谓孔明曰："今日公瑾怒责公覆，我等皆是他部下，不敢犯颜苦谏；先生是客，何故袖手旁观，不发一语？"孔明笑曰："子敬欺我。"肃曰："肃与先生渡江以来，未尝一事相欺。今何出此言？"孔明曰："子敬岂不知公瑾今日毒打黄公覆，乃其计耶？如何要我劝他？"肃方悟。孔明曰："不用苦肉计，何能瞒过曹操？今必令黄公覆去诈降，却教蔡中、蔡和报知其事矣。子敬见公瑾时，切勿言亮先知其事，只说亮也埋怨都督便了。"肃辞去，入帐见周瑜。瑜邀入帐后。肃曰："今日何故痛责黄公覆？"瑜曰："诸将怨否？"肃曰："多有心中不安者。"瑜曰："孔明之意若何？"肃曰："他也埋怨都督忒情薄。"瑜笑曰："今番须瞒过他也。"肃曰："何谓也？"瑜曰："今日痛打黄盖，乃计也。吾欲令他诈降，先须用苦肉计瞒过曹操，就中用火攻之，可以取胜。”肃乃暗思孔明之高见，却不敢明言。[①]

《三国演义》小说中，各种奇谋妙计层出不穷，如连环计、空城计、美人计、反间计等，将兵法中“三十六计”几乎用尽，然而“苦肉计”唯以此回为典型描写。这次脊杖刑罚过程中，发令者、施刑者、受刑者、观刑者……构成了完整的人物事件群像，因而在这其中，黄盖的忍辱负重、周瑜的随机应变、诸葛亮的大智若愚、鲁肃的忠厚善良，人物性格的刻画各臻其妙，“周瑜打黄盖”也成为《三国演义》中的经典段落。

后世的历史演义小说中也有类似于《三国演义》中借责打军棍而施行密计的故事情节，如清代《说唐全传》第六十一回《殷齐王屈打罗成，淤泥河小将为神》，殷、齐二王借故责罚“异已”之大将罗成，致使其丧身淤泥河。

诗曰：正直偏遭奸计谋，英雄失志等云浮。只因边将无良策，故使殷齐报旧仇。

……那殷、齐二王欲害秦王，时时防备这几员大将前来窥探，必要算计，摆布他个尽绝。当下一见罗成，还恐不是，又差人打听，果然是罗成。建成、元吉大喜。次日，高祖驾坐早朝，二王奏道：“臣儿奉父王旨意，领兵到鱼鳞关，不道其关已失，只得守住紫金关，被臣儿连败他数次。奈军中无有上将，不能擒拿贼首，望父王再发一员上将，添兵征剿。臣儿特地回朝，望父王准臣儿之奏。”高祖道：“为今之计，差哪一位将官前去方好?”建成道：“今有越国公罗成，现在饭店住下，不知何故。父王可降旨一道，赐他官还旧职，挂先锋之印，前去灭贼，刘黑闼必可擒矣!”高祖允奏，即发圣旨一道，来召罗成。

……次日，二王升帐，众将见礼，分立两旁。建成道：“今日开兵，谁敢出阵，生擒刘黑闼，活捉苏定方?”连问数声，无人答应。罗成推托不得，没奈何，只得上前答应一声，说道：“罗成愿往。”二王道：“你是

① 罗贯中：《三国演义》，北京：人民文学出版社1973年版，第404—406页。

前部先锋，逢山开路，遇水叠桥，凡遇交锋打仗，必须奋勇上前，怎么由得你这样一个慢腾腾的性儿？孤这里问过几次，才出来答应，岂是做先锋的职分所为么？你如今不来答应就罢，既来领令，可由不得你性子，须要生擒活捉报功，违令者斩！”罗成道：“得令！”

……二人大战十余合，那刘黑闼看看招架不住。苏定方晓得罗成厉害，主公焉能够敌得他过，遂暗放一箭，嗖的一声射来。这里罗成一枪正中刘黑闼，忽闻得弓弦响，罗成将身一闪，那刘黑闼就逃走回营中去了，这苏定方的箭，却中在罗成腿上。罗成大怒，就拔下腿上的箭，回射苏定方，也是嗖的一声响，苏定方也将身一闪，正中在左臂上，几乎落马。罗成本欲踹营，拿捉苏定方，因腿上有些疼痛，不便再杀上去，恐怕他们暗算，只得掌得胜鼓，回营缴令。

殷、齐二王问道：“罗成，今日出兵，可拿下刘黑闼么？”罗成道：“今日出兵，大败刘黑闼，箭射苏定方。”二王道：“为何不踹他营盘，竟自回来？”罗成道：“臣正与刘黑闼交战，不防苏定方那厮暗放一枝冷箭，中在腿上，故尔不便踹营。”二王大怒道：“哇！被他射了一箭，还说得胜回营？自古道：‘为将者，眼观四处，耳听八方。’一枝冷箭尚且招架不来，焉得为上将？我且问你，昔日在枷锁山日擒五龙，这些本事哪里去了？今日要擒一个刘黑闼，尚且不能，你明明欺孤家不是你的主公，一心只向世民便了。有这样的国贼，违孤家的军令，分付绑去砍了！”武士一声答应，把罗成绑了，推出辕门。

当下有马伯良道：“千岁爷，目今正用人之际，若斩罗成，这紫金关就难保了。莫若放他转来，待他杀退明州之兵，挣下了功劳，怕不是二位千岁爷的？”建成道：“马将军，你但知其一，不知其二。这罗成是秦叔宝、尉迟恭的一党，都是秦王的羽翼，孤家正要一个个摆布他，日后江山方得孤家有分，故此要将他处斩。”马伯良道：“要他死，有何难处？且待他破了刘黑闼，寻个衅端，慢慢杀他便了。”建成道：“既如此，死罪饶了，活罪难免，分付就军前捆打四十御棍。”那武士把罗成推将转来，不由分说，打了四十御棍，两腿直打得皮开肉绽。

……再说明州营内，后汉王刘黑闼正坐在营中，早有细作打听到罗成被二王痛责四十御棍之事，前来通报刘黑闼。刘黑闼一闻此报，十分大喜："此乃天助我也。"即忙起身，带领众将出营，手指唐营骂道："你这两个狗王，不会用人，如此一员虎将，无罪受责，眼见得关内无人，此关唾手可得。"[①]

殷、齐二王为了铲除异己，打击政治上的敌对势力——秦王李世民，不惜"自毁长城"，以苛刻之军令，借故严惩秦王一系的大将、先锋官罗成，"这罗成是秦叔宝、尉迟恭的一党，都是秦王的羽翼，孤家正要一个个摆布他，日后江山方得孤家有分"，殷王的夫子自道，正是其滥用军法的真实缘由。"那武士把罗成推将转来，不由分说，打了四十御棍，两腿直打得皮开肉绽"，继而让身负棒伤的罗成继续出战刘黑闼。这正类似于《三国演义》小说中荀彧先后所谏曹操，以对付刘备、吕布、袁术之"二虎竞食"和"驱虎吞狼"[②] 之计。

《说唐全传》中殷、齐二王责打罗成，与《三国演义》中"周瑜打黄盖"所不同者，《三国演义》中是将帅共同对付敌方——"一个愿打，一个愿挨"，而殷、齐二王系借刀杀人，铲除异己。通过小说中责打罗成这一情节，亦可见二王奸人本色。

三、受责衔恨，反水投敌

《三国演义》小说杖责军棍的情节描写中，还有部将因受主将重责，临阵反水投敌者。如前所述，因军营中军棍刑罚当众执行，部将遭受身体和精神的双重惩罚，故产生逆反心理，背弃己方投敌。如《三国演义》第十九回《下邳城曹操鏖兵，白门楼吕布殒命》，吕布困守下邳城，颁布戒酒令之后，部将侯成追回马匹，诸将作贺，侯成不敢擅饮，特先奉于吕布，竟遭杖责。

---

① 佚名：《说唐全传》，南京：凤凰出版社 2005 年版，第 419—425 页。

② 罗贯中：《三国演义》，北京：人民文学出版社 1973 年版，第 124—125 页。

布曰："吾有赤兔马，渡水如平地，又何惧哉！"乃日与妻妾痛饮美酒，因酒色过伤，形容销减；一日取镜自照，惊曰："吾被酒色伤矣！自今日始，当戒之。"遂下令城中，但有饮酒者皆斩。

却说侯成有马十五匹，被后槽人盗去，欲献与玄德。侯成知觉，追杀后槽人，将马夺回；诸将与侯成作贺。侯成酿得五六斛酒，欲与诸将会饮，恐吕布见罪，乃先以酒五瓶诣布府，禀曰："托将军虎威，追得失马。众将皆来作贺。酿得些酒，未敢擅饮，特先奉上微意。"布大怒曰："吾方禁酒，汝却酿酒会饮，莫非同谋伐我乎！"命推出斩之。宋宪、魏续等诸将俱入告饶。"布曰："故犯吾令，理合斩首。今看众将面，且打一百！"众将又哀告，打了五十背花，然后放归。众将无不丧气。宋宪、魏续至侯成家来探视，侯成泣曰："非公等则吾死矣！"宪曰："布只恋妻子，视吾等如草芥。"续曰："军围城下，水绕壕边，吾等死无日矣！"宪曰："布无仁无义，我等弃之而走，何如？"续曰："非丈夫也。不若擒布献曹公。"侯成曰："我因追马受责，而布所倚恃者，赤兔马也。汝二人果能献门擒布，吾当先盗马去见曹公。"三人商议定了。是夜侯成暗至马院，盗了那匹赤兔马，飞奔东门来。魏续便开门放出，却佯作追赶之状。侯成到曹操寨，献上马匹，备言宋宪、魏续插白旗为号，准备献门。曹操闻此信，便押榜数十张射入城去。其榜曰：

"大将军曹，特奉明诏，征伐吕布。如有抗拒大军者，破城之日，满门诛戮。上至将校，下至庶民，有能擒吕布来献，或献其首级者，重加官赏。为此榜谕，各宜知悉。"

次日平明，城外喊声震地。吕布大惊，提戟上城，各门点视，责骂魏续走透侯成，失了战马，欲待治罪。城下曹兵望见城上白旗，竭力攻城，布只得亲自抵敌。从平明直打到日中，曹兵稍退。布少憩门楼，不觉睡着在椅上。宋宪赶退左右，先盗其画戟，便与魏续一齐动手，将吕布绳缠索绑，紧紧缚住。布从睡梦中惊醒，急唤左右，却都被二人杀散，把白旗一招，曹兵齐至城下。魏续大叫："已生擒吕布矣！"夏侯渊尚未信。宋宪在城上掷下吕布画戟来，大开城门，曹兵一拥而入。高顺、张辽在西门，水围难出，为曹兵所擒。陈宫奔至南门，为徐晃所获。①

侯成所受军棍杖责——五十“背花”，指用军棍刑杖责打脊背，伤破的地方叫作背花，故打脊背就叫作打“背花”，一如前述周瑜打黄盖之“脊杖”。此回侯成所言“……众将皆来作贺。酿得些酒，未敢擅饮，特先奉上微意”，禀报主将在前，有礼有节，不想反遭酷刑折辱，险些丧命，诸将观之，物伤其类。如宋宪所言：“布无仁无义”，故侯成盗赤兔马夜奔曹营在先，宋宪、魏续绑缚吕布献城在后，曹操兵不血刃，克下邳城。因而，此军棍杖责部将情节，对于全回书曹军围下邳城、吕布倚赤兔马有恃无恐之后的情节推动，起着关键的作用。

与之相类，《三国演义》第七十三回《玄德进位汉中王，云长攻拔襄阳郡》中，关公受汉中王命，攻打樊城，部将傅士仁、糜芳酗酒，致使帐后遗火，军器粮草，尽皆烧毁，关公怒责二人——

费诗方出王旨，令云长领兵取樊城。云长领命，即时便差傅士仁、糜芳二人为先锋，先引一军于荆州城外屯扎；一面设宴城中，款待费诗。饮至二更，忽报城外寨中火起。云长急披挂上马，出城看时，乃是傅士仁、糜芳饮酒，帐后遗火，烧着火炮，满营撼动，把军器粮草，尽皆烧毁。云长引兵救扑，至四更方才火灭。云长入城，召傅士仁、糜芳责之曰：“吾令汝二人作先锋，不曾出师，先将许多军器粮草烧毁，火炮打死本部军人。如此误事，要你二人何用？”叱令斩之。费诗告曰：“未曾出师，先斩大将，于军不利。可暂免其罪。”云长怒气不息，叱二人曰：“吾不看费司马之面，必斩汝二人之首！”乃唤武士各杖四十，摘去先锋印绶，罚糜芳守南郡，傅士仁守公安；且曰：“若吾得胜回来之日，稍有差池，二罪俱罚！”二人满面羞惭，喏喏而去。②

---

① 罗贯中：《三国演义》，北京：人民文学出版社 1973 年版，第 173—174 页。

② 罗贯中：《三国演义》，北京：人民文学出版社 1973 年版，第 633—634 页。

与吕布之横蛮施威不同，关公惩罚先锋傅士仁、糜芳各四十军棍，是二将毁损军器粮草，有过在先，关公的处置，合乎军法。且糜芳与汉中王刘备有姻亲，实乃“国舅爷”之尊，关公能够不徇私情，正是其大公无私之处。美中不足的是，关公杖责二将之后，复令糜芳守南郡，傅士仁守公安，镇守后方，有失察之嫌。二将受责后“满面羞惭，喏喏而去”，亦为后回二人献城投降孙权埋下伏笔。

第七十六回《徐公明大战沔水，关云长败走麦城》：“关公大惊，不敢奔襄阳，提兵公安来。探马又报：‘公安傅士仁已降东吴了。’关公大怒。忽摧粮人到，报说：‘公安傅士仁往南郡，杀了使命，招糜芳都降东吴去了。’关公闻言，怒气冲塞，疮口迸裂，昏绝于地。众将救醒，公顾谓司马王甫曰：‘悔不听足下之言，今日果此事！’”① 由此可见，此次杖责傅士仁、糜芳四十军棍，复令镇守后方，导致其临难献城投敌，在客观上也成了关公不得不“走麦城”的原因之一。

同样，第一百回《汉兵劫寨破曹真，武侯斗阵辱仲达》，诸葛亮以严法治军，杖责押粮延误期限之苟安八十军棍，虽如关公一样，秉公执法，但客观上也造成了其投敌叛国——“苟安被责，心中怀恨，连夜引亲随五六骑，径奔魏寨投降。懿唤入，苟安拜告前事。懿曰：‘虽然如此，孔明多谋，汝言难信。汝能为我干一件大功，吾那时奏准天子，保汝为上将。’安曰：‘但有甚事，即当效力。’懿曰：‘汝可回成都布散流言，说孔明有怨上之意，早晚欲称为帝，使汝主召回孔明：即是汝之功矣。’苟安允诺，径回成都，见了宦官，布散流言，说孔明自倚大功，早晚必将篡国。宦官闻知大惊，即入内奏帝，细言前事。后主惊讶曰：‘似此如之奈何?’宦官曰：‘可诏还成都，削其兵权，免生叛逆。’后主下诏，宣孔明班师回朝。蒋琬出班奏曰：‘丞相自出师以来，累建大功，何故宣回?’后主曰：‘朕有机密事，必须与丞相面议。’即遣使赍诏星夜宣孔明回。”② 致使此次北伐无功而返。

---

① 罗贯中：《三国演义》，北京：人民文学出版社 1973 年版，第 655 页。

② 罗贯中：《三国演义》，北京：人民文学出版社 1973 年版，第 868—869 页。

在后世英雄传奇小说中，也有与《三国演义》此类情节相似者，如《说岳全传》第五十七回《演钩连大破连环马，射箭书潜避铁浮陀》，奸臣王俊押送粮草到朱仙镇，冒领牛皋军功，被岳元帅杖责四十军棍——

却说朝中有一奸臣，姓王名俊，本是秦桧门下的走狗，因趋奉得秦桧投机，直升他做了都统制。又奏过朝廷，差他带领三千人马，押送粮草到朱仙镇来，就在那里监督军粮，原是提拔他的意思。这一日行至中途，恰恰那个鹘眼郎君带领番兵到来，正遇个着。鹘眼郎君提刀出马，大喝一声："何处军兵，快快把粮草送过来，饶你狗命！"王俊道："我乃大宋天子驾前都统制王俊是也！你是何处番人，擅敢到此?"鹘眼郎君道："某家乃大金国四太子帐前元帅鹘眼郎君是也！特到临安来擒你那南蛮皇帝，今日且先把你来开刀。"说罢，一刀砍来，王俊只得举刀相迎。不上七八个回合，番将厉害，王俊那里招架得住，只得回马落荒败走，鹘眼郎君从后面赶来。

正在危急之时，忽见前面来了一枝兵马，乃是总领催粮将军牛皋。……鹘眼郎君手中的刀略迟得一迟，被牛皋一锏打中肩膀上，翻身落马，牛皋取了首级，乱杀番兵。那些番兵死的死了，得命的逃了些回去。牛皋转来，见了王俊问道："你是那里来的将官？这等没用，被他杀败了！"王俊道："小将官居都统制，姓王名俊蒙秦丞相荐我解粮往朱仙镇去，就在那里监督粮草。偏偏遇着这番贼，杀他不过。幸得将军相救，后当图报！不知将军高姓大名?"牛皋心里想道："早知这是个狗头，就不该救他了。"便道："俺乃岳元帅麾下统制牛皋，奉令总督催趱各路粮草。王将军既然解粮往朱仙镇去，我的粮草烦你一总带去，交与元帅，说牛皋还有几个所在去催粮，催齐了就来。"王俊道："这个当得。"牛皋道："这首级也带了去，与我报功。"王俊道："将军本事，天下无双！望将军把这功送与末将罢！"牛皋暗想："我想这功且送了他，回营时再出他的丑也未迟。"便道："将军若要，自当奉送。将此粮草小心解去，勿得再有差失！"拱了一拱别去。那王俊领兵护送粮草，望朱仙镇行来，在路无事。

这一日，看看到了大营相近，把兵扎住，来到营门候令。传宣禀进，岳爷想："他此差是奸臣谋来的。且请他进来。"王俊进帐，向各位元帅见了礼，禀道："卑职奉旨而来，行至中途，遇见牛皋被番兵追赶。卑职上前救了牛皋，带了粮草并那番将的首级，俱在营门，候元帅号令定夺。"岳爷道："牛皋所遇的是何处番兵？"王俊道："番将口称暗渡夹江，去抢临安。恰好牛皋遇着战败，被他追赶。遇见卑职，杀了番兵，救了牛皋，现在首级报功。"岳爷听了底细，明白是王俊冒功。且记了他的功劳，收了粮草，将番人首级号令，又命去下营。……

再说牛皋回营缴令道："末将前者救了王俊，有番将鹘眼郎君的首级并粮草可曾收到否？"元帅道："有是有的，但王俊说是他救了你，这功劳是他的。本帅已将功劳簿上，写了他的名字了。"牛皋道："王俊怎么冒功？"王俊在旁答道："人不可没有了良心，小将救了你的性命，怎么反来夺我的功劳？"牛皋道："我与你比比武艺，若是胜得我，便将功劳让你。"

二人正在争功，只听得营门前数百人喧哗。传宣进来禀道："有数百军卒在外要退粮，求元帅发令定夺。"元帅问道："何处军兵要退粮？"传宣禀道："是大老爷的兵要退粮。"韩世忠、张信、刘琦三个元帅齐声的道："岂有此理！若讲别座营的兵，或有此事；若说元帅的兵，皆是赴汤蹈火，血战争先，怎肯退？必有委曲。元帅可令那班兵丁会说话的，走十数个来问他。"岳爷答道："元帅们所言有理。"吩咐出去叫兵丁进来。那兵丁有十数个进来跪下道："求元帅准退了小人们粮，放小人们去归农罢。"岳爷道："别座营头，尚无此等事情，何况本帅待兵如子？现今金兵寇乱，全仗你等替国家出力，怎么反说要退粮？"兵丁道："小人们平日深感元帅恩养，怎敢退粮？但是近日所发粮米，一斗只有七八升，因此众心不服。"元帅道："王俊，钱粮皆是你发放，怎么克减，以致他们心变？"王俊禀道："钱粮虽是卑职管，却都是吏员钱自明经手关发，卑职实不知情。"元帅道："胡说！自古道：典守者不得辞其责。怎么推诿？且传钱自明来！"不一会，钱自明进帐来叩见，元帅喝问："你为何克减军粮?”钱自明禀道:“这是王老爷对小吏说的,粮米定要折扣。若不略减些,缺了正额,那里赔得起?”元帅大喝一声:“绑去砍了!”一声令下,两边刀斧手即将钱自明推出,霎时献上首级。元帅又叫王俊:“快去把军粮赔补了来,再行发落。”众军兵一齐跪下道:“这样号令,我等情愿尽力苦战,也不肯舍了大老爷。”俱各叩头谢恩而去。王俊只得将克减下的粮草照数赔补了,来见元帅缴令。元帅道:“王俊!你冒功邀赏,克减军粮,本应斩首!今因是奉旨前来,饶你死罪,捆打四十,发回临安,听凭秦丞相处治。”左右一声吆喝,将王俊拖下去,打下四十大棍。写成文书,连夜解上临安相府发落。①

王俊押送粮草,大敌当前,不仅克扣钱粮,而且冒领牛皋军功,被岳元帅杖责四十军棍,岳飞不顾其为朝中传旨官员,依旧重责之,足见其正直无私。然而,最终王俊和奸相秦桧沆瀣一气,以“克减钱粮”之名告发岳飞,意图谋害。如第六十回《勘冤狱周三畏挂冠,探囹圄张总兵死义》中,大理寺正卿周三畏勘问岳飞:“现有你手下军官王俊告帖在此,说你克减了他的口粮。”② 亦正是岳飞公正无私杖责克减军粮之王俊后,却被反咬一口之情节的前后呼应。王俊虽和岳飞在同一阵营,然其与秦桧沆瀣一气,自是“敌营”中人也。

周三畏了解真相,挂冠而去之后,秦桧复令此前曾遭受岳飞军棍杖责之万俟卨、罗汝楫审问岳飞——

次日,秦桧就将万俟卨升做大理寺正卿、罗汝楫做了大理寺丞。在朝官员,那个敢则一声!二人即刻上任。

过了一日,就在狱中提出岳飞审问。岳爷来到滴水檐前,抬头一看,见堂上坐着他两个,却不见周三畏,便问提牢狱卒道:“怎不见周老爷?”

---

① 钱彩等:《说岳全传》,上海:上海古籍出版社1980年版,第492—496页。

② 钱彩等:《说岳全传》,上海:上海古籍出版社1980年版,第523页。

狱卒道："周老爷不肯勘问这事，挂冠走了。今日是秦丞相升这万俟卨老爷、罗老爷做了大理寺，差他来勘问的。"岳爷道："罢了，罢了！他前日解粮来，被我打了四十。当初懊悔不曾杀了他，今日倒反死于二贼之手也！"就走上堂对着二人举手道："大人在上，岳飞没有公服，恕不施礼了！"万俟卨道："胡说！你是朝廷的叛逆，我奉旨勘问，怎见了我不跪？"岳爷道："我有功于国家，无罪于朝廷，勘问甚么？"罗汝楫道："现在你部下军官王俊告你按兵不举，虚运粮草，诈称无粮。"岳爷道："朱仙镇上现有十三座大营，三十万人马，怎说得个无粮？"万俟卨道："无粮不成，反输一帖，难道我倒跪了你罢？"岳爷道："我是统兵都元帅，怎么反来跪你？"

……万、罗二贼看了大怒，喝教左右将岳爷衣服去了，把鱼胶敷上一层，将麻皮搭上。

一时间，将岳飞身上搭上好几处，便问："岳飞，招也不招？"岳爷道："你误了军粮，打了你四十，今日欲陷我于死地。我死必为厉鬼，杀你二贼！"二贼大怒道："你性命只在顷刻，还敢胡言！"吩咐左右："与我扯！"左右一声答应，就把麻皮一扯，连皮带肉去了一块。岳爷大叫一声："痛杀我也！"霎时晕去。左右连忙将水来喷醒。万俟卨又叫："岳飞，你若不招，叫左右再扯。"岳爷大声叫道："罢罢！我如今就死了也罢……"①

万俟卨、罗汝楫亦是因延误军粮而被岳飞杖责四十军棍，此次为虎作伥、挟私报复，亦如王俊一般，都是"风波亭"冤狱的重要促成因素。

综上所述，《三国演义》小说多种形式之杖责军棍情节描写，对后世有着相关题材内容之历史演义、英雄传奇小说的创作产生了一定的影响，而《说唐全传》《杨家将传》《说岳全传》等后出之历史演义、英雄传奇小说对此加以袭取、化用，也是一种运用"三国"文化因素"再创作"之文学现象。

---

① 钱彩等：《说岳全传》，上海：上海古籍出版社1980年版，第492—496页。

试论《水浒传》中的“三国”文化因素

中国古典文学“四大名著”中的《水浒传》和《三国演义》，分别作为我国历史演义小说和英雄传奇小说的代表作，在中国古代文学史乃至中国文化史上，都有着重要的艺术价值。《水浒传》小说文本通过书中人物形象模拟《三国演义》英雄人物、书中故事情节涉及《三国演义》情节等多种方式，将“三国”文化因素巧妙融入小说创作之中。以下分而论之。

一、《水浒传》人物形象模拟《三国演义》人物

《水浒传》小说文本中，梁山“五虎将”中的大刀关胜、豹子头林冲，显然是作者模拟《三国演义》中关公、张飞的人物形象而来。

关胜的出场，在第六十三回《宋江兵打北京城，关胜议取梁山泊》，丑郡马宣赞“出来禀太师道：‘小将当初在乡中，有个相识。此人乃是汉末三分义勇武安王嫡派子孙，姓关，名胜；生的规模，与祖上云长相似，使一口青龙偃月刀，人称为大刀关胜。见做蒲东巡检……’”① 第六十四回《呼延灼月夜赚关胜，宋公明雪天擒索超》，复提及“神行太保戴宗到来报说：‘东京蔡太师，拜请关菩萨玄孙，蒲东郡大刀关胜，引一彪军马，飞奔梁山泊来”②。

借他人之口，说明关胜乃汉末三国关公嫡系子孙。在《水浒传》故事所反映的北宋徽宗时代，宋徽宗崇宁元年（1102）追封关公为“忠惠公”；崇宁三年（1104）又从道教角度封其为“崇宁真君”，成为公爵和道教神祇；到了大观二年（1108），关公又被加封为“昭烈武安王”；宣和五年（1123）再被封为“义勇武安王”，宣赞口中称“汉末三分义勇武安王嫡派子孙”，恰合乎此时特定的“时代称呼”。同时，关公也是佛教的伽蓝护法菩萨，故戴宗称“关菩萨玄孙”，也是适宜的。史书《三国志·蜀书》关公本传所附之《蜀记》

---

① 施耐庵、罗贯中：《水浒全传》，上海：上海人民出版社 1975 年版，第 804—805 页。

② 施耐庵、罗贯中：《水浒全传》，上海：上海人民出版社 1975 年版，第 806 页。

曰："庞德子会，随钟、邓伐蜀，蜀破，尽灭氏家。"① 据此，公元263年魏灭蜀后，关公应无嫡派子孙传后，但小说是艺术创作，允许虚构。《三国演义》第一回《宴桃园豪杰三结义，斩黄巾英雄首立功》中写道："云长造青龙偃月刀……"② 于是，"生的规模，与祖上云长相似，使一口青龙偃月刀"的模拟关公形象、武器之"嫡派子孙"，就如此在英雄传奇小说《水浒传》中出现了。另，《水浒传》小说第十八回《美髯公智稳插翅虎，宋公明私放晁天王》中出现的好汉朱仝，绰号是"美髯公"，而在《三国演义》中，这恰恰也是关公之别号。《三国演义》第二十五回《屯土山关公约三事，救白马曹操解重围》中写道："次日，早朝见帝。帝见关公一纱锦囊垂于胸次，帝问之。关公奏曰：'臣髯颇长，丞相赐囊贮之。'帝令当殿披拂，过于其腹。帝曰：'真美髯公也！'因此人皆呼为'美髯公'。"③《三国演义》第六十五回《马超大战葭萌关，刘备自领益州牧》中，诸葛亮致关公书信中论马超曰："……当与翼德并驱争先，犹未及美髯公之绝伦超群也。"④ 《三国演义》据史而演义，史书《三国志·蜀书》关公本传云："羽美须髯，故亮谓之髯。"⑤ 由此可见，好汉美髯公朱仝，亦有模拟关公形象处。《水浒传》小说第四十四回《锦豹子小径逢戴宗，病关索长街遇石秀》中，好汉杨雄出场——"因为他一身好武艺，面貌微黄，以此人都称他做病关索杨雄。"⑥ 而《三国演义》第八十七回《征南寇丞相大兴师，抗天兵蛮王初受执》中提到："忽有关公第三子关索，入军来见孔明曰：'自荆州失陷，逃难在鲍家庄养病。……特来投见。"⑦ 亦可见好汉杨雄的绰号，是由《三国演义》中关公第三字关索之名而来。

林冲的出场，在第七回《花和尚倒拔垂杨柳，豹子头误入白虎堂》："智

---

① 陈寿：《三国志·蜀书》，北京：中华书局1959年版，第942页。
② 罗贯中：《三国演义》，北京：人民文学出版社1973年版，第806页。
③ 罗贯中：《三国演义》，北京：人民文学出版社1973年版，第223页。
④ 罗贯中：《三国演义》，北京：人民文学出版社1973年版，第568页。
⑤ 陈寿：《三国志·蜀书》，北京：中华书局1959年版，第940页。
⑥ 施耐庵、罗贯中：《水浒全传》，上海：上海人民出版社1975年版，第557页。
⑦ 罗贯中：《三国演义》，北京：人民文学出版社1973年版，第744页。

深听得，收住了手，看时，只见墙缺边立着一个官人……那官人生的豹头环眼，燕颔虎须，八尺长短身材……”① 在《三国演义》小说文本第一回《宴桃园豪杰三结义，斩黄巾英雄首立功》中，张飞出场，“玄德回视其人：身长八尺，豹头环眼，燕颔虎须……”② 可见林冲形象几乎是照搬《三国演义》中“豹头环眼”的张飞形象而来，且林冲“豹子头”的绰号自与此相关。

《水浒传》第五十二回《李逵打死殷天锡，柴进失陷高唐州》中，梁山人马攻打高唐州，“头领林冲横丈八蛇矛，跃马出阵……于直被林冲心窝里一蛇矛刺着，翻筋斗颠下马去”③。《三国演义》第一回《宴桃园豪杰三结义，斩黄巾英雄首立功》中写道：“张飞造丈八点钢矛……张飞挺丈八蛇矛直出，手起处，刺中邓茂心窝，翻身落马。”④ 可见林冲上梁山后所用武器——丈八蛇矛，甚至杀敌手法——直刺敌将心窝，也与《三国演义》中张飞极其相似。

此外，梁山泊一百单八将中，小温侯吕方一出场是在第三十五回《石将军村店寄书，小李广梁山射雁》：“早见一簇人马，约有一百余人，前面簇拥着一个年少的壮士……但见：头上三叉冠，金圈玉钿；身上百花袍……甲披千道火龙鳞……使一条朱红画杆方天戟。……那个穿红的说道：‘小人姓吕，名方，祖贯潭州人氏，平昔爱学吕布为人，因此习学这枝方天画戟，人都唤作小温侯吕方。’”⑤《三国演义》第三回《议温明董卓斥丁原，馈金珠李肃说吕布》中写道：“一人跃马持戟……只见吕布顶束发金冠，披百花战袍……”⑥ 亦可见《水浒传》中吕方“夫子自道”的形象自是模拟吕布而来。

二、《水浒传》故事情节涉及《三国演义》情节

除了上述《水浒传》小说人物形象模拟《三国演义》人物之外，《水浒

① 施耐庵、罗贯中：《水浒全传》，上海：上海人民出版社 1975 年版，第 87 页。
② 罗贯中：《三国演义》，北京：人民文学出版社 1973 年版，第 4 页。
③ 施耐庵、罗贯中：《水浒全传》，上海：上海人民出版社 1975 年版，第 660 页。
④ 罗贯中：《三国演义》，北京：人民文学出版社 1973 年版，第 6 页。
⑤ 施耐庵、罗贯中：《水浒全传》，上海：上海人民出版社 1975 年版，第 426—427 页。
⑥ 罗贯中：《三国演义》，北京：人民文学出版社 1973 年版，第 27 页。

传》中的故事情节也化用了《三国演义》情节。

比如《水浒传》第四回《赵员外重修文殊院，鲁智深大闹五台山》中，鲁智深下山去市井打造兵器，“智深道：‘洒家只要打一条一百斤重的。’待诏笑道：‘重了。师父，小人打怕不打了，只恐师父如何使得动？便是关王刀，也只有八十一斤。’智深焦躁道：‘俺便不及关王，他也只是个人。……便依你说，比关王刀，也打八十一斤的。’”①《三国演义》第一回《宴桃园豪杰三结义，斩黄巾英雄首立功》中写道：“云长造青龙偃月刀又名‘冷艳锯’，重八十二斤……”② 如前文所述，《水浒传》所描写的北宋徽宗时代，关公被封为“义勇武安王”，故其所用之青龙偃月刀，自当称为“关王刀”，其斤两亦与《三国演义》所述相差无几，故《水浒传》鲁智深打造兵器情节对《三国演义》有所袭取。

另，《水浒传》第一百十回《燕青秋林渡射雁，宋江东京城献俘》中，梁山军平定淮西王庆后，至东京城外驻扎，上元节李逵与燕青乔装打扮入城——

> 燕青洒脱不开，只得和李逵入城看灯。……来到瓦子前，听的勾栏内锣响，李逵定要入去。燕青只得和他挨在人丛里，听的上面说平话，正说三国志，说到关云长刮骨疗毒。当时有云长左臂中箭，箭毒入骨。医人华佗道：“若要此疾毒消，可立一铜柱，上置铁环，将臂膊穿将过去，用索拴牢，割开皮肉，去骨三分，除却箭毒，却用油线缝拢，外用敷药贴了，内用长托之剂，不过半月，可以平复如初。因此极难治疗。”关公大笑道：“大丈夫死生不惧，何况只手？不用铜柱铁环，只此便割何妨！”随即叫取棋盘，与客弈棋，伸起左臂，命华佗刮骨取毒，面不改色，对客谈笑自若。正说到这里，李逵在人丛中高叫到：“这个正是好男

① 施耐庵、罗贯中：《水浒全传》，上海：上海人民出版社 1975 年版，第 56 页。

② 罗贯中：《三国演义》，北京：人民文学出版社 1973 年版，第 6 页。

子!”众人大惊，都看李逵……①

《三国演义》源于宋元以来“讲史”类“说话”之底本，如鲁迅先生《中国小说史略》第十四篇《元明传来之讲史（上）》所云：“宋之说话人，于小说及讲史皆多高手……说《三国志》者，在宋已甚盛……其在小说，乃因有罗贯中本而名益显。”② 故《水浒传》所描写的宋徽宗时代涉及李逵、燕青听说《三国志》之“平话”，是合乎时代场景之“艺术真实”。《三国演义》第七十五回《关云长刮骨疗毒，吕子明白衣渡江》中，写到华佗为关公刮骨疗毒：“佗曰：‘当于静处立一标柱，上钉大环，请君侯将臂穿于环中，以绳系之，然后以被蒙其首。吾用尖刀割开皮肉，直至于骨，刮去骨上箭毒，用药敷之，以线缝其口……’……公饮数杯酒毕，一面仍与马良弈棋，伸臂令佗割之……谈笑弈棋，全无痛苦之色。”③ 可以看出，《三国演义》所述关公刮骨疗毒情节，与《水浒传》中李逵、燕青所听《三国志》“平话”关公刮骨疗毒情节，大同小异。

综上所述，《水浒传》因与《三国演义》皆以讴歌“英雄”见长，且传世文献中，嘉靖年间最早著录《水浒传》此书的高儒《百川书志》题作“钱塘施耐庵的本，罗贯中编次”④，故《三国演义》作者罗贯中极有可能参与编写《水浒传》。因而《水浒传》小说文本将“三国”文化因素巧妙融入小说创作之中，也是“他山之石，可以攻玉”的一种“三国”因素“再创作”之文学现象。

---

① 施耐庵、罗贯中：《水浒全传》，上海：上海人民出版社 1975 年版，第 1284—1285 页。

② 鲁迅：《中国小说史略》，北京：人民文学出版社 1952 年版，第 132—134 页。

③ 罗贯中：《三国演义》，北京：人民文学出版社 1973 年版，第 646 页。

④ 袁行霈主编：《中国文学史》，北京：高等教育出版社 1999 年版，第 46 页。

试论《说岳全传》对《三国演义》的接受

中国古典文学名著中的《说岳全传》，是我国古代英雄传奇小说的代表作，在中国古代文学史上有着重要的艺术价值。《说岳全传》小说文本通过人物形象模拟《三国演义》英雄人物、故事情节涉及《三国演义》人物情节等方式，将“三国”文化因素巧妙融入小说创作之中。以下分而论之。

一、《说岳全传》人物形象模拟《三国演义》人物

《说岳全传》小说文本中，“岳家军”中的小将关铃，显然是作者模拟历史演义小说代表作《三国演义》中关公的人物形象而来。

关铃的出场，在第四十回《杀番兵岳云保家属，赠赤兔关铃结义兄》，述及岳云前往湖广牛头山途中，坐骑落膘了，欲换林中一匹“浑身火炭一般”①的良马，这时一位打虎的孩子“便在青草内去拿出一口青龙偃月刀来，跳上马，叫道：‘你且来与我比比手段看，若胜得我这把刀，我就把这马送你……’……公子道：‘这位小哥果然好刀法，必然是老丈传授的了。’员外道：‘此子名唤关铃。他的父亲原是梁山泊上好汉，叫做大刀关胜。……’……公子称谢不尽。关铃将赤兔马牵出来赠与岳云”②。

既言道关铃为梁山好汉大刀关胜之子，那么在《水浒传》第六十三回《宋江兵打北京城，关胜议取梁山泊》中丑郡马宣赞“出来禀太师道：‘小将当初在乡中，有个相识。此人乃是汉末三分义勇武安王嫡派子孙，姓关，名胜；生的规模，与祖上云长相似，使一口青龙偃月刀，人称为大刀关胜。见做蒲东巡检……’”③ 则是借他人之口，说明关胜乃汉末三国关公嫡系子孙。《三国志·蜀书》关公本传所附之《蜀记》曰：“庞德子会，随钟、邓伐蜀，

① 钱彩等：《说岳全传》，上海：上海古籍出版社 1980 年版，第 352 页。

② 钱彩等：《说岳全传》，上海：上海古籍出版社 1980 年版，第 352—355 页。

③ 施耐庵、罗贯中：《水浒全传》，上海：上海人民出版社 1975 年版，第 804—805 页。

蜀破，尽灭氏家。”[①] 据此，公元 263 年魏灭蜀后，关公应无嫡派子孙传后，但小说是艺术创作，允许虚构。

《三国演义》第一回《宴桃园豪杰三结义，斩黄巾英雄首立功》中写道：“云长造青龙偃月刀……”[②] 于是，“生的规模，与祖上云长相似，使一口青龙偃月刀”模拟关公形象之“嫡派子孙”就如此在英雄传奇小说《水浒传》中出现了。在同为英雄传奇小说的《说岳全传》中，关铃形象传承自关胜，虽为少年，但依旧用青龙偃月刀，坐骑为赤兔马。

到《说岳全传》第五十八回《再放报仇箭戚芳殒命，大破金龙阵关铃逞能》，成年关铃出场：“只见前面一员将官飞马而来。二人抬头看时，只见那人生得面如重枣，丹凤眼，卧蚕眉；坐下黄骠马，横提青龙偃月刀；年纪不上二十。……那人道：‘在下姓关名铃，曾与岳元帅的公子八拜为交……’”[③] 这里其“面如重枣，丹凤眼，卧蚕眉”的成年形象则与《三国演义》中的关公形象如出一辙。《三国演义》小说文本第一回《宴桃园豪杰三结义，斩黄巾英雄首立功》中，关公出场，“玄德看其人：身长九尺……面如重枣，唇若涂脂；丹凤眼，卧蚕眉……”[④] 由此可见，关铃形象几乎是照搬《三国演义》中的关公形象而来。

二、《说岳全传》故事情节涉及《三国演义》人物

除了上述《说岳全传》小说人物形象模拟《三国演义》人物之外，《说岳全传》中的故事情节也涉及《三国演义》中的人物形象。

比如《说岳全传》第六十四回《诸葛梦里授兵书，欧阳狱中施巧计》中写到岳飞部下诸葛英死后：

> 其子诸葛锦……只见一带茂林，朦胧月色，照见一所冷庙……打开

---

① 陈寿：《三国志・蜀书》，北京：中华书局 1959 年版，第 942 页。

② 罗贯中：《三国演义》，北京：人民文学出版社 1973 年版，第 6 页。

③ 钱彩等：《说岳全传》，上海：上海古籍出版社 1980 年版，第 507 页。

④ 罗贯中：《三国演义》，北京：人民文学出版社 1973 年版，第 4 页。

行李，将就睡下。行路辛苦，竟朦胧的睡着了。

将至三更时分，忽见一人走进庙来，头戴纶巾，身穿鹤氅，面如满月，五绺长须，手执羽扇，上前叫道："孙儿，我非别人，乃尔祖先孔明是也。你可快去保扶岳雷，成就岳氏一门忠孝节义。我有兵书三卷，上卷占风望气，中卷行兵布阵，下卷卜算祈祷。如今付你去扶助他。日后成功之日，即将此书烧去，不可传留人世。须要小心。"说罢，化阵清风而去。①

这里直接出现了《三国演义》中的刘备军师诸葛亮传授诸葛锦兵书的情节。《三国演义》第三十八回《定三分隆中决策，战长江孙氏报仇》中，诸葛亮首次出场，"玄德见孔明身长八尺，面如冠玉，头戴纶巾，身披鹤氅……"②《说岳全传》中托梦之诸葛亮形象、装扮，几乎与此完全相同，足见《说岳全传》小说作者对《三国演义》的有意模拟。

三、《说岳全传》故事情节涉及《三国演义》情节

《说岳全传》中的故事情节也有模拟《三国演义》中的情节之处，比如《说岳全传》第六十三回《兴风浪忠魂显圣，投古井烈女殉身》中，写到岳飞部下牛皋等在岳飞被害后，下船渡江杀上临安，"忽然狂风大作，云雾迷漫。空中现出两面绣旗，上有'精忠报国'四个大字。但见岳爷站立云端，左首岳云，右首张宪。……只见岳爷怒容满面，将袍袖一拂，登时白浪滔天……"③

而观《三国演义》，关公走麦城殒身之后，第七十七回《玉泉山关公显圣，洛阳城曹操感神》中写道："三更已后，普净正在庵中默坐，忽闻空中有人大呼曰：'还我头来！'普净仰面谛视，只见空中一人，骑赤兔马，提青龙

① 钱彩等：《说岳全传》，上海：上海古籍出版社 1980 年版，第 568—569 页。
② 罗贯中：《三国演义》，北京：人民文学出版社 1973 年版，第 331 页。
③ 钱彩等：《说岳全传》，上海：上海古籍出版社 1980 年版，第 561 页。

刀，左有一白面将军，右有一黑脸虬髯之人相随，一齐按落云头……”①

两相对比，就会发现，此两回目都是主人公“显圣”，都腾云行空，都有左右胁侍——岳飞有其子岳云和部将张宪，关公有其子关平（白面将军）和部将周仓（黑脸虬髯之人），且左右胁侍与主人公亦同时或先后殒命。《三国演义》产生于元末明初，《说岳全传》乃清初之作，显然，《说岳全传》对《三国演义》中的相关情节有刻意袭取之处。

综上所述，《说岳全传》与《三国演义》皆以讴歌“英雄”见长，因而《说岳全传》小说文本通过人物形象模拟《三国演义》英雄人物、故事情节涉及《三国演义》人物情节等方式，将“三国”文化因素巧妙融入小说创作之中，也是一种运用“三国”文化因素“再创作”之文学现象。

① 罗贯中：《三国演义》，北京：人民文学出版社 1973 年版，第 663 页。

试论《聊斋志异》中的“三国”文化因素

中国古典文学名著中的《三国演义》和《聊斋志异》，分别作为我国白话长篇章回小说和文言短篇小说之代表作，在中国古代文学史乃至中国文化史上有着重要的艺术价值。《聊斋志异》小说文本中《曹操冢》与《桓侯》两篇，通过传闻“志怪”与虚构“传奇”两种方式，分别将《三国演义》中的人物、情节，巧妙融入小说创作之中。以下分而论之。

一、《曹操冢》与《三国演义》中的曹操“七十二疑冢”情节

鲁迅先生《中国小说史略》第二十二篇《清之拟晋唐小说及其支流》论《聊斋志异》云：“用传奇法，而以志怪”①，指出其在创作手法上，兼容前代小说二种体式，“就文体来说，其中有简约记述奇闻异事如同六朝志怪小说的短章，也有故事委婉、记叙曲微如同唐人传奇的篇章。清代学者纪昀讥其‘一书而兼二体’，鲁迅称之为‘拟晋唐小说’，都是指的这种情况”。②

在《聊斋志异》小说文本中，属于第一种文体者，有卷十中的《曹操冢》一篇——

> 许城外有河水汹涌，近崖深黯。盛夏时有人入浴，忽然若敲刀斧，尸断浮出；后一人亦如之。转相惊怪。邑宰闻之，遣多人闸断上流，竭其水。见崖下有深洞，中置转轮，轮上排利刃如霜。去轮攻入，中有小碑，字皆汉篆。细视之，则曹孟德墓也。破棺散骨，所殉金宝尽取之。
>
> 异史氏曰：“后贤诗云：‘尽掘七十二疑冢，必有一冢葬君尸。’宁知竟在七十二冢之外乎？坚哉瞒也！然千余年而朽骨不保，变诈亦复何益？

① 鲁迅：《中国小说史略》，北京：人民文学出版社1952年版，第219页。

② 袁行霈主编：《中国文学史》，北京：高等教育出版社1999年版，第315页。

呜呼，瞒之智，正瞒之愚也！”①

用魏晋“志怪”之法，记述怪异之事，称“许城”（许昌）外，发现带有“机关”的墓冢，盛夏水中浴者误入其中，被转轮机关伤害致死。据墓中汉篆小碑载，此为曹操墓，然终被盗。

之后，作者（“异史氏”即蒲松龄）直接在篇末大发议论，提及曹操遗言身后设“七十二疑冢”之传闻，感叹“呜呼，瞒之智，正瞒之愚也！”阿瞒，正是曹操小名。关于曹操墓“七十二疑冢”之说，不见于罗贯中《明弘治本三国志通俗演义》原书中，毛本《三国演义》始有此情节，第七十八回《治风疾神医身死，传遗命奸雄数终》：

操……又遗命于彰德府讲武城外，设立疑冢七十二：“勿令后人知吾葬处，恐为人所发掘故也。”嘱毕，长叹一声，泪如雨下。须臾，气绝而死。寿六十六岁。时建安二十五年春正月也。后人有《邺中歌》一篇，叹曹操云：

邺则邺城水漳水，定有异人从此起：雄谋韵事与文心，君臣兄弟而父子；英雄未有俗胸中，出没岂随人眼底？功首罪魁非两人，遗臭流芳本一身；文章有神霸有气，岂能苟尔化为群？横流筑台距太行，气与理势相低昂；安有斯人不作逆，小不为霸大不王？霸王降作儿女鸣，无可奈何中不平；向帐明知非无益，分香未可谓无情。呜呼！古人作事无巨细，寂寞豪华皆有意；书生轻议冢中人，冢中笑尔书生气！②

此处所提之“彰德府”，据《辞海·地理分册（历史地理部分）》，“金明昌三年（1192年）改相州置彰德府。治所在安阳（今安阳市）。蒙古至元初改为路，明初复为府。辖境相当今河南安阳市、鹤壁市、林县、汤阴和河北涉

① 蒲松龄：《铸雪斋抄本聊斋志异》，上海：上海古籍出版社1979年版，第608页。

② 罗贯中：《三国演义》，北京：人民文学出版社1973年版，第673—674页。

县、磁县、临漳、武安等县地”[①]。罗贯中创作《三国志通俗演义》在元末明初，毛本《三国演义》出现在清初，使用“彰德府”这一金代始有的地名，也是符合作者的时代背景的，然而“彰德府”之辖境，与《聊斋志异·曹操冢》所称之“许城”并非一地，且《三国演义》中曹操临终之地在洛阳城，更非许昌。

然以上本为“小说家言”，难于实地验证，况既是“七十二疑冢”，本有可能与真实之曹操冢不在一处。但小说家蒲松龄不妨借此生发开来，抨击权奸显贵，借古人酒杯，浇自己胸中块垒，一如《三国演义》所附之七言歌行体诗《邺中歌》，各抒己见耳。

二、《桓侯》与三国张飞之人物性格

在《聊斋志异》小说文本中，属于“有故事委婉、记叙曲微如同唐人传奇的篇章”[②] 之第二种文体者，有卷十二中的《桓侯》一长篇：

> 荆州彭好士，友家饮归。下马溲便，马龁草路旁。有细草一丛，蒙茸可爱，初放黄花，艳光夺目，马食已过半矣。彭拔其余茎，嗅之有异香，因纳诸怀。超乘复行，马骛驶绝驰，颇觉快意，竟不计算归途，纵马所之。忽见夕阳在山，始将旋辔。但望乱山丛沓，并不知其何所。一青衣人来，见马方喷嘶，代为捉衔，曰：“天已近暮，吾家主人便请宿止。”彭问：“此属何地？”曰：“阆中也。”彭大骇，盖半日已千余里矣，因问：“主人为谁？”曰：“到彼自知。”又问：“何在？”曰：“咫尺耳。”遂代鞚疾行，人马若飞。过一山头，见半山中屋宇重叠，杂以屏幔，遥睹衣冠一簇，若有所伺。彭至下马，相向拱敬。俄主人出，气象刚猛，巾服都异人世。拱手向客，曰：“今日客莫远于彭君。”因揖彭，请先行。彭谦谢，不肯遽先。主人捉臂行之。彭觉捉处如被械梏，痛欲折，不敢

① 《辞海·地理分册（历史地理部分）》，上海：上海辞书出版社1978年版，第273页。
② 袁行霈主编：《中国文学史》，北京：高等教育出版社1999年版，第315页。

复争，遂行。下此者犹相推让，主人或推之，或挽之，客皆声吟倾跌，似不能堪，一依主命而行。登堂则陈设炫丽，两客一筵。彭暗问接坐者：“主人何人？”答云：“此张桓侯也。”彭愕然，不敢复咳。合座寂然。酒既行，桓侯曰：“岁岁叨扰亲宾，聊设薄酌，尽此区区之意。值远客辱临，亦属幸遇。仆窃妄有干求，如少存爱恋，即亦不强。”彭起问：“何物？”曰：“尊乘已有仙骨，非尘世所能驱策。欲市马相易如何？”彭曰：“敬以奉献，不敢易也。”桓侯曰：“当报以良马，且将赐以万金。”彭离席伏谢。桓侯命人曳起之。俄倾酒馔纷纶，日落命烛。众起辞，彭亦告别。桓侯曰：“君远来焉归？”彭顾同席者曰：“已求此公作居停主人矣。”桓侯乃遍以巨觞酌客，谓彭曰：“所怀香草，鲜者可以成仙，枯者可以点金；草七茎，得金一万。”即命僮出方授彭，彭又拜谢。桓侯曰：“明日造市，请于马群中任意择其良者，不必与之论价，吾自给之。又告众曰：“远客归家，可少助以资斧。”众唯唯。觞尽，谢别而出。途中始诘姓字，同座者为刘子。同行二三里，越岭即睹村舍。众客陪彭并至刘所，始述其异。先是，村中岁岁赛社于桓侯之庙，斩牲优戏以为成规，刘其首善者也。三日前赛社方毕。是午，各家皆有一人邀请过山。问之，言殊恍惚，但敦促甚急，过山见亭舍，相共骇疑。将至门，使者始实告之；众亦不敢却退。使者曰：“姑集此，邀一远客行至矣。”盖即彭也。众述之惊怪。其中被把握者，皆患臂痛；解衣烛之，肤肉青黑。彭自视亦然。众散，刘即一被供寝。既明，村中争延客；又伴彭入市相马。十余日相数十匹，苦无佳者；彭亦拼苟就之。又入市见一马骨相似佳；骑试之，神骏无比。径骑入村，以待鬻者；再往寻之，其人已去。遂别村人欲归。村人各馈金资，遂归。马一日行五百里。抵家，述所自来，人不之信，囊中出蜀物，始共怪之。香草久枯，恰得七茎，遵方点化，家以暴富。遂敬诣故处，独祀桓侯之祠，优戏三日而返。

异史氏曰：“观桓侯燕宾，而后信武夷幔亭非诞也。然主人肃客，遂使蒙爱者几欲折肱，则当年之勇力可想。”

吴木欣言：“有李生者，唇不掩其门齿，露于外盈指。一日于某所宴集，二客逊上下，其争甚苦。一力挽使前，一力却向后。力猛肘脱，李适立其后，肘过触喙，双齿并堕，血下如涌。众愕然，其争乃息。"此与桓侯之握臂折肱，同一笑也。①

三国人物中，蜀汉之张飞谥号为"桓侯"，故本篇目《桓侯》，暗示了与三国人物张飞有关，给了读者极大的"期待视野"。

此长篇一开篇，即详细叙述了荆州彭好士在友人家饮宴而归，下马小便，路旁细草黄花，彭某采摘其余，放于怀中，后情节突变，其被"青衣人"奉主人之名相请，行走"半日已千余里"，竟到阆中，而三国历史上，张飞曾镇守阆中。《三国志·蜀书》本传载："先主伐吴，飞当率兵万人，自阆中会江州"②，小说《三国演义》第八十一回《急兄仇张飞遇害，雪弟恨先主兴兵》中，亦据史而演绎，称"先主……一面差使往阆中，迁张飞为车骑将军，领司隶校尉，封西乡侯，兼阆中牧。使命赍诏而去。却说张飞在阆中……忽报张飞到来，先主急召入。……先主曰：'朕与卿同往：卿提本部兵自阆州而出，朕统精兵会与江州，共伐东吴，以雪此恨！'……却说张飞回到阆中……"③故《聊斋志异》的故事情节亦靠近史实。

其后，彭某见主人"气象刚猛，巾服都异人世"，主人气象，亦俨然演义中"豹头环眼"之猛张飞。后彭某被主人捉臂强行，"捉处如被械梏，痛欲折，不敢复争，遂行"；而其他的客人，亦是如此待遇，"下此者犹相推让，主人或推之，或挽之，客皆声吟倾跌，似不能堪，一依主命而行"。主人脾气、行径，更似三国张飞"鞭打督邮"时的手段，如小说《三国演义》第二回《张翼德怒鞭督邮，何国舅谋诛宦竖》："张飞大怒，睁圆环眼，咬碎钢牙，滚鞍下马，径入馆驿，把门人那里阻挡得住，直奔后堂，见督邮正坐厅上，将县吏绑倒在地。飞大喝：'害民贼！认得我么?'督邮未及开言，早被张飞

---

① 蒲松龄：《铸雪斋抄本聊斋志异》，上海：上海古籍出版社1979年版，第728—730页。

② 陈寿：《三国志·蜀书》，北京：中华书局1959年版，第944页。

③ 罗贯中：《三国演义》，北京：人民文学出版社1973年版，第692—693页。

揪住头发，扯出馆驿，直到县前马桩上缚住；攀下柳条，去督邮两腿上着力鞭打，一连打折柳条十数枝……”① “青衣人”拉扯彭某之力道、手法，几乎与《三国演义》小说无异。而在席间，“彭暗问接坐者：‘主人何人?’答云：‘此张桓侯也。’彭愕然，不敢复咳。”作者终于公布答案，主人即张桓侯，张飞是也。更妙的一笔，是描写彭某听到此语后的态度——“彭愕然，不敢复咳”，令人绝倒！这正是本篇“用传奇法”之处。

其后“桓侯乃遍以巨觞酌客”，用大酒盏宴客，正是张飞本色，其所称“岁岁叨扰亲宾，聊设薄酌，尽此区区之意”，正是酬谢“村中岁岁赛社于桓侯之庙，斩牲优戏以为成规”之意，将传奇人物与现实生活融为一体，使得“艺术真实”与“历史真实”达到统一。篇末作者自言：“异史氏曰：‘观桓侯燕宾，而后信武夷幔亭非诞也。然主人肃客，遂使蒙爱者几欲折肱，则当年之勇力可想。’”又点染前文精彩情节，加深读者印象，更见作者笔法高明。

综上所述，《聊斋志异》小说文本中《曹操冢》与《桓侯》两篇，分别以“志怪”法和“传奇”法二体，将曹操疑冢与阆中张飞庙社等“三国”文化因素巧妙融入小说创作之中，这也成为一种运用“三国”文化因素“再创作”之文学现象，在中国古代小说发展史上具有重要意义。

① 罗贯中：《三国演义》，北京：人民文学出版社1973年版，第15页。

论保定关帝庙群落布局及历史文化渊源

自20个世纪80年代以来，地域文化研究日益兴盛，随之而来的是地域文化中当地古祠庙等历史人文建筑的专题研究渐成势头，如各地“武庙”（关帝庙）之历史渊源追溯与其地域文化特色之探究，并取得了可喜的成就。如乔志强先生的《山西风物志·关羽及关帝庙、关帝祖祠》（山西人民出版社1985年版）、王学泰先生的《关羽崇拜的形成》（《文史知识》2000年第9期）、刘晔原先生的《关公信仰与传统心态》（《文史知识》1987年第1期）等，在不同程度上对以山西解州、蒲州，湖北荆州、当阳等地为代表的关帝庙进行了历史渊源追溯和文化阐释。但以往的这些研究尚未能具体关注到古城保定之关帝庙群落及其在历史上的文化特色和当代价值。

保定市庙宇众多，大都历时久远，富有深厚的文化内涵，而保定的关帝庙更独具特色。据保定的地方志记载，在本地古代人文建筑群落中，保定的关帝庙有15处之多，数量在本地历史人物祠庙中居首。就全国范围来看，作为一个北方普通地级区域，这个数量是相当高的，甚至高于关羽的祖籍山西解州。

由于历史原因，保定城区现存的关帝庙仅有两座，一座是楼南街古物市场的“关岳行宫”，为民国年间军阀曹锟所建，为关羽、岳飞合祀；另一座是大慈阁后身的“倒座关帝庙”，建于明代，因其坐南朝北，故有此称。

一、关公崇拜及关帝庙的由来

关帝庙所祭祀之关公，即关羽，他英豪盖世，仗义守信，西晋史学家陈寿在其《三国志·蜀书》中，仅用数百字即描绘了关羽一生的事迹和功过得失：

> 关羽字云长，本字长生，河东解人也。……先主收江南诸郡，乃封拜元勋，以羽为襄阳太守、荡寇将军，驻江北。……二十四年，先主为

汉中王，拜羽为前将军，假节钺。……追谥羽曰壮缪侯。①

而明代罗贯中长篇历史小说《三国志演义》中，更演绎有“千里走单骑”“单刀赴会”“温酒斩华雄”等佳篇，其人物形象体现出儒家伦理中的“八德”——忠信孝悌礼义廉耻。关羽死后不仅受到民间推崇，且经历代朝廷褒封，被奉为“关圣帝君”。佛教称其为伽蓝菩萨，尊称为“关公”。后来的统治者尊其为“武圣”，与号为“文圣”的孔子齐名。

从上述正史中的记载可知，关羽生前及身后不久，其爵位仅为侯爵，直至唐五代，在社会文化史上的地位还只是一位三国名将；但随着北宋中叶之后城市经济的发展，市民阶层扩大，词、曲、小说等通俗文学艺术的繁荣，整个中国古代文化史的走向由雅趋俗，特别是“说三分”之民间文艺（如《三国志平话》、关公民间信仰和传说等）的兴起，使关羽的知名度与地位越来越高，统治阶级也开始对其不断加封。如宋徽宗崇宁元年（1102）追封关羽为“忠惠公”；崇宁三年（1104）又从道教角度封其为“崇宁真君”，成为公爵和道教神祇；大观二年（1108），关羽又被加封为“昭烈武安王”；宣和五年（1123）再被封为“义勇武安王”；特别是到了清代，统治者更尊其为“三界伏魔大帝”。

从此，关羽便在身后获得了帝王之尊，无论在官方还是民间，均受到广泛的推崇。王学泰先生在《关羽崇拜的形成》一文中指出，南宋对关羽的崇拜已经形成，元代忽必烈的幕僚郝经在1249年所写的《顺天府重修关王庙碑记》中就说，关王“英灵义烈遍天下，故所在庙起……”，从这个记载可以看出关羽已经成为当时南北各族人民共同崇拜的偶像。在这种情势下，元代统治者也承认关羽为“武安王”。元代文人社会地位低下，关羽的故事自然也易于引发他们的创作冲动，这个时期产生了大量的以关羽为题材的戏曲作品，著名的如《关大王独赴单刀会》《关云长千里独行》《关云长大破蚩尤》等。

---

① 陈寿：《三国志》，北京：中华书局1959年版，第939—942页。

而鲁迅先生之《中国小说史略》在论及罗贯中创作的《三国志演义》时云："至于写人，亦颇有失，以致欲显刘备之长厚而似伪，状诸葛之多智而近妖；惟于关羽，特多好语，义勇之概，时时如见矣。"其同时指出："杂剧亦常用三国时事，如《赤壁鏖兵》、《诸葛亮秋风五丈原》等，而今日搬演为戏文者尤多，则为世之所乐道可知也。"因此，各地的关帝庙如雨后春笋般出现，也有其必然性。

二、历史上的保定关帝庙群落

随着历史的不断发展，关帝庙成为和孔子"文庙"齐名的"武庙"，而保定历史上的关帝庙数量众多，据文史专家傅国兴先生研究统计，共达 15 处之多。而广义的关庙不仅包括专祀关羽的庙宇，而且包括关羽与其他神祇合祀的庙宇。按照这个标准，明清以后，到中华人民共和国成立前，保定城区（城垣为界，郊县不计）曾有过关庙至少 15 座。具体如下：

（一）专祀关羽且庙名带有"关"字的九座

1. 穿行楼南街路东，与南白衣庵西口交汇处。清代《保定府城图》标注"高台关庙"。中华人民共和国成立之初尚有僧人，后改为民居，庙门至今依稀可辨。

2. 大慈阁后正对北大街南口。因庙门坐南朝北，又称"倒座关帝庙"。清郭蔡在《郡城图说》中称"汉寿亭侯庙"。现为保定市旧城区现存的两座关庙之一。

3. 西大街路南，面对城隍庙街南口。20 世纪 70 年代天华市场未拆除前，北门上方有"关帝庙"三个大字，可知天华市场即是关帝庙原址。

4. 永华北路路西。此处东邻灶君庙，北达双彩五道庙，西、南则与元明清三代官衙、马号、草场相近，是一片相对集中的官署、庙宇群落。

5. 城西北隅箭道后营坊北端、演武厅东侧。为清代武科场址。

6. 永华南路与裕华路（炮台街与光园街）交汇处，现商业大厦及南侧马路位置。此庙中关羽塑像红袍加身（一般庙宇关着绿袍），传为清乾隆帝巡幸保定时御赐。清代《保定府城图》标注为红关帝庙。

7. 兴华路西段路南，旧县衙西段、仓门口对面。此庙与清代城守尉公署相近，民初庙宇倾圮，旧址改为关帝庙胡同。

8. 古城墙南门瓮城内，有关帝庙一座。

9. 东大街路北原保定织绒厂院内，清代为三晋（山西）会馆，内有大型关帝庙。

（二）专祀关羽但庙名不带关字的一座

箭道口南侧的伏魔庵也是一座关庙。民国甲戌《清苑县志·清苑县全图》标注伏魔庵，并列入该书收入的九座关帝庙之一。

（三）关羽与其他神祇合祀、庙名带关字的一座

天威东路路北、力高豪园东侧。雍正五年（1727）敕建关帝庙（有可能是在元建武安王祠旧基之上）。民国时期，时任直鲁豫巡阅使的曹锟改建为关岳庙，增祀岳飞。近年重修后仍称关岳庙（关岳行宫），是旧城区现存的两座关庙之一。

（四）关羽与其他神祇合祀、庙名不带关字的四座

1. 西门瓮城内三圣庙中祀关羽，左右为玄坛元帅赵公明和二郎神杨戬。

2. 天威东路市妇幼保健院西侧原有七圣庵，中祀关羽、财神、火神、龙王神、风神、土地神、青苗神等。

3. 旧城西南隅淮军公所附近的九圣庵则在七圣基础上增加药王、雷神两位。

以上三座庙宇1900年均曾作为义和团“团铺”，之后在战乱中焚毁。其中七圣庵作为街名一直使用到20世纪末。

4. 关羽作为护法伽蓝的“西白衣庵”（又称“大士庵”），在史家故址庵（旧称南河沿）。此庙供奉弥勒佛。因佛教教义中弥勒佛有白衣大士法身，故又称“大士庵”“西白衣庵”。

由此可见，保定历史上关帝庙的数量远远高于关羽的祖籍山西解州。很可惜，这些关帝庙群落，我们只能在方志和地图中探寻它们的踪迹了。

三、“金面关帝庙”与“红面关帝庙”

保定现存的关帝庙虽仅有两座，却很有特点，一座是楼南街古物市场的“关岳行宫”，为民国年间军阀曹锟所建，为关羽、岳飞合祀；另一座是大慈阁（真觉禅寺）后身的“倒座关帝庙”。

然而，二庙所塑关帝神像面孔不同，大慈阁北关帝庙，坐南朝北，关帝像面为金色；楼南街关岳行宫，坐北朝南，关帝像面为红色，堪为保定关帝庙奇观。

两座关帝庙神像面孔截然不同，原因在于，关羽身后从被祭祀再到封神，经历了“汉封侯、宋封王、明清封帝”——汉寿亭侯、义勇武安王、三界伏魔大帝的演变。赤面者，作为“武圣”供奉；金面者，作为“关帝”供奉。

大慈阁背后的那座始建于明代的关帝庙，原名“汉寿亭侯庙”，形制尤为奇特。正殿面阔三间，进深一大间，为歇山式建筑，前置卷棚。据说关帝庙具有镇邪作用，所以在保定旧城区，“倒坐关帝庙”面朝北大街，也就是有守卫北城门的辟邪之用。

“倒坐关帝庙”的楹联亦很有文化内涵，殿外门柱上有一副对联：“生蒲州，长解州，战徐州，镇荆州，万古神州有赫；兄玄德，弟翼德，擒庞德，释孟德，千秋智德无双”，横联“万世人极”。短短40个字即概括了关公的生平和业绩。

此外，在卷棚立柱上也有一副对联：“赤面秉赤心，骑赤兔追风，驰驱时无忘赤帝；青灯观青史，仗青龙偃月，隐微处不愧青天。”此联属于当句对，即上下两句自成对仗之意，在对仗形式上要求更为严格。当句对能使联语音节流转，和谐入耳，且该联“赤”“青”相对，形象可感，妙趣横生，堪称佳作。

我们在构建“京畿强市，善美保定”的今天，研究和认识保定关帝庙群落的总体布局特征、历史渊源、文化特色，及其在地域文化发展史上的重要意义，可以为我市“文化大市”和“京南近海强市名城”的建设提供理论支持。

论《三国演义》中的“五行”学说文化因素

《三国演义》作为我国第一部长篇章回小说和历史演义小说，在中国古代文学史乃至中国文化史上都有着重要的艺术价值。其以“天下大势，分久必合，合久必分”① 作为历史演义之开篇，个中蕴含着作者对汉末三分历史演进的哲理性思考。故其作品也有不少富含哲学思维之笔墨，如传统之“五行”学说在《三国演义》行文中比比皆是，以下分而论之。

一、“火德”“炎刘”与“赤帝”称呼

《三国演义》小说文本中，常常以“火”“炎炎红日”等意象比喻汉朝，如第三十五回《玄德南漳逢隐沦，单福新野遇英主》，写徐庶出场，作歌曰：“天地反复兮，火欲殂；大厦将崩兮，一木难扶。山谷有贤兮，欲投明主；明主求贤兮，却不知吾。”② 其中，“火欲殂”，指的就是汉朝将要灭亡。这是用五行生克来讲朝代兴亡替代的一种宿命论说法。汉为火德，汉末式微，故以“火欲殂”喻之，这也是小说中一种形象的比喻。又如第三十四回《蔡夫人隔屏听密语，刘皇叔跃马过檀溪》篇末，言苏轼以七言古风一篇，咏怀刘备跃马过檀溪之事。

> 后来苏学士有古风一篇，单咏跃马檀溪事。诗曰：老去花残春日暮，宦游偶至檀溪路；停骖遥望独徘徊，眼前零落飘红絮。暗想咸阳火德衰，龙争虎斗交相持；襄阳会上王孙饮，坐中玄德身将危。逃生独出西门道，背后追兵复将到；一川烟水涨檀溪，急叱征骑往前跳。马蹄踏碎青玻璃，天风响处金鞭挥；耳畔但闻千骑走，波中忽见双龙飞：西川独霸真英主，坐下龙驹两相遇。——檀溪溪水自东流，龙驹英主今何处！临流三叹心

---

① 罗贯中：《三国演义》，北京：人民文学出版社1973年版，第1页。

② 罗贯中：《三国演义》，北京：人民文学出版社1973年版，第310页。

欲酸，斜阳寂寂照空山；三分鼎足浑如梦，踪迹空留在世间。①

此诗体裁为七言歌行体诗，“暗想咸阳火德衰”，直接以“火德”称汉朝。咸阳，借指汉朝首都长安。又如第三十七回《司马徽再荐名士，刘玄德三顾茅庐》，石广元、孟公威歌云：“吾皇提剑清寰海，创业垂基四百载；桓灵季业火德衰，奸臣贼子调鼎鼐……”②“桓灵季业火德衰”句，也是说汉朝到了桓灵末期，国势衰微，亦以“火德”称汉朝。还有第五回《发矫诏诸镇应曹公，破关兵三英战吕布》：“古人曾有篇言语，单道着玄德、关、张三战吕布：‘汉朝天数当桓灵，炎炎红日将西倾。奸臣董卓废少帝，刘协懦弱魂梦惊……’”③“炎炎红日”者，火也，亦指汉朝，桓灵之后“将西倾”，如“火欲殂”一般，指的就是汉朝将要灭亡。另如第一百二十回《荐杜预老将献新谋，降孙皓三分归一统》：“后人有古风一篇，以叙其事曰：‘高祖提剑入咸阳，炎炎红日升扶桑；光武龙兴成大统，金乌飞上天中央；哀哉献帝绍海宇，红轮西坠咸池傍！……’”④ 更是用“炎炎红日”“金乌”“红轮”等比喻汉朝的历史演进。

此外，《三国演义》第八十回《曹丕废帝篡炎刘，汉王正位续大统》，回目中的“炎刘”，更是直接将刘汉王朝与“炎”字组合，指汉为火德。第八十一回《急兄仇张飞遇害，雪弟恨先主兴兵》中，叙张飞被刺死，“后人有诗叹曰：‘安喜曾闻鞭督邮，黄巾扫尽佐炎刘……’”⑤亦是一证。还有第一百十七回《邓士载偷度阴平，诸葛瞻战死绵竹》中，诸葛瞻、诸葛尚父子战死绵竹，“后人有诗赞瞻、尚父子曰：‘不是忠臣独少谋，苍天有意绝炎刘……’”⑥ 又是一证。

---

① 罗贯中：《三国演义》，北京：人民文学出版社 1973 年版，第 304 页。
② 罗贯中：《三国演义》，北京：人民文学出版社 1973 年版，第 326 页。
③ 罗贯中：《三国演义》，北京：人民文学出版社 1973 年版，第 47 页。
④ 罗贯中：《三国演义》，北京：人民文学出版社 1973 年版，第 1039 页。
⑤ 罗贯中：《三国演义》，北京：人民文学出版社 1973 年版，第 694 页。
⑥ 罗贯中：《三国演义》，北京：人民文学出版社 1973 年版，第 1012 页。

另，《三国演义》书中也直接以“赤帝”称呼汉朝皇帝，如第七十七回《玉泉山关公显圣，洛阳城曹操感神》中，关公殒命后，在玉泉山显圣，“后人题一联于其庙云：‘赤面秉赤心，骑赤兔追风，驰驱时无忘赤帝；青灯观青史，仗青龙偃月，隐微处不愧青天。’”①

由此可见，作者是有意将“五行终始”说融入小说创作中。

二、“黄天当立”口号与黄初、黄武、黄龙年号

《三国演义》小说文本贯彻“五行终始”说，故有一种历史演进观，如第一回《宴桃园豪杰三结义，斩黄巾英雄首立功》篇首即云：“话说天下大势，分久必合，合久必分：周末七国分争，并入于秦；及秦灭之后，楚、汉分争，又并入于汉；汉朝自高祖斩白蛇而起义，一统天下，后来光武中兴，传至献帝，遂分为三国。推其致乱之由，殆始于桓、灵二帝。桓帝禁锢善类，崇信宦官。及桓帝崩，灵帝即位……”② 以宏大的历史观，观照汉末三国故事，因而对于汉末纷争的结果，也有见地。这体现在黄巾起义的“黄天当立”与三国之黄初、黄武、黄龙年号中。

第一回《宴桃园豪杰三结义，斩黄巾英雄首立功》写道：“讹言：‘苍天已死，黄天当立；岁在甲子，天下大吉。’……一面私造黄旗，约期举事……四方百姓，裹黄巾从张角反者四五十万。”③ 根据“五行终始”，五行火生土，五色与五行相配，赤色配火，黄色配土，火生土，即取代禀火德之汉朝者，为禀土德之政权，既然黄色配土，故张角等组织黄巾起义，亦为此也。小说作者根据历史加以“演义”，使得“艺术真实”与“历史真实”达到了统一。

而公元 220 年，曹丕篡汉建魏之后，221 年刘备称帝，建蜀汉政权，222 年孙权称吴王，229 年称帝，建吴，历史进入三国时代。他们的年号中，多有“黄”字，如 220 年曹魏建立，年号“黄初”；222 年孙权向曹魏遣使称臣，但

---

① 罗贯中：《三国演义》，北京：人民文学出版社 1973 年版，第 663 页。

② 罗贯中：《三国演义》，北京：人民文学出版社 1973 年版，第 1 页。

③ 罗贯中：《三国演义》，北京：人民文学出版社 1973 年版，第 2—3 页。

其后随即自用年号“黄武”，229年称帝，用年号“黄龙”。其念念不忘“黄”字，亦贯彻“五行终始”说，与黄巾起义组织者目的一样，用“黄”代表土德，以彰显政权的正当性。这在小说《三国演义》文本中也有生动的反映，如第八十回《曹丕废帝篡炎刘，汉王正位续大统》中，大臣李伏奏曰：“自魏王即位以来，麒麟降生，凤凰来仪，黄龙出现……此是上天示瑞，魏当代汉之象也。”① 以“黄龙出现”作为“火德”（汉）生“土德”（魏）的预兆，劝汉献帝让位。之后，“魏王曹丕即受八般大礼，登了帝位。贾诩引大小官僚朝于坛下。改延康元年为黄初元年。国号大魏。”② 以“黄初”这个富有“土德”（五行配色为黄）意味的字眼，作为开国年号。

再如第九十八回《追汉军王双受诛，袭陈仓武侯取胜》中，张昭上奏吴王孙权曰：“近闻武昌东山，凤凰来仪；大江之中，黄龙屡现。主公德配唐、虞，明并文、武：可即皇帝位……”③ 所称之预兆——“凤凰来仪”“黄龙屡现”，几乎与曹丕称帝之前一模一样，依旧是“火德”（汉）生“土德”（魏）的预兆，尽管此时汉朝灭亡（220）已经九年了。之后，“群臣请权登坛即皇帝位，改黄武八年为黄龙元年。”④ “黄武”，是孙权向曹丕称臣受封吴王后，于222年所定之年号，229年，恰为黄武八年，其称帝后所改之“黄龙”，仍是含有“土德”（五行配色为黄）意味之年号。

当然，三国中，221年刘备称帝，因其政权自称为继承汉之正统（史称“蜀汉”），故年号“章武”，不用“黄”字。然而，在《三国演义》第八十回《曹丕废帝篡炎刘，汉王正位续大统》中，谯周劝汉中王刘备称帝云：“近有祥风庆云之瑞；成都西北角有黄气数十丈，冲霄而起……此正应汉中王当及帝位，以继汉统，更复何疑？”⑤ 其所称之预兆，“成都西北角有黄气数十丈”，西北角，八卦为“乾”位，乾为天，“黄气”，仍是有“土德”意味。

---

① 罗贯中：《三国演义》，北京：人民文学出版社1973年版，第683页。

② 罗贯中：《三国演义》，北京：人民文学出版社1973年版，第687页。

③ 罗贯中：《三国演义》，北京：人民文学出版社1973年版，第847页。

④ 罗贯中：《三国演义》，北京：人民文学出版社1973年版，第847页。

⑤ 罗贯中：《三国演义》，北京：人民文学出版社1973年版，第688页。

除此之外，在《三国演义》小说文本的细节描写中，也有关于传统“五行”文化者，如第八十九回《武乡侯四番用计，南蛮王五次遭擒》中，有咏南方苦热之诗二首，其二曰：“赤帝施权柄，阴云不敢生。云蒸孤鹤喘，海热巨鳌惊。忍舍溪边坐？慵抛竹里行。如何沙塞客，擐甲复长征！”① 首联“赤帝”，为传统文化中南方之神，赤色，亦对应“南方丙丁火”之方位，放在诸葛亮南征情节中，确有烘托气氛之意味。另，第九十回《驱巨兽六破蛮兵，烧藤甲七擒孟获》中，提到孟获夫人：“获视之，乃妻祝融夫人也。夫人世居南蛮，乃祝融氏之后……”② 这里提到的祝融氏，即神话传说中的南方之神，亦即火神。南方彝族首领孟获，夫人为南方火神，由此可见作者设计此人物形象时的匠心。

综上所述，《三国演义》小说文本，多次以“火德”“炎刘”“赤帝”等称呼汉朝，并将“黄天当立”口号与三国时期黄初、黄武、黄龙等年号融入小说情节中，反映了作者的“五行终始”说哲学观。同时，这也是《三国演义》文本研究中不可忽视的一种文化现象。

---

① 罗贯中：《三国演义》，北京：人民文学出版社1973年版，第765页。

② 罗贯中：《三国演义》，北京：人民文学出版社1973年版，第772页。

参考文献

［1］罗贯中．三国演义［M］．北京：人民文学出版社，1973．

［2］罗贯中．三国志通俗演义［M］．上海：上海古籍出版社，1980．

［3］罗贯中．增像全图三国演义（上）［M］．上海鸿文书局，1888．

［4］陈寿．三国志［M］．北京：中华书局，1959．

［5］鲁迅．中国小说史略［M］．北京：人民文学出版社，1952．

［6］袁行霈．中国文学史［M］．北京：高等教育出版社，1999．

［7］罗积勇．用典研究［M］．武汉：武汉大学出版社，2005．

［8］滑淑荣．《笠翁对韵》笺注［M］．北京：北京工业大学出版社，1992．

［9］余冠英．三曹诗选［M］．北京：作家出版社，1956．

［10］中国社会科学院文学研究所．唐诗选（下）［M］．北京：人民文学出版社，1978．

［11］山东大学中文系古典文学教研室．杜甫诗选［M］．北京：人民文学出版社，1980．

［12］四川大学中文系古典文学教研室．宋文选［M］．北京：人民文学出版社，1980．

［13］陈迩冬．苏轼词选［M］．北京：人民文学出版社，1986．

［14］韩成武．便引诗情到碧霄［M］．天津：天津教育出版社，2011．

［15］李新．宋代杜诗艺术批评研究［M］．新北：花木兰文化出版社，2012．

［16］李新等．杜甫诗史因革论［M］．保定：河北大学出版社，2013．

[17] 李新等. 中国“世界文化名人”与“千年英雄”艺谭 [M]. 保定：河北大学出版社，2014.

[18] 李新. 苏轼知定州诗词赋全注及研究论稿 [M]. 新北：花木兰文化出版社，2014.

[19] 王学泰. 关羽崇拜的形成 [J]. 文史知识，2000 (9).

[20] 李新. 同题共赋，文如其人 [J]. 名作欣赏，2011 (1).

[21] 李新. 论杜甫的“登楼”诗 [J]. 石家庄铁道学院学报（社会科学版），2009 (3).

[22] 李新. 论影视歌曲中的古典诗词内蕴 [J]. 电影评介，2009 (13).

[23] 李新. 论“燕赵文化精神”的生成因素 [J]. 石家庄学院学报，2010 (5).

后　记

笔者这本《〈三国演义〉诗词文全注及研究论稿》，是为纪念历史进入三国时代 1800 周年（220—2020）而作。笔者本人研究方向本系杜甫及魏晋南北朝隋唐诗文研究，曾出版杜诗研究专著 3 部，发表中国古代文学研究论文 80 余篇。后于 2010 年加入中国苏轼研究学会，继而为定州苏轼文化研究会聘为“特约研究员”。2018 年，“河北省苏轼文化研究会”筹备成立，后笔者被推举为副会长。笔者在研读杜甫、苏轼诗文作品的过程中，对杜、苏二家多咏三国题材，印象深刻。

笔者自幼即有“三国”情结，四年级时，已经通读完《三国演义》全书，曾于小学毕业联欢会上，和小学同学合说原创相声《赞关公》。不意多年之后，2013 年 10 月 26 日，“保定刘关张三义文化研究会”正式成立，笔者受研究会首任会长谢美生教授之邀，作为创会理事之一参会，且与研究会首席顾问——中国社科院胡小伟研究员交流，并得其亲笔题字“李新博士：红楼梦醒”，倍感荣幸！之后，笔者作为研究会副会长和“三义桃园诗词学会”会长，代表研究会，联合保定关岳行宫、河北大学工商学院国学教育中心，参与组织了 2015“中国·蜀汉忠义文化及核心价值观”国际研讨会，并为“武圣春秋”第二届保定关公文化节主题晚会命名。2019 年初，参与策划“三义桃园大讲堂”，并三次开设专题讲座。2019 年 6 月 1 日，笔者到湖北卫视录制《奇妙的汉字》节目，与评委张一清教授等现场切磋了三国文化，并夺得本场冠军。节目播出之后，反响甚好。2019 年 11 月 2 日，“保定刘关张三义文化研究会”换届大会召开，笔者当选为研究会常务副会长。以上种种，足见笔者与“三国”文化有着不解之缘。

2020年春节寒假，杜门不出，时中央电视台四套正重播《中国文艺·向经典致敬》(1994版电视剧《三国演义》专集）系列节目，导演王扶林、曲作家谷建芬、词作家王健等主创人员的怀旧话语，深深感动了笔者，故决意倾力撰写《〈三国演义〉诗词文全注及研究论稿》。谨以此小书，达诚申信，传播“三国”文化，为研究会建设奉献绵薄之力！

特别感谢大力支持本书创作、出版的保定刘关张三义文化研究会孙维芳会长！特别感谢研究会执行会长、河北大学刘玉凯教授为本书作序。也感谢第三作者——保定市作家协会会员韩松言，为本书中编（《三国演义》文赋章表全注）撰写工作所做出的贡献。感谢研究会贾瑞增名誉会长、谢美生名誉副会长和真广师父对本会的大力支持！还有研究会刘迎春秘书长，研究会赵云耕、王锐、李贺、李迈、刘昊旸、张颖等副会长及理事老师们，也为本书付梓做了很多工作，在此一并致谢！

李　新

2020年5月于古城保定东关寓所

附录 保定刘关张三义文化研究会简介

秘书长 刘迎春

保定刘关张三义文化研究会成立于2013年10月。研究会通过挖掘、传播燕赵地区自古以来的优秀人文精神，大力弘扬以忠义、诚义、信义为主体的三义文化，引导社会各界形成正确的人生观、义利观、荣辱观，强化忠厚做人、诚信做事、一身正气的时代风尚，为建设善美保定、创建全国文明城市助力添彩。

2015年春，本会组织策划了“中翔杯·保定刘关张三义文化知识竞赛”，竞赛内容涵盖了《三国志》《三国演义》《华阳国志》等众多文史典籍，并在《保定日报》《保定晚报》刊载。此竞赛历时四个多月，得到社会大众的广泛回应，收到5740多份答卷，轰动省内外。

2015年6月，本会召开首届“中国·蜀汉忠义文化与核心价值观国际研讨会”，上百名国内外专家、学者来保定参会。研讨会收到论文70多篇，多家媒体对此进行了报道。

2017年4月19日（农历三月二十三），本会组织多所大学、企业、社团组织在保定世纪广场“忠义千秋”雕塑前进行刘关张结盟1834年纪念活动，对于传承中华优秀传统文化，弘扬忠、诚、信三义精神意义深远。

2017年12月，保定市召开“新时代，新保定——2017文化盛典”活动，本会荣获“保定市十佳文化社会组织”称号。

2019年春，本会创办了“三义桃园大讲堂”，开展系列公益讲座活动。在刘玉凯、李新、洛保生、贾红兵、顾之京、谢美生、刘洪安、何建业、景三郎、张中、刘燕君、阎浩岗、周长富、刘鹤霆等十几位老师的热情参与下，大讲堂开展了二十四期专题讲座，听众遍及古城保定各行各业，获得了良好的社会赞誉。我们还组成了讲师团，在“直隶尚书房”“莲池讲坛”“槐荫书阁”等处开展公益讲座，向全社会进行文化辐射。

欢迎热爱传统文化、热心公益事业的朋友关注和加入本会，共同携手为保定的跨越发展和文化繁荣贡献力量！